文春文庫

男たちへ

フツウの男をフツウでない男にするための54章

塩野七生

文藝春秋

男たちへ　目次

男たちへ

フツウの男を
フツウでない男に
するための54章

第１章　頭の良い男について

むかし、と言っても三十年足らずしか昔でない頃の話だが、丸尾長顕という名の粋人がいた。当時、この人はストリップ・ショウが売りものの日劇ミュージック・ホールの親玉かなにかをやっており、そのためか女に関しては専門家と思われていて、日劇ミュージック・ホールなどには行ったことのない、つまり典型的な東京山の手育ちの娘であった私でさえ、この人の名は知っていた。その彼がある時、『文藝春秋』の随筆欄に寄せた一文が、奇妙にも、いまだに私の頭の中から離れない。それは、要約すると次のようなものだった。

――女は結局のところ、頭の良いのが最高だ――

常日頃から精神的女性論など振りまわす、その辺にゴマンといる自称フェミニストの言でなく、裸の女ならばそれこそゴマンと見たにちがいない丸尾氏の口から出た言葉だからこそ、重みも断然ちがって感じられたのであろう。女とあるところを男に換えれば、私なども常々思っていたことと同じであった。

ただ、丸尾氏と私が対談でもしたとしたら、たちまちわれわれ二人の間には同意が成立していたと思うのだが、ここで言っている頭の良いということは、おしゃべりしたりする時のためばかりに取っておかれる類《たぐい》の基準ではない。ベッドの上であろうと、どこでもいつでもすべての行動を律する、いわば基本、ベースと言ってもよいものだ。だから、有名大学の競争率の高い学部を卒業して、一流企業や官庁や大学に勤めている人が、頭の良い男とイコールにならないという例も、しばしば起こるのである。日本では、教育はあっても教養のない男（これは女でも同じだが）は、まったくはいて捨てるほど多い。

つまり、ここで言いたい「頭の良い男」とは、なにごとも自らの頭で考え、それにもとづいて判断をくだし、ために偏見にとらわれず、なにかの主義主張にこり固まった人々に比べて柔軟性に富み、それでいて鋭く深い洞察力を持つ男、ということになる。

なんのことはない、よく言われる自分自身の「哲学」を持っている人ということだが、哲学と言ったってなにもむずかしい学問を指すわけではなく、ものごとに対処する「姿勢《スタイル》」を持っているかいないかの問題なのだ。だから、年齢にも関係なく、社会的地位や教育の高低にも関係なく、持つ人と持たない人のちがいしか存在しない。

そこで、例をあげたいのだが、つい最近読んだ本の中に格好の例を見つけたので、紹介したい。この本は、表題を『和田勉のおしゃべりスタジオ』といい、ご存じもとNHKの演出家和田勉が、十一人の有名人を向こうにまわして、宣伝文句によれば「ズーム・アップで『舌戦』十番」をした結果を本にしたものである。出版元はPHP研究所。

それでだが、十一人ともそれぞれ特色が出ていて面白かったけれど、和田勉が向田邦子と丹波哲郎を向こうにまわして「舌戦」を戦わせた一番が、私には最も面白かった。これはもう、いかに言葉をつくしてみてもはじまらないから、「舌戦」の幾つかの場面を、それこそズーム・アップで紹介することにする。

和田――役者は、人間として考えたとき、一番悲惨な生き方をしていると思うんです。なぜ悲惨かというと、人間にはそれぞれ自分の好みというものがあるでしょう。丹波さんは、いま『黄金の日日』（昭53）ではいい役を演《や》っているけれども、自分の嫌いなタイプの人間を演らなければならないことだってある。その人の日頃の人生観なり、社会観というものと、自分が演っている役に抵抗がある場合などは、それをはぎとらなければならない。だから、演出は、役者の持っているプライドを、ゼロにしなくてはいけないんです。それで別なところで、あなたはすばらしいと言わないといけない。それがまず一番目のことです。

丹波――それはだいぶ役者を知らないね（笑）。役者とは、自分の好まないもの、演りたくないものを演るときに、抵抗があるかといったら、そんなものは全然ない。

和田――全然ないかなあ。

向田――私は役者の生理はわからないけれども、その人物のどこかに一瞬惚れることができれば、演れるんじゃないですか。惚れるという言い方は妥当じゃないのかなァ。

丹波――妥当じゃないんだね。作家も意外に役者を知らないんだ（笑）。役者というのは、簡単に言うとなんでも演りたいんだよ。役者になった動機をとことん突きつめれば、魚屋にも大工にもなれる、大学教授にも軍人にも、乞食や皇帝にもなれるってことだ。人が一つの人生しか経験できないのに、何百と経験できるから、人が五十年、六十年生きるよりも、五千年、六千年も生きられるじゃないかというのが、おそらく本音ではないかな。

和田――でも、丹波さんの好みというのがあるでしょう。

丹波――和田ベンに同調したいんだけれども、好みっていうものはない。

向田――この語尾をどうしても言えないというのは、一種の好みじゃないですか。

丹波――いや、それは好みじゃない。「だ」と言うか「です」と言うかというのは、毎回ちがうし、自然に出てくるものだね。

向田――それは丹波哲郎という人を演っているのであって、作者が書いて演出家がイメージした人間を演るということとは、微妙にズレませんか。

丹波――そのズレは役者はかまわないし、いっこうに気にならない。

向田――私たちはそのズレのコンダクトを、演出家にゆだねるわけよ。

丹波――役の性格を考えましたかとよく聞かれるのだけど、考えてないと言ったらまずいから、「うん」という程度の返事ですね。

和田――丹波さんはいつも今日のような髪の格好だけれど、役によってはその髪を七三に分けたり、後ろにやっちゃうとかいろいろあるでしょう。そういうことに対する抵抗はないですか。

丹波――『黄金の日日』の宗久のカツラだって、あれが一番簡単だし自分に似合うからつけているのであって、役柄ということには関係なしです。一番大事なのは、役者は手前の匂いを出すことだ。役の性格を掘り下げるのは演出家のやる仕事で、キャスティングのときに、その役に近いのは誰だということで丹波哲郎をもってきたのだろうから、あとは演出でカバーしてくれ。われわれは自分の匂いで好き勝手に演るだけだということです。

和田――そういう強力な役者がいるから、テレビは演出不在だと言われる（笑）。

塩野七生の感想――まったくの正論の連続で、おそれ入りました。丹波哲郎という俳優は、まあ男っぽい面《つら》がまえの俳優とは思っていたけれど、頭のほうも上等な男とは思っていなかったので、意外や意外、と感心した次第。和田勉や亡き向田邦子が頭の良いのは、これは当たり前という感じで驚かなかったけれど。

そのうえ丹波哲郎は、役者は手前の匂いを出すことが最も大切、と言っているが、これは、この「舌戦」の最後の彼の言葉、「役者ばかりでなく、脚本家にも演出家にも、匂いがあるかどうかが決定的なのだ」と呼応して、まさに昨今の本質不在の文化現象を評して、一本アリという見事さだ。文章読本あたりにも、ぜひとも入れたい一句である。しかも、この人は、人間関係でも鋭い洞察力の持ち主である。その面での例を一つ。

丹波――おれは軍隊で一小隊以上は指揮したことはないんだけれども、このままだとどうせ全滅するんだったら、弾が飛んでくる中に一ぺん立ってみようと立つんだ。そうすると、兵隊は敵を見ないで全部おれのほうを見ている。こっちはハラハラしながら、もうあと三十秒立っていよう、三十秒の間に弾に当たったら運が悪いんだと思っている。そしてゆっくりと塹壕《ざんごう》に下りる。こういう場合にオドオドしたら、何と言ったってだめなんです。反対に今言ったように行動した後なら、兵隊を手足のごとく動かすことができる。どこにでもついていきますよ。演出家は隊長なんだ。態度が堂々としていて、役者の言うことなんかこれっぽっちも聞かない演出家は頼りになるから、これは安心だと思っちゃう。魔術にかかったみたいに、その人の言うことに従う。役者なんて、そんなものだって。

塩野七生の感想――この人が黒澤明の下で仕事をするのを見てみたい。勝新のときのように、ケンカ別れにはならないと思う。なぜならこの人は、こんなことも言っているからだ。

丹波――楽屋裏を打ち明ければ、役者というのは演出家の言うことなんか聞きやしないとさっき言ったけれど、演出家を喜ばせようという気持ちが、潜在的にはどこかにあるんです。だからマトは、実に至近距離にある。ドラマを見ている人たちに喜ばれようというのではなく、いまそばにいてギァーギァー言っている和田勉を喜ばせてやろうという気がどこかにある。一〇〇メートル先の蠅の目玉を撃ち抜くような、至難のわざをやるのではない。一メートルの近距離からライフルで撃つようなものだから、絶対に当たる。

塩野七生の感想――ここには、創作活動のカギの一つが、見事に言いつくされている。私は、脚本でさえも絶対に書かないであろうし、ためにこの人たちの世界とは無関係なまま一生をおくるにちがいないもの書きだが、その私でも書くときは、読者は頭になく、眼の前の担当編集者に向かって書く。彼を、でなければ彼女を、うならせてみたいという思いだけで書く。なぜなら、それが上手《うま》くいけば、その向こうにいる不特定多数の読者にも自然に通じる、と確信しているからである。

では最後に、一つだけ例をあげて終わりにしよう。

丹波――俺だって、好む演出家と好まない演出家がいる。演出家で嫌いなタイプは、弱い者いじめをするやつと、必要もないのに動物を殺すやつ。『豚と軍艦』という映画は好きだったけれど、監督は嫌いになった。最後のところで、波打ち際に仔犬の死骸が五、六匹浮いているシーンがある。それを撮る時、今まで飼っていた犬をわざわざ注射で殺して水につけた。生きている犬が死んでいく過程だったら、それもやむをえなかったかもしれないが、死んでいるところだけなら、オモチャの仔犬を水につけたって同じことなんです。

塩野七生の感想――ここには、頭の悪い男たちの考える類の芸術至上主義に対する、健全な常識人の側からの見事な平手打ちがある。

頭の良い男、丹波哲郎に乾杯!

追伸

この文の発表後まもなく、何人かの人が丹波哲郎の霊界好みについて教えてくれた。霊界に関心をもつような人と、頭の良い男とは両立可能なりや、というわけだろう。

だが、私は少しも驚かなかった。なぜなら、歴史上の人々との交《つ》き合いの深い私とて、霊界好みと言えないこともないではないかと思ったからだ。とはいえ、私の霊界での交友はイイ男やイイ女にかぎることにしているが、丹波氏の〝交友〟の方は、どんな人たちなのだろうか。

第2章　イタリア男、イギリス男に圧倒されるの巻

フィレンツェ大学医学部産婦人科の医局に、大変に優雅で上品な美人の女医さんがいた。いた、と書いたのは今はもういないからで、数年前にイギリス男と結婚して、ロンドンに住みついてしまったからである。

ヨーロッパでは普通、結婚式は新婦のお里《さと》でやることになっているので、いかにロードなんとかという貴族でありお城の持ち主であっても、新郎はフィレンツェまで来て結婚しなければならない。ということは、新郎側の家族はもちろん、一族郎党から友人たちまで、大挙してフィレンツェに押し寄せて来るということになる。

とはいえ、イギリス人たちも、結婚式出席が目的にしても、このフィレンツェ行きをさほどめんどうとも思わなかったであろう。イギリスの知的上流階級のイタリア好きは昔から有名で、とくにフィレンツェは、イタリアの都市の中でも彼らの好むナンバー・ワンというのが定説になっている。経済状態の厳しいこの頃はどうだか知らないが、第二次大戦前までは確実に、定年で退職した外交官や高級軍人たち

が、第二の人生をフィレンツェでおくるのは、大変にしゃれた余生の過ごし方ということになっていた。そのために、フィレンツェの街には「ファルマチア・イングレーゼ」（イギリス薬局）とか、「フォルノ・イングレーゼ」（イギリスパン屋）とかいう名の店が、中心街に今でも見られる。「オールド・イングランド・ストア」という店では、タータン・チェックの布地にカシミヤのセーターから、紅茶にビスケットやチョコレートまで、イギリス製品ならばなんでもあるほどだ。イギリス租界が有力だったという証拠であろう。

こういう趣向を知っていれば、迎える側の新婦方も、親戚になろうという遠来の客が感嘆するような、フィレンツェ〝名産〟をもって対するのは当たり前である。結婚式場は、古都フィレンツェを一望のもとにできる丘に立つ、ルネサンス文化の宝石のように美しい教会、サン・ミニアート・アル・モンテ。披露宴の会場も、これまた反対側からフィレンツェを遠望するフィエゾレの丘の上の、昔は修道院であったヴィッラ・サン・ミケーレに決める。ここは、街中にあるエクセルシオールよりも高い、フィレンツェ第一の高級ホテルだ。要するに、大英帝国なんていったって、中世、ルネサンス文明の花フィレンツェからすれば新参者にすぎないイギリスのジェントルマンたちに、彼らが絶対に本国では味わえない舞台を提供しようということだった。

式の当日は、天候に恵まれない北国からの人々をこれまた感嘆させた、南国イタリアならではの透きとおる蒼空と、さわやかな微風の春めいた日和。飛行機をチャーターしたというだけに、教会の前の広場はたちまち、アスコット競馬場でもあるかのように、着飾ったレディーやジェントルマンで埋まった。

レディーたちについては、あまり言うことはない。いかに上流階級であっても、どうにも英国女は私の眼には大味に映り、典雅かもしれないが優雅ではない。あの国で男たちだけのクラブや、男同士の愛情が流行《はや》るのは、こういう女たちのせいではないかと思ってしまう。背が高いのと姿勢が良いのだけは、褒《ほ》めてやってもいいとは思うけれど。

というわけで、もしも女同士だったならば、勝負は完全にイタリア側のものだったであろう。

なにしろ花嫁が美しかった。祖母の結婚衣裳を着ているのだけど、手間賃の高い今では不可能と思われるほど精巧で繊細な象牙色のレースですべてができているロングドレスは、小柄のほっそりした彼女を、まるでジュリエットのようにロマンティックに見せている。三十過ぎでこれだから、フィレンツェの良家の娘の美しさは、ミラノのマダムのそれと同じに、長つづきするのである。ただ、その日のロミオのほうが、シティの銀行に勤めているとかで、あまりロマンティックな感じではなかったが、まあ完璧なカップルなど、そうそうあるものではないのだろう。

花嫁の友だちだって、捨てたものではなかった。ボッティチェリは写実をしたのだということは、この画家を卒論に選んだ私がフィレンツェに住むようになって得た確信だが、『プリマヴェーラ』（春）に描かれたような女たちが、今でも時折いたりするのだから驚く。ああいう天上の人としか思えない美しさに出会うと、イイ女なんて讃辞は、讃辞でなくてなぐさめをふくんだ評価なのだと思えてくる。それに、フィレンツェは、外側にまとう服だって悪くない。この街に住んでいると、パリへ行っても買うものがないほど、その面では恵まれている。

こういうわけで、女ではイタリアが断然優位を守ったが、男となると、そうはいかなかったのであった。

舞台がイタリア、それも中世・ルネサンス文明の花フィレンツェなのだから、イタリアの男たちは、ぴったりと脚をつつんだタイツに華麗な色彩の短いマントという、ルネサンス時代の服装でのぞめばよかったのだ。これが奇抜すぎてだめなら、せめて、フェレかアルマーニあたりの、いかにもイタリア人のファンタジアの素晴らしさを示す、大胆不敵な服でのぞむべきだったのである。それが、全員が慣例に忠実に、黒のモーニング・スーツで出席したのが、私に言わせれば、敗因の第一であったと思う。イギリス男も全員モーニング・スーツだったが、こちらのほうは黒でなく、薄いグレイだったのだ。しかも、背広と呼ぼうがスーツと言おうが、この種の服は、イギリス男の体型に合わせてつくられたものである。彼らの身体つきが良いとか悪いとかに関係なく、あの国の男のために、あの国でつくり出された型なのである。背が高かろうが低かろうが、他の誰よりもあの国の男たちに似合うのは当たり前ではないか。

フィレンツェ大学医学部産婦人科研究室の若いドクターたちが、肉体的に見劣りしたわけではない。平均身長では五センチぐらい差があったかもしれないが、お腹なんか出ている者は一人もいないし、顔だけならば、南欧の男たちのほうに、美男はより多い。生まれだって、中世このかたという貴族の三人をはじめとして、まあこの面でも、見劣りすることはなかった。だから、高見の見物的立場の私からは、それぞれグレイと黒に身を固めた二組の、馬上槍試合でも観る感じがしたのである。

馬上槍試合は中世騎士道の最も派手なデモンストレーションだったが、武術を競うだけでなく、華麗な甲冑や服や馬衣をも競ったのだから、私の想像も的をはずれすぎているわけではない。

槍で突きはされなかったが、イタリア側が「やられた！」と思ったのは、教会の前の広場にあらわれた薄グレイの一団の、上着からのぞくワイシャツとネクタイを認めた瞬間であったと、私は確信をもって証言することができる。なにしろこれらスーツの本家の男どもは、気が狂ったんじゃないかと思うような、大胆きわまる縞《しま》のワイシャツ一着におよび、ネクタイも魚河岸のオニイサンもしりごみしそうなほど派手な原色を、チョッキからのぞかせていたからである。

縞模様といったって、日本あたりで見かける地味で上品なものではない。縞の幅など二センチもある感じの強烈な柄で、人によっては、衿《えり》の部分だけ白というのもある。ジレーと呼ぶチョッキだって、全員がスーツと同色の薄グレイだったわけではなかった。ジレーを同色にまとめていたのは、中年より上の年齢に属す男たちで、花婿の兄弟や友人とおぼしき若い連中は、そろいもそろってジレーまで派手を競っている感じだ。それに加えて気狂いじみた縞のワイシャツに、これまた気狂いじみたネクタイとくるのだから、胸から首にかけての華やかさのほうに眼が奪われてしまって、顔が少しくらい不美男でも、そんなことなど気にならなくなってしまう。この最も典型的な例が花婿側の証人の二人で、この二人のうち一人は花婿の兄、もう一人は、花婿のケンブリッジ時代の親友とのことだった。

一方、イタリア側ときたら、黒のモーニング・スーツの下はグレイのジレー、ワイシャツも正式にというわけか白、ネクタイも銀でまじめ一方。これでは、背広の本家イギリス側が、伝統を誇る側の余裕をまざまざと見せつけた一幕になってしまったのもやむをえなかった。

「遊び」だって、伝統を背にしているという自信があるから、大胆にやれるのだ。ヨーロッパ一のお洒落と自他ともに認めているイタリア男だけになおのこと、やられた！　という思いだったのであろう。しかも、イギリス男たちは、これほど遊んでいながら、スーツのボタンまではずすなどという、普通の男たちの考える「ラフ」なことは、断じてしていなかったから見事だった。

つまりは、混血美女のモデルが専門家に着つけしてもらって、帯じめからなにから正式な訪問着をまとった姿と、生まれも育ちも京都そのものの老舗《しにせ》の若奥さんが、色半衿あたりで遊んだ和服をふわりとまとった姿の、対比に似ているのである。衣裳とは、洋の東西を問わず、装うものであって装われるものではない。そして、こういうことになると、伝統がはじめてものを言うのである。披露宴で隣りに坐ったイギリス男が、変わったカフスボタンをしているのに気づいた私が、面白いカフスボタンですね、通われたカレッジのものでも、と聞いたのに、このジェントルマンはこう答えたのだった。

「いやあ、二組持ってきたのに、今朝になって見つからないのですよ。まあ、イタリアで買うのもよかろうと探したんですが、イタリアのカフスボタンは〝まっとう〟なものばかりで。それで、これが面白そうだったんで買ったのです。用がすめば、妻にやればいいんですから」

カフスの内側を見せてくれた時、私は感嘆のあまり声がなかった。女物のイヤリングだったからである。ジェントルマンとは、なにをしてもジェントルマンである男を言うとは、古くからの友であるオックスフォード出の外交官が私に言った言葉だが、その時もこの一句を、微苦笑しながら思いだしたものであった。

ロンドンに行く機会があったら、メイフェアあたりをぶらつくことをおすすめしたい。あの一画では、「ジェントルマンの遊び」が、おだやかなアイロニーをたたえながら迎えてくれる。

第3章　古き皮袋に新しき酒を

フィレンツェの街の目抜き通りに、ジョルジョ・アルマーニの店がある。ある時その前を通りかかって、ショウ・ウインドーに面白いワイシャツが二着展示されているのを見かけた。一着は、右半身が薄いピンクで左半身が薄いグリーンに色分けされているもの。二着目も同じく左右に色分けされているのだが、こちらのほうは、濃いブルーと薄いグレイ。衿はいずれも白だが、カフスは袖と同色である。

さすがジョルジョ・アルマーニと感心し、早速扉を押して店に入り、あれと同じものをください、と言いかけて、思わず開いた口がふさがらなくなった。ショウ・ウインドーには、前向きに展示されている。だから、外からは前しか見えない。それが店に入ると、後ろから見るようになるのは当たり前の話なのだが、お見事！と思ったものを背後から眺めた時、私には、のばした手のもっていきどころがなくなってしまったのだ。店員も、笑っている。なにしろ、色分けされたワイシャツと思ったものが、巧妙にも背のところで、二着のワイシャツをとめ合わせたものであるということがわかったからだった。

「買いたいと言われたお客さまは、片手の指ではすみませんでしたよ」

店員も、慣れているといわんばかりに笑いながら言う。私は、それほどリクエストが多いのなら、アルマーニに言って作らせたらどうですか、作ってくれたら必ず買います、と言ったら、店員も、ボスに伝えることを約束してくれた。しかし、今に至ってもあの愉しいワイシャツはショウ・ウインドーにあらわれないから、大胆不敵なモードの創り手と評判のジョルジョ・アルマーニも、半身ずつ色のちがうワイシャツを売り出すほどの勇気は、持ち合わせていないようである。なんとも残念な話で、ああいうワイシャツならば、イギリス男をアッと言わせることもできたのにと思う。派手な色を使ったからといって、華やかになるとはかぎらないのだ。要は、使い方なのだから。

背広に、ワイシャツにネクタイという組み合わせを嫌う男は、若者にかぎらず意外と多い。これを着ているかぎり無難だから、そういう妥協性を嫌うためかもしれない。デザイナーも、こういう画一性から男たちを解放しようと、ファンタジアのかぎりをつくしてきたのであろう。

しかし、この組み合わせは、これまでのあらゆる試みに抗して、断然王座をゆるがしていないのも現実だ。背広もワイシャツもネクタイも持っていません、と言える男は、よほど特殊な職業を持つ人でないかぎり、いないのが現状だからである。われわれ女にとってのスーツなどよりは、重要度は断じて他を圧している。女は、スーツは持たなくても別に不自由しないが、ごく普通の男で背広を持たない者は、なにかと不都合が多いにちがいない。

それに、背広は、男たちの肉体の欠点を、まあ我慢できる程度にはかくしてくれる。宇宙旅行でも一般化しないかぎり、背広文明はこれからもしばらく続くと思うがどうだろう。

ところが、この男物のスーツは、女物の同類とちがって、型のヴァリエーションがあまり豊かでないときている。ダブルかシングルか、クラシックかカジュアルかのちがいぐらいしかなく、半袖にしてしまっては、サファリ・スーツにはなっても背広ではなくなる。結局、ヴァリエーションをつけたいとなれば色と柄にかぎられることになるのだが、これだって、そう眼をむくほどのものがたくさんあるわけではない。アメリカ人がよく着ている派手なチェックも、あれが上着だけならば愉しいが、同じ柄がズボンにまで延長すると、微苦笑するしかないではないか。

ワイシャツも、型は決まっている。今頃レースなどちらつかせては、歌手とでもまちがわれてしまうだろう。

だが、ワイシャツは和服にとっての長じゅばんと同じと思っている私から見ると、こちらのほうは遊びの幅がぐんと広まってくる。そして、長年の伝統を背にする者の「遊び」の大胆さについては、前章で書いた。

最後にネクタイだが、これもまたヴァリエーションとなると、豊かとはけっして言えない。例の長いのと蝶ネクタイの二種の他は、開いた衿の中にやわらかくまとうスカーフ調のものを数えるだけで、趣向を競うのは、結局ここでも色と柄にかぎられる。日本の殿方によく見かける、紐に七宝焼きだかのペンダントをくっつけたものは、どうにも私の趣味にはあいかねるので、ネクタイの代用としてさえ市民権を認めないのである。

しかし、自由を制限されたところに真の自由が最もよく発揮される、とは、なにも芸術創作上にかぎられた課題ではない。お洒落も、意外とこの法則にのっとっている。制限なき自由が、芸術作品の質の貧困を招いたのは、現代芸術を見ればただちに納得することだし、また、世にいう自由恋愛が、恋愛そのものを消滅させてしまうのも、一度でも人を愛したことのある人ならば賛同してくれるであろう。この種の精神活動の完全な燃焼は、幾分かの拘束にしばられないかぎり、うまくいかないようになっているのかもしれない。現状維持主義の旗印のように思われている背広文明も、要は、それへの対し方ひとつにかかっているのである。

とまあ、文明論的な話から一転して調子がぐんと下がるようだが、本質的にはけっしてそうではない、背広とワイシャツとネクタイに関する、細部の考証に入ることにする。

それで再び背広だが、こうもうるさく言う塩野七生なら、一分《いちぶ》のスキもない着こなしの男を好むであろうと思われると、完全にまちがう。もちろん、かつてのケイリー・グラントやデヴィッド・ニーヴンのような、文字どおり一分のスキもない「ジェントルマン」は嫌いではないが、誰もがあのように見事な着こなしで、三百六十五日を過ごすことはできない。それに、彼らのような男に四六時中そばにいられては、こちらがしんどくなってしまう。だが、幸いなことに本場イギリスの男たちでもそうではないのだから、女にしても救われるのだ。

まず、考えてください。男の背広の上着にやたらとついているポケットは、われわれ女物のスーツのポケットとちがって、装飾のためだけについているのではない。あれは実用を目的としていて、ために、ものを入れるようにできている。胸の内ポケットには財布が入り、胸部の外ポケットには万年筆やなにやらが入り、上着の二つポケットになれば、ひどい人になると鍵の束まで入れてしまう男がいる。男だって、女ほどでなくても、持ち歩かざるをえない物品は意外と多いのである。

こうもいろいろなものが入れば当然のことだが、ポケットは次第次第にふくらんでくる。ふくらんだ状態が長く続いたポケットは、時になにも入れなくても、ふくらんだままだ。こうなると、背広の上着の型くずれは、当然の現象となってくる。ズボンも同様の論理で、腰のあたりが常にぴたりとするなど不可能だから、男であり続けたいと思えば、一分のスキもない着こなしで三百六十五日過ごすなど、無理難題ということになる。

男であり続けたいと思えば、と書いたが、それは、数年前にイタリアで「男のハンドバッグ」が大流行したことがあったからである。ヨーロッパ一のお洒落を自認しているイタリア男たちには、必需品を入れることによって型くずれした背広を着るのが耐えられなく、必需品だけを入れるために特別に考え出された小さなカバンを持ち歩くことで、この難題を解決しようとしたのであろう。

だが、これは、一時は大流行したが、数年もしないですたれてしまった。やはり、おかしいのだ。必要に応じて小さめにすれば、どうしても女物のバッグのような感じになってしまうし、かといって、男性的にと大きくしてみると、これはもう、アタッシェ・ケースと同じことになるのに気づいたからである。その間、イギリスの男たちは、平然とポケットのふくらんだ背広を着つづけていたように思う。そして、私は、平気で型くずれした上着を着る男のほうが好きなのだ。

女が少しでも美しく見せたいために、あらゆる努力を惜しまないのは、正当な理由がちゃんとあって、ために真剣な話なのである。だが、男は、真剣な態度でのぞむことは別にあるのが、男というものだ。ずいぶんと保守的なことを言うと思う人がいるかもしれないが、それはまちがっている。なぜならば、所詮、われわれ女は、身だしなみ以外に真剣勝負をするものを持っている男を欲しているからである。

つまり、着こなしに気をつかうことなど、男にとっては遊びにすぎない。こうなると、男たちの間にあらわれてくる差は、この遊びが上手であるか下手であるかのちがいだけ、ということになる。そして「遊び」とは、真剣でないほうが上手くいくという逆説的性格を持つものでもある。

日本に帰国中に、ある男性向きの雑誌のインタビューで、どういう男が好きか、とたずねられた。私の答は、タキシードの似合う男、というものだった。そして、その理由として、こうつけ加えたのである。

「ジーパンの似合う男が必ずしもタキシードも似合うとはかぎらないが、タキシードの似合う男は、絶対にジーパンも似合うからです」

遊びは、ヴァリエーションを愉しめるところにしか存在しない。つまり、選択の自由が愉しめるところにしか、存在しないのである。ジーパン・オンリーを自負する男たちは、自分自身でも気づかない間に、束縛からの解放であったはずのジーパンが、「遊び」でなく「真剣」なことになるという落とし穴に、落ちこんでしまっているのだ。「真剣」にジーパンをはいている男など、「真剣」に背広を着ている男とまったく同じに、こっけいそのものではないか。

第4章　再び、古き皮袋に新しき酒を

前章で、ワイシャツを、和服の場合の長じゅばんと同じ、と書いた。ならば女物のシャツ、即ちブラウスも長じゅばんと同じかというと、そうではない。ブラウスも長じゅばんと同じに使われた時代もあったが、上着的に独立してから長い時代が過ぎているからである。それでも、ブラウスの上になにもはおらないで外出するようになったのは、今世紀のはじめからではなかろうか。それまでは、マントかショールをはおらないと、外には出ないものだった。

一方、男物のブラウスは、その間ずっと「下着」で続いて今日に至っている。衿と袖口の装飾ばかり発達したのが、なによりの証拠だ。シャツだけの姿は、家庭内でのよほどのくつろぎの時か、汗を流してなにかをする場合か、剣技《フェンシング》の練習でもする時にかぎられていた。今だって、いかに洋服の伝統のないわが国の男たちでさえ、上着を脱いでワイシャツ姿だけになる時は、失礼して上着を取らせてもらいます、ぐらいのことは言うではないか。オフィスでワイシャツ姿で仕事する習慣は、アメリカ人の影響によるものだろう。こういう光景は、ヨーロッパでは、日本やアメリカほどには見かけない。

しかし、長じゅばんが着物の着こなしの出来不出来を左右するように、ワイシャツも、男子服を考える場合、実に重要な分野をになっていると私は確信している。私も、合織の着物は二つぐらい持っているが、化織や合織の長じゅばんは一つも持っていない。肌ざわりと身体への落ちつき具合を重視すると、どうしても純絹になってしまうのだ。

ワイシャツも同じことである。アイロンかけの必要なしとかいわれて、一時合織や化織ものが流行ったが、それも第二次大戦後の窮乏生活のあらわれの一つにすぎなかったようで、その後、世の中が落ちつき、経済状態が安定してくると、ワイシャツもまた、純粋な天然繊維を選ぶように変わった。西ヨーロッパでは、綿百パーセントでないワイシャツを見つけるほうが、今では難しい。結局、肌ざわりと色の冴え加減を重視すれば、木綿であろうと絹であろうと天然繊維にもどるしかないのである。

それに、純綿のワイシャツは、折り目に微妙なふくらみを持たせることが可能ときている。衿の折れ具合、そしてダブルになった袖口の折り返しの感じなど、木綿ならではの布地の厚みに、自然に微妙なふくらみがないと、その上にはおる上着がしっくりとこないのである。

だから、クリーニング屋がこんなことにはかまわずに、ワイシャツ全体にのりを強くきかせ、それを機械でプレスしちゃったものなど、もしそれが純綿であれば、この繊維特有の良いところを完全に台無しにすることだと思うのだ。ワイシャツの胸ポケットが、指ではがしでもしないかぎりぴちゃっとくっついたのなど、それを着ている男が好意を持っている人であったりすると、悲しい思いなしに眺めることができない。

ワイシャツにきかせるのりは、衿と、胸のボタンが並んでいる一線と、それ以外は袖口だけにするものである。洗って乾かす時は、だから、のりなどつけてはいけない。のりをきかせるのは、アイロンかけをする時にやるもので、そのために、部分だけにのりをきかせるスプレー式のものが、日本にもあるはずだ。少なくともイタリアでは、街のクリーニング屋に出しても、ワイシャツがパリッとするような感じに、全体にのりなどきかせてこない。シーツならば機械でアイロンかけしてもかまわないが、背広、とくに上着を、機械でプレスする馬鹿はいないであろう。私の言いたいのは、ワイシャツも、背広の上着と同じ待遇を受ける理由が立派にあるということである。女物のブラウスをプレスする時と、ほとんど同じ精神であつかわれるべきと言いかえてもよい。そうすれば、のりのきかせ過ぎというあの悲しい現象も、少しは改善されると思うのだ。

ワイシャツの色と柄については、前々章で書いたからここではくり返さない。だが、塩野七生という女は、ことワイシャツに関すると、なんとうるさくパトロジックなのだろう、という印象を与えたかもしれないので、ここで少々、自己弁護をしたい。

というのは、私のワイシャツ考は、二十年昔にさかのぼるのだ。その当時、イタリア遊学の費用かせぎにと、ある繊維会社の製品企画の仕事を手伝っていたのだが、一カ月に一回、イタリアから情報というか助言というか、まあそういうことを書いたレポートを東京の本社に送るのが、当時の私の義務だった。ある時、こういうレポートを送ったのである。

「ローマも五月となると、スペイン階段はつつじの花で埋まり、吹く風もやわらかく……（こういうレポートを企画会議で読みあげさせられた人は、さぞかし恥ずかしい思いをしたであろうと、今でも申しわけなく思っている）。

ところが、この街を行く日本の殿方たちは、いずれもチャコール・グレイ（当時の日本では猫もしゃくしもこの色を着ていた）の背広に白いワイシャツ姿。これではまるで、ドブネズミの一群が行くのと変わりません。ワイシャツに、色をつけてはいかがでしょう。ピンクとか紫とかは今すぐとは言わないけれど、せめて空色かベージュか、それを使った縞柄なら、日本のまじめなサラリーマン諸氏も、抵抗なく着られるのでは」

帰国した時に行ったデパートのワイシャツ売場を埋めたカラー・ワイシャツに、いかに私が満足の思いにひたったか、御想像にまかせよう。いまだに、私の日本への功績は、歴史物語を書き続けたことよりも、日本の男たちの胸もとを色づけしたことではないかと、密かに自負しているくらいなのである。

ただ、今になって残念に思うのは、あの当時からすでに、半身ずつ色のちがったワイシャツ製造を、提案しなかったことである。当時の私は遺跡や美術館ばかり見て歩いていたのだから、そこにあふれるルネサンス時代の絵画を、歴史でも美術史でもない、ワイシャツの新市場開拓という視点から見ていたら、このアイデアに気がついていたと思うのだ。ルネサンス時代のイタリアの流行は、上着であろうとタイツであろうと、半身ずつ色を違えたものや、右半身は柄物、左半身は無地というふうに、この面では大変にヴァラエティーに富んでいたからである。

もちろん、今のイタリア男でさえも考えつかないこのように大胆なシャツは、たとえ大規模な宣伝キャンペーンを張ったとしても、白を薄いおとなしい色物にかえるのが精いっぱいだった当時の日本の男たちには、受け入れられはしなかったであろう。だが、ワイシャツでは伝統の長いイギリスをはじめとする西欧の男たちには、

「遊び」の極として面白がられたかもしれない。いや、成功はまちがいなかったと信じる。まったく、残念なことをした。分家の分家の分家あたりから本家に輸出するなんて、考えただけでも愉しいし、あの直後に起こった繊維不況も、その一部ぐらいなら解決していたかもしれないのだから。

ワイシャツ考の最後をしめくくるのは、長じゅばんの袖口にわれわれ女があれほど神経を遣《つか》うのと同じで、やはりカフスであろう。私の好みでは、背広が相当にカジュアルである時以外は、ワイシャツのカフスは、ダブルに軍配をあげる。シングルだと、背広の袖口を締めるのに弱すぎるのだ。そのうえ、シングルでは、カフスボタンの「遊び」が不可能になる。

スペインの元首相スアレスがテレビの画面に登場するたびに、私は、このクラシックなスペインの美男の顔でなく、彼の背広の袖口からのぞく、ワイシャツのカフスばかり見ていたものである。必ず、ダブルだった。しかも、腕を折り曲げた時に袖口からのぞくカフスのはばは一・五センチぐらいで、いつも一線を引いたように決まっていた。四十代の若さなのだから、これぐらいのはばはあってよい。ただ、カフスボタンを見ることはできなかったが、イタリア男よりも一段と伝統に忠実なのが、スペイン男である。クラシックで品の良い、ボタンであったにちがいない。だが、この愉しみも、現首相のゴンサレスの時代になってからはなくなってしまった。ゴンサレスは社会党員なので、開衿シャツかトックリのセーターのほうを好むのである。背広にネクタイは、選挙運動中と、首相になってから国民におだやかな革新派を印象づけるために、やむをえずまとった衣裳とのことだ。こういう健全そのものの人物に、カフスボタンを遊ぶ話などしたら、だからヨーロッパは衰退しつつあるのだなどと、叱りつけられそうな気がする。

ネクタイについては、わがパトロジックな分析を、完全に放棄する。なにしろ私は、どれほど親しい男友だちにでも、ネクタイだけは贈らないのだ。なぜなら、ワイシャツにはあまり神経を遣わない日本の男たちも、どういうわけかネクタイだけはそれぞれの趣向を持っていて、彼らの心理をうかがう不可能さと同じくらいに、彼らの趣向を計ることは難しく、この種の冒険を犯すなど真平《まつぴら》と思っているからである。

また、ネクタイほど、背広やワイシャツとの調和を考えて選ばねばならないものもない。これは、いかにどういう背広とワイシャツを持っているかをこちらが知っている男でも、これらの組み合わせはその人のその時々の気分に左右されるものだから、他者にはなかなか察知できることではない。私が、夫であろうとネクタイは誰にも贈らないのは、この最後のところまでも男を支配したいという欲望を持ち合わせていないか、それとも、そんなにしんどいことまではめんどうくさくてという、怠け心のせいであろう。ネクタイの選択ぐらいは、首を締めあげるものということもあって、彼らの自由領域に残しておいてもよいと思っている。

ただ、ネクタイ留めについては、どうしても一言いいたい。日本の男たちに支配的なピンでネクタイをはさむ方式を、私は大嫌いなのである。ネクタイは、ジレーで押さえでもしないかぎり、ひらひらしているのが当たり前なのだ。それを、ピンではさんで止めるのは、不自然である。ひらひらがわずらわしければ、はさむ型でなく、刺して止める式のネクタイ留めのほうがずっと自然だし、優雅ではないか。

フィレンツェの街の貴金属店には、針山に突きささったネクタイ留めを売っている店が多い。頭部に小さい繊細な飾りがついていて、それに続く針でネクタイに留めるのである。頭部の飾りは、別に高価な宝石でなくてもよい。ネクタイに、もう一つ「遊び」をつけ加えるだけなのだから。

第5章　嘘の効用について

母親はふつう、息子や娘に嘘はついてはいけないと教える。古きはワシントンと桜の木の話など持ち出し、新しきはニクソンが失脚した主な原因は、知っていたことを知らないと言いはり、それをアメリカ国民が嫌ったからだとでも説明しながら教育するわけである。しかし、このての教育は、または家庭でのしつけは、もうそろそろ考え直してみてはどうであろうか。嘘をいわないことを第一の徳としてきたアメリカ人の、素朴かもしれないが単純そのものの思考や行動が、彼らが絶大なる力を持っているだけに、どれほど否定的な影響をもたらしているかを思えば、そうそう簡単にワシントンを見習えといってもいられまい。それにわが日本は、嘘から出たマコトという深い洞察をあらわす格言を持つ国でもあるのだから。

とはいえ、私は、何にでも嘘をつけといっているのではない。嘘を有効につくことは、真実さえ言っていればよいのと違ってたいへんに頭の良いことが要求されるのだ。そうそう誰にでもすすめられることではない。世にいう見えすいた嘘とは、頭の悪い人のつく嘘の典型で、もちろん、つくよりもつかない方がよいに決まっている。

つまり、嘘とは、真実を言っていては実現不可能な場合に効力を発揮する、人間性の深い洞察に基づいた、高等な技術の成果なのである。バカにはできることではない。また、嘘はすれた大人の言うことであって、純真な子供は言わないというのもたいへんな誤解である。子供も頭がよければ、実に巧みな嘘をつく。このような場合、大人は、子供の嘘を受けとめてやらないといけない。嘘をついたという理由だけで叱るようでは、子供の頭脳の正常な発達を阻害するだけであろう。

あるところに、五歳にはまだ数カ月という年頃の男の子がいた。都会の子だから、ときたま訪れる田舎の祖母の家は、珍しいことだらけに思える。ただ、おばあさんは、孫が来る度に新しい靴を買ってあげる類の思い遣《や》りはあるのだが、幼い子の望むままに、あちこち田園を連れ歩いてくれることまでは考えつかない。彼女にすれば、田舎道は新しい靴を汚すだけだった。それで、孫と靴の双方の安全のためと、一計を思いついたのである。

「遠くに行かないで、家の近くでだけ遊んでいなさい。遠くへ行くと、狼が出ますからね。特に小川のほとりは危いから、絶対に近づいてはいけません」

だが、子供は大人がやってはいけないと言うことだけをやるために、この世に生まれてきた存在である。もちろん、この男の子は祖母の家から遠く離れた小川へ行った。ところが、小川の岸にすわって両足をブラブラさせていたまではよかったが、左の足にはいていた靴が脱げ、水の中に落ちてしまったのである。流されていく片方の靴を目で追うしかなかった幼な子は、途方に暮れてしまった。その子には、祖母が罰を与えるとすれば、禁じられていた小川へ行ったことより、買ってくれたばかりの新しい靴を失ったことの方が、重いであろうと思われたのだ。片方の靴だけで家に帰りついた子供に案の定、祖母は開口一番、靴の片一方はどこになくしてきたのか、と聞いた。それに幼な子はこう答えたのである。

「狼が持っていっちゃったの」

もちろん、狼などが出るはずはない。だが、そういって脅かしてあった以上、おばあさんには一言もなかったそうである。

ある母親は、十歳になる息子に常日頃こう言いきかせていると聞いた。

「女の人には誰にでも、本当のことを言うことはないのよ。女の人はみな、自分自身の本当の状態を知らないほどバカではないの。だから、わざわざ男のあなたが、本当のことをわからせてあげることはないのです。例えば、ママに『なに、ママ、今日のヘア・スタイル、なっちゃいないよ』なんていうことはないのよ。ママは美容院でしてもらってきたばかりのヘア・スタイルが、なっちゃいないことくらい百も承知で、おかげでその日一日中、身の置きどころがない思いをしているのだから。でも、なっちゃいないヘア・スタイルのママを承知で『ママはいつもきれいだなあ』なんて言うこともないのです。そういうのを見えすいたお世辞といって、そういうことばかり言う人は、軽薄人間の代名詞にされますよ。あなたも、真実とは、言う必要のない時は言わない方がよいということも知っておきなさい」

　こんな教育をさずけて、悪い友だちとつきあい始めたり、果ては麻薬にひっかかりでもしたらとり返しがつかなくなるのではないか、と案ずる人がいるかもしれない。しかしそのような場合には、いかに両親には真実を話すよう日頃から言いきかせていても、所詮、効果はないのである。子供自身に自分の得になるか損になるかの判断力がないから、悪の道に踏みこむのだ。常日頃から無邪気にしても巧妙にしても、子供ながらに頭をふりしぼってついた嘘を、笑って受けとめてくれていたほどの親なら、子供は、大切な時には、意外と真実を語るものなのである。

　次に、大人の嘘について話したい。だからもちろん、無邪気どころかたいへんに深謀遠慮な嘘の例である。私には処女作であった『ルネサンスの女たち』の時からの、最も信頼していた編集者がいた。いた、と書いたのは、彼は数年前に不治の病いで、若くして世を去ったからだ。ただ、もしその人が処女作から私を担当していなかったら、作家塩野七生は存在しなかったであろうと思っている。なぜならその人は、少なくとも私に対しては、嘘をつく名人であったからだ。彼が私の最初の原稿を一読した時、もしも彼が正直に真実を言っていたとしたら、その後の彼の書き直させ方からして、おそらくこんな具合であったろう。

「これではダメだね。とうてい公表できるしろものではない」

しかし、彼はそんなことは一言も言わなかった。そのかわり、こう言ったのである。

「キミは男たちを驚嘆させる作品を書ける、数少ない女流作家になるだろう」

私が作家志望の文学少女であったことはなく、ここで叱咤《しった》したらすぐさまヤーメタと放り出しそうなのを知っていたのだ。それで、叱咤激励のうちでも、激励だけにとどめておいた方が有効だと判断したに違いない。案の定、ほめられるとすぐにいい気になる私は、その次の日から始まったシゴキを平然と耐えたものだった。しかも、私の性格まで見通していたらしい彼は、キミは同性からの絶対的な支持を受ける作家になる、などとは言わず、異性である男たちを驚かせる物書きになるだろうと言ったのである。もしも彼のほめ方やおだて方が前者の方であったならば、私とて、そうそう簡単にふるいたつ気にならなかったであろう。嘘は人を見て言え、という格言もあったような気がするが、彼はそれを私に対して駆使したのであろう。

そのあとも彼は、何度も嘘をついた。そして私は十五年近くも、彼の嘘に騙されて書き続けてきたように、単純にものを考える人ならば思うかもしれない。しかし、実情は少しばかり違うのである。

彼は、私に対して嘘を言い続けた。だが、私も彼の嘘を真実と思いこんでいたのではない。嘘であることは、最初に言われた時からはっきりとわかっていた。しかし、私はまた、人間というものは百パーセントの嘘をつくことはできないとも思っていたのである。

彼の言う嘘の中には、一パーセントではあっても必ず真実が含まれているはずなのだ。その一パーセントの真実を百パーセントの真実に変えることは不可能でも、せめて十パーセント、いや、うまくいけば二十パーセントくらいにするのは、私の意志ひとつにかかっていることである。私には、彼が嘘をつくたびに、それを口にした彼さえも予想しなかったほどの大きさの真実にして彼に示すことに、特別な情熱を感じさえもしていたのだった。

そのあとも、何度となく彼が私に嘘をついたことはすでに書いた。しかも、それらの嘘はすべて時と情況と書くテーマに適したもので、言われた私の方が、心中ニヤリとして敵もなかなか頭を使いますね、と苦笑させられるものばかりだった。とはいえ、そのたびに私は、彼の嘘にのせられたのである。いや、私自らのったのであった。最後の彼の嘘は、彼がすでに亡き人だから紹介できる嘘で、もしまだ生きていたら、彼と私との間だけの秘密で終わった「嘘」である。

それは、ヴェネツィアの歴史がテーマの『海の都の物語』を書き始めようとしていた時だった。どれくらい長くなるか、当初は書く本人の私でさえ予想できなかった歴史物語は、彼が当時、編集長をしていた中央公論社の文芸誌『海』に連載されることになっていたのである。

だが、全ての調べが終わり、あとはペンを走らせればよいというところにきていながら、私にはなぜか、この一見簡単に思えることが始められない。このような状態は、バッテリーの充電状態と同じで、今使い始めないと自然に放電してしまうのである。放電してしまったバッテリーは、もう一度充電し直さないと使いものにならない。だから、充電完了となった時は、その好機をのがさずに活用する必要があるのだ。彼は、もちろん私のそういう仕事のすすめ方を知っていた。そして、十五年間ついてきた嘘の中でも、傑作中の傑作の嘘をついたのである。

「よし、来年の『海』は、吉行淳之介とキミで行こう」

考えてみてもください。もしかりに『海』に執筆を依頼されている他の作家たちが、編集長のこの言葉を知ったとしたらどう思ったであろうか。

「吉行淳之介はいいとしても、なんだ、塩野七生なんて新人作家がメインとは」

と怒るであろう。怒るのが当たり前なのだ。なにしろその方が真実なのだから。

また、吉行先生はどう思われるであろう。粋《いき》な方だから、怒りはされないと思うが、苦笑ぐらいはなさるに違いない。これも当然の話である。つまり、彼の嘘は私に対してしか効力が期待できない嘘だったのである。私だって、これが編集長である彼にとって、他に知れたら危険な嘘であることはわかっている。だからこの嘘は『海の都の物語』を執筆中、ずっと私の頭から離れなかったが、誰にも一言ももらさなかったものだ。そして、この種のマナーは、こういう「嘘」をプレーする場合の最小限のルールだとも思っている。

第6章　再び、嘘の効用について

いつだったか日本に帰国中に、滞在先のホテルの部屋のテレビで、『ロミオとジュリエット』を観たことがあった。イタリア人のゼフィレッリが監督した映画だが、テレビ放映用にと、日本語の吹きかえがなされている。しばらくは日本語を聴いていたのだが、かの有名なバルコニーの場面になるや、なんとも日本語による愛の告白が聴きづらくてしかたがない。それで、この種のホテルのテレビでは英語で聴くこともできるのを思いだし、その後は終わりまで英語で聴いたのである。

英語が得意なのでは、決してない。しかし、相手は名にしおう文豪シェークスピアの名作。英文学専攻でない私だって、暗記するくらいに知っている。それに、ゼフィレッリ監督のこれはとくに好きで、二度も観ているので細部まで覚えている。だから、せりふにところどころわからない箇所があっても、そういう危険のない日本語で聴くことによって完璧に理解するよりも、せりふの流れに身をゆだね、それによって酔うほうを選んだのであった。

それにしても、なぜ日本語の「愛」の言葉というのは、われわれ日本人にさえも自然に響いてこないのであろう。不自然にしか響いてこないということは、嘘を言っているようにしか聴こえないということである。なぜだろう。「ジュ・テーム」とか「ティ・アーモ」とか、「アイ・ラブ・ユー」と言えば自然に響くのに、「あなたを愛している」となると……。

それでも言う当人が、女である場合はまだよい。女は簡単に、自分で自分を酔わせることができるから、「あなたを愛しているわ」ぐらいは、ごく自然に口にすることができる。つまり、女が言えば、まあまあ相当な程度にはほんとうに聴こえるのである。

ところが、日本語で男が言うと、もういけない。高倉健が、「オレはおまえを愛している」なんて言う図を想像してみてください。日本人同士のラブシーンが、概して無言のうちに展開されるのは、このあたりの事情を考慮しての結果のように思えるのだが、どうだろう。

それならば、若い世代が言えばサマになるかといえば、こちらもまた絶望的なのだから困ってしまう。サマにならないことを彼ら自身が百も承知している証拠に、「アイシテイル」なんて片仮名で書くではないか。無言と、言うにしても片仮名風にしか言えないのとのちがいだけで、彼らにとって恥ずかしい「言葉」であるのは、旧人類であろうと新人類であろうとまったく変わらない。

つまり、日本語による愛の表現力は実に貧しいのだ。それらを口にする時に不自然さを消してくれる、リズムが欠けているからである。いや、リズムが伴うように、言葉自体を作らなかったからである。

プレスリーの歌だったかに、「アイ・ウォンチュー、アイ・ニードゥ・ユー、アイ・ラブ・ユー」というのがあったが、日本人の歌手はあれを、日本語にどう訳して歌っていたのだろう。「おまえが欲しい、おまえを愛する、おまえを必要としている」では、苦笑するほうが先ではないか。結局、原語で歌うしかなかったのではないかと思う。イタリアのカンツォーネだって、訳詞を読むたびに、私は吹き出してしまう。訳詞者も苦労しているのだろうと思うから、こういう愉しいことは、公《おおやけ》には指摘したことはないけれど。

オペラだって同じである。聴衆に理解してもらおうと日本語版で上演する心意気はわかるが、理解はしても酔えなくなった芸術は、もう芸術ではないのではなかろうか。

原語でやればいいのである。イタリア人でドイツ語を理解する人は少ないが、このフィレンツェでも、ワーグナーはドイツ語で上演される。

しかし、芸術はさて置くとして、人間の人生にもどるが、「アイシテイル」と片仮名風にしか言えない若い世代の日本の男たちも、「好きだよ」という言葉になると乱発するようである。ただし、高倉健世代になると、これさえも口にしないようで、彼が主演の恋愛映画を作ったら、脚本家は書く量が少なくて楽ではないかと思うけれど。

こういう現実を知ってというわけか、われわれ日本の女たちは、日本語による愛の表現はどうもわが国の男たちにとっては不得意であるところから、「好きだよ」程度で満足しているのが大勢のようである。だが、それだと、大変につまらない恋愛しか味わえないことになるのも、知ってのうえでのことであろうか。

なぜなら、「好き」という言葉は、あらゆる対象に使用可能な表現だからである。「仕事が好き」とか「ゴルフが好き」とか、「旅行が好き」「釣が好き」、果ては「ビフテキが好き」だって、言葉のうえでは同じである。私だったら、こういうことと私とが同列に置かれるのは我慢がならない。内容がちがうことはわかっていてもだ。

私も、個人としては、恋人には迷惑はかけたくないと常に思っている。しかし、恋人とは、ひどく迷惑をかけてくる女は困るにしても、まったくかけないという女ではものたりない、と思う存在であることも知っている。

要するに、世の男とは、少しぐらいならば「迷惑」をかけて欲しいのだ。もしも、それさえもイヤだと言う男がいたら、それはもう男ではない。

というわけで、恋人には、自然に響かないために、恥ずかしいというかためらうというか、そういう思いなしには口にできない言葉を言わせるという、「迷惑」をかけてみてはどうだろう。「ボクは、キミを愛している」と言わせるのだ。

おそらく、彼は、相当に恥ずかしい思いをしながら、相当にためらいながら、この言葉を口にするにちがいない。しかし、清水の舞台からとび降りるぐらいの勇気を要したにしろしないにしろ、言わせてしまえばもうこちらのものである。それを、これから説明しよう。

人間というものは、いかに心の中で思っていても、それを口にするかしないかで、以後の感情の展開がちがってくるものである。なぜなら、心の中で感じているうちは、自分の耳で聴くことはないのに反して、いったん口にすると、誰よりもまず自分が聴くことになる。つまり、言葉というはっきりした形になって、頭に入ってくるということだ。男は、絶対に、彼自身の頭脳を通過したことでないかぎり、彼自身の心に定着させない。

だから、どれくらい真実がふくまれているかどうかは、問題ではないのである。口にして以後、真実がふくまれはじめてくるのだ。

「真実のない空言《そらごと》など、私は聴きたくありません。真実になってから、つまり自分の言葉に責任がとれるようになってから、そういうことは口に出してほしいのです」

などと利口気に主張する女は、男の、いや人間の本性に、完全に盲目であると言ってもよい。

そして男は、二度目に同じ「言葉」を口にするようになった時、最初の時のためらいを、必ず少しばかり忘れているはずだ。そして、三度目、四度目。男は、いつのまにか、彼自身も意識しないうちに、相手の女をほんとうに愛していることに気がついて、誰よりもまず彼が驚くだろう。

内容と外容の、微妙でめくるめくばかりの展開の様《さま》がそこにある。

「口には出さなくても愛している」とか「言葉を越えるほどの愛」とかいう言葉を耳にしたり、書いてあったりするのを目にした時、私は、哀れみさえも感じる。そんなことは、外側を変えることによって内側を変えるという、人間相手にしか通用しないこの愉しみとは終生無縁な、感受性の鈍い人々だけの話と思うからである。

禁断の甘き匂いは、禁断を犯さないかぎりかぐことはできない。男たるもの口にすべき言葉ではない、とされてきた言葉を、言わせてみてはどうであろう。そのためにいかなる策謀をこらそうと、いかなる手を使おうと、絶対に試してみる価値はある。口にすべきではない言葉を言った後の男の変わりようを見れば、納得がいくはずだ。最初の柵を越えれば、次の、そしてそのまた次の柵を越えるのは、ずっと簡単にいくのだから。

言葉であろうと行為であろうと、客観的な形になったものがいかに内実に影響を与えるかの例は、なにも愛の言葉にかぎったわけではない。自らの子に、パパとかママとか呼ばせずに、名前を呼ばせる親がいるが、これも、この種の例の一つに数えることができるだろう。

あれは、どういう気なのであろう。親と子というちがいを廃することによって、親子関係さえも友人関係と同じにしようと思ってのことであろうか。

いずれにしても私には、まったく理解できない。子供にとって、友だちは何人もできるだろうが、親というのはたった二人しかいないのである。どんなに社交的な人でも、その人の生活に、親は父親一人と母親一人しか持つことはできないのである。その、たった一つしか持てない関係を、なぜその他大勢の関係と同じにしようとするのであろうか。私には、そういう親たちは、親であることに劣等感を持つ人たちであるように思えてしかたがない。不幸なのは、こういう親を持った子供たちだ。

ある時、幼い二人の子供連れの若い夫婦と、ヨットで三、四日の旅をしたことがある。そしてその時、もう二度とこの種の家族と行動をともにするのは御免だと痛感したものであった。

子供二人が、まったく両親の言うことを聴かないのだ。子供からすれば当たり前で、日頃友だち同士と思っていた相手が時たまふるおうとする権威を、認める気にならないのは当然である。友だち同士ならば、対等の立場に立った理解しか成り立たない。しかし、これを、五歳の子供との間にも成立させようとするのは無理な話なのだ。というわけで、結果は惨憺《さんたん》たるもので、ヨットを愉《たの》しむどころの話ではなかったのである。

恋人でも夫婦でも、男女の関係には、友人同士とはどこか違うものがなくてはつまらない。親と子の関係に似て、人間の長い一生のうちで、そうそう何度も恵まれるものではないのだから、恵まれた以上、完全に味わうよう努力すべきではないかと思うのだが、どうでしょうか？

第7章　「同じ言語」で語りあえることの尊さについて

ルネサンス精神を代表する一人といわれるイタリアの政治哲学者ニコロ・マキアヴェッリに、こんな手紙がある。ローマの法王庁にフィレンツェ共和国から派遣されて大使として行っていた、フランチェスコ・ヴェットーリにあてたものである。政変に連座したためフィレンツェ郊外の山荘に引きこもらざるをえなかったマキアヴェッリが、政府の中枢にいた以前とはうって変わった現在の生活の単調さを、親友に、ユーモアまじりに訴えたものだ。朝はダンテやオヴィディウスの詩の本を持って森で過ごし、帰途、居酒屋に立ち寄り、昼食時とて集まる旅人たちから世の中の出来事などを聴き、家に帰って家族と昼食をとり、昼食後は再び家の前にある居酒屋にもどって、今度はカードに興ずる。農民たちとだから、大声は近くの村にまでとどくほどだ。その後に、次のように続くのである。

「夜がくると、家にもどる。そして、書斎に入る。入る前に、泥やなにかで汚れた毎日の服を脱ぎ、官服を身に着ける。礼儀をわきまえた服装に身をととのえてから、古《いにしえ》の宮廷に参上する。そこでは、わたしは、彼らから親切にむかえられ、あの食物、わたしだけのための、そのためにわたしは生をうけた、食物を食すのだ。そこでのわたしは、恥ずかしがりもせずに彼らと話し、彼らの行為の理由をたずねる。彼らも、人間らしさをあらわにして答えてくれる。

四時間というもの、まったくたいくつを感じない。すべての苦悩は忘れ、貧乏も怖れなくなり、死への恐怖も感じなくなる。彼らの世界に、全身全霊で移り棲んでしまうからだ。

ダンテの詩句ではないが、聴いたことも、考え、そしてもとめることをしないかぎり、シェンツァ（サイエンス）とはならないから、わたしも、彼らとの対話を、『君主論』と題した小論文にまとめてみることにした。そこでは、わたしは、できるかぎりこの主題を追求し、分析しようと試みている。君主国とは、なんであるのか。どのような種類があるのか。どうすれば、獲得できるのか。どうすれば保持できるのか。なぜ、失うのか……」

最後のところは、『君主論』という名で知られ、俗にいうマキアヴェリズムの源となった作品が、どのようにして書かれたかを示してくれる史料として有名な箇所である。だが、それはひとまず置くとして、ここでは、その前の部分に眼をとめてみたいのだ。古《いにしえ》の宮廷に参内《さんだい》し、古の、つまり歴史上有名な人物たちと語りあうというところである。

ただ、実際はどうだったろう。マキアヴェッリは背は人並だったが醜男でもあった。その貧相な四十男が、ちろちろと薪の燃える大きな暖炉を背にした木の机の前に坐り、机にほおづえをついて、眼を宙にすえたまま一人で、なにやら眼を輝かしたりうなずいたりしている。時々、机の上の紙の束の上に、羽ペンが勢いよくすべりはじめる。と思うとまた止まり、ほおづえをついた姿勢にもどって、再び宙に眼をすえたまま、他人にはわからないひとり言をつぶやきはじめる。これを、夜の四時間、毎日くり返していたのであろう。実際的な人が見れば、なにが古《いにしえ》の宮廷だ、なにが古の人々との対話だ、馬鹿馬鹿しいまねもいいかげんにして、小さいながらも所有地の効率良い経営でも考えたらどうか、と思うにちがいない。

後世のベスト・セラー『君主論』も、マキアヴェッリの生存中は出版されず、初版も、彼の死の五年後の一五三二年になってからである。お金には、まったくならなかったのだ。どうやら、健全なる現実家であったらしいマキアヴェッリ夫人も、こういう夫を、〝落ちこぼれ〟と見ていたようである。マキアヴェッリは、同じ言語で語りあえる、親友に向かって書くしかなかったのだ。

なにしろ、この種の対話は、あなた、なにを寝惚《ねぼ》けたことばかり言っているんです、と反論されでもしたら、もう成り立たなくなるのである。せめて、あいつは夜の四時間だけ、タイム・トンネルをくぐって古《いにしえ》に遊んでいるのだ、とぐらいは思ってくれないと成立しないのだ。この手紙の相手フランチェスコ・ヴェットーリは、マキアヴェッリと同じフィレンツェ共和国の官僚だったが、ローマ駐在大使を務めるくらいだから、落ちこぼれとはまったく反対の官僚だった。マキアヴェッリのように、思ったことを正直に言ったり書いたりしなかったためでもある。だが、人間としては、マキアヴェッリの親友の一人であったということだけで、後世に名を残しただけの人物であった。ただ、天才マキアヴェッリの「世迷言《よまいごと》」を、微笑しながらも理解はできる男だったのである。

友人とは、こういう間柄を指すのではないだろうか。そして、この種の友情の恩恵を得られるのは、友情関係にある相手方の人物の質にだけ、左右されるのではない。こちらの「質」のほうが、決定的要素である場合が多いものである。私だったら、マキアヴェッリは、ステキな男だと思う。醜男でも貧相でも稼ぎがよくなくても、ステキな男だと思う。もしも、男の価値判断の基準のひとつに、ノーブルというのがあるとしたら、これを貴族的という日本語に直すと、どうしても意味が固定されてしまうので「ノーブル」とするしかないが、この手紙にあらわれたマキアヴェッリは、その評価にふさわしいと思う。これが自分の世界なのだ、と言えるものを持っている男なんて、まったくステキではないか。それも、古の人たちと語りあっているのだ、などという表現で伝える男なんて、ステキでなくてなんであろう。マキアヴェッリほどの天才でなくても、私たちの周囲には、きっとこの種のノーブルな魂の持ち主が、意外と多くいるような気がするのだが。そして、それを見出すかどうかは、私たちの心の中に、ステキな要素がどれくらいあるかどうかにかかっている。

私の友達の一人に、恋している女がいる。相手の男も、彼女を愛している。ただ、二人とも、結婚することもできなければ、同棲することもできないのだ。お互いにある事情によって、女には女の事情、男には男の別の事情があって、結婚にまでもっていくことが許されないからである。

よく、結婚は愛する相手とするものであって、愛が失われれば結婚を続けることはないというが、現実は、その一刀で切断するほどは簡単ではない。愛情をまっとうするとか、愛を成就するとかいうが、すべての恋愛が結婚や同棲という幸運な形でまっとうできるとはかぎらない。当人たちの、勇気の有る無しには関係ない。こしばらく奔放な生き方が賞讃の対象によくなるが、奔放な生き方を貫ける人は、もともとそれをできる環境に恵まれていたか、それとも、古い言葉を使えば人間のしがらみに、無神経でいられる「大胆」な人にかぎられる。不倫の恋が、しばしば、人間関係の倫理に敏感な人々の恋に冠される非難の言葉であるのは、なんとも皮肉な現実ではあるけれど。

不倫の恋は、世を忍ぶ恋でもある。彼女には、自分の恋を誰にも打ち明けることが許されない。相手の男の社会的立場もあって、母親にさえ言えないと、彼女は言った。私も、相手が誰であるのか知らない。だが、この私の女友達は、好きでそういう関係を続けているのではない。いつか、彼女がこう言ったことがある。

「わたし、彼と結婚したいと心から思うわ。結婚して、これほど素晴らしい人をわたしは愛し、彼からも愛されているのだと、日本中に知ってもらいたいんですもの」

私は、恋愛は交通事故と似ていて、一生事故にあわない人もいれば、幸か不幸か、何度かあってしまう人もいるのだ、などと言ってみたけれど、なぐさめにもならなかったように思う。

この彼女は、死んだら無縁墓地に入るのだと決めている。上野にあるお寺には無縁仏をまつる墓があるのだそうで、その人たちの骨はみな一緒にされて、埋められているらしい。無縁の人でなくても、自ら望めば入れてもらえるらしいのだ。彼女は、死んだらそこに行くと決めている。相手の男が、こういうことが可能だと言ったことがあって、彼女も、じゃあ二人ともそうしましょう、と言ったというのだ。二人とも、遺言書をつくってその中に明記したという。無縁墓地でも一緒にいられるなんて、彼女にとってはこれほど愉しい夢もなかったのであろう。

くだらないロマンティシズムだと笑う人はそれでよい。私だってそれを聴いた時は、骨がカラコロいっぱいつまった墓の中で、お互いに離れたところに投げこまれた二本の骨が、ちょっと失礼などと言って、他の骨をかきわけて近づく図を想像して、悪いけれど笑ってしまったのだ。そのことを彼女にも話したら彼女もケラケラと愉しそうに笑った。その後で相手の男に私の空想を話したら、彼もまた、愉快そうに笑ったそうである。

無縁墓地でしかそい遂げられない恋愛なんて、それが不倫であろうとなかろうと大恋愛にはちがいないが、現実はかくのごとく滑稽で、それでいてやりきれないものである。だが、それを笑う精神を持ちあわせながらも、それを生きていく糧《かて》にしなければならないとしたらどうだろう。笑いながらも、相手の「世迷言《よまいごと》」を真っ向から受けとめるのが、友情にしても愛情にしても、情愛を感ずる相手に対する「礼儀」ではないだろうか。この場合、両者の間には、他の人との間では通じない、同じ言語がとび交うのであろう。

このような関係に一度でも恵まれた人は、幸運な人だと私は思う。まったく、交通事故と同じで、死ぬ人もいれば瀕死の重傷を負う者もあり、かといって、かすり傷だけで助かる人もいるという具合で、代償はさまざまではある。しかし、代償を払う価値は充分にあるのではないか。少なくとも、生きていくことは素晴らしいと、心の底から言うことができる。

よく、話題のない人、という評価を耳にすることがある。だが、話題のまったくない人などいるものではない。共通の話題がないか、それとも、精神的なつながりを持っていない者同士が話すからである。共通の話題だけにかぎるならば、同じ職場に勤めていたり同郷の出であったりするだけで、話の種がつきない程度には見つかるだろう。だが、ともに同じ「世界」に遊ぶためにはぜひとも必要な、「同じ言語」で語ることのできるつながりとなると、恋愛と似ていて、一生出会わない人と何度となく出会う幸運な人と、はっきりと分かれるように思えるのだ。

第8章　装うことの素晴らしさ

前章で紹介したマキアヴェッリの手紙の中に、もう一つステキな箇所がある。

「夜がくると、家にもどる。そして、書斎に入る。入る前に、泥やなにかで汚れた毎日の服を脱ぎ、官服を身に着ける。礼儀をわきまえた服装に身をととのえてから、古《いにしえ》の宮廷に参上する。……そこでのわたしは、恥ずかしがりもせずに彼らと話し、彼らの行為の理由をたずねる。彼らも、人間らしさをあらわにして答えてくれる」

マキアヴェッリは、歴史上有名な人物たちと語りあうのに、汚れた普段着でなく、かつてフィレンツェ共和国の官僚であった時期に、他国の使節と会う時などに着用していた、官服をわざわざまとったのだ。彼はそれを、礼儀をわきまえるためと言っている。学者たちは、この手紙の後半の部分、『君主論』成立の過程を示す部分にだけ注目するが、私には、官服を着けるというこの箇所が忘れられなくなった。誰も見ていないのだから、わざわざ窮屈な服など着るに及ばないのである。それなのに、マキアヴェッリは、こういう形で自らを持すほうを選んだのだ。ここには、装うということの根本的な意味が示されていると、私は思う。

この頃はイタリアでも、演劇や音楽会やオペラへ行くのに服装をかまわなくなった。以前は、セーター姿で行ったりするのは、三階席、俗に言う天井桟敷で鑑賞する、学生などの若い人たちだけだったのだ。若い娘でも、親に連れられて、つまり自分のふところを痛めないで観るプラテアや一階か二階の桟敷に坐る時は、それ相応の服装をしたものである。演ずる芸術家たちへの礼儀と、自分たちも他人から見られることを考えたうえでの身だしなみだった。

日本では、勤務時間の終わりと鑑賞時間のはじまりが近寄りすぎていて、家にもどって着替える時間的余裕もないという事情から、暇のある人が観衆の大部分である歌舞伎や帝劇以外は、観劇用の服装は一般的でなかったようである。それでも、この頃は、装いに身をこらした人を、ずいぶん見かけるようにはなったけれど、それが、高いお金を払って切符を買ったのだから、おしゃれして行きたい、という気持ちの結果であっても、良い傾向だと私は思う。フラックやロングドレスで正装している演奏者からすれば、プラテアの前のほうにずらりとジーパン姿が並んでいるのは、あまりに日常の現実と近すぎて、「演ずる」愉しみを充分に発揮する気持ちにもならないではないか。日常とはちがった装いをもって対することは、日常とはちがったものを伝達しようとしているこれら芸術家たちへの礼儀であり、と同時に、受け手である観客自体も、日常の現実からは得られないものを得るには、より妥当な道ではなかろうか。相手に余計な負担をかけないための心遣いだろうけれど、どうぞ平服で、というやり方に、私は少々飽きがきている。

反対に、西洋が常に良いわけではない一例も、紹介したいと思う。

時たまイタリアの銀行へ、日本から来た人に同行したりすると、彼らはいちように眼を丸くする。とくにその人が銀行関係の人であったりすると、驚きは讃嘆に変わるのだ。銀行の中で働いている銀行員たちが、女たちだけでなく男たちまで、実に自由な服装を愉しんでいるからである。日本の銀行だって、紺のスーツと決められているわけでもないと思うのだが、やはり堅い職業となっているためか、派手な背広を着て勤務している人は見かけたことがない。

イタリアでも、銀行員は、勤務時間と収入が安定していることから、良い職業とされている。そして収入が安定しているためか、もともとおしゃれなイタリア男なので、装うにも安心して専念できるのだろう。イタリアの男子服モードの斬新さは、現在のところ世界一だと思うが、それが一般にどのように流れているかを見るには、銀行へ行くのが一番である。大学のキャンパスへ行ったって、わかりはしない。この頃の大学生は、あまり勉強しないと同時に服装にかまわないことをもって若さの誇示と考えているようで、夏ならばTシャツにジーパン、冬ならばジーパンにセーターにウインド・ジャケットと、残念ながら決まってしまっている。やはり、銀行へ行くしかない。銀行だと、ヴァレンティーノやアルマーニのモードが、実際にどう活用されたかを見ることができる。

しかし、眺めているだけならば言うことはない感じのこういう情況が、どのような結果を生むかも考えなければ、不公平というものだろう。

イタリアの銀行員は、実に個性豊かな服装で勤務する。これは、勤務ぶりも個性豊かになることに通じる。個性豊かな勤務ぶりとは、イタリア男がもともと人なつこく社交的であることを、より増長させることになる。お金をおろしに行っただけなのに、なじみともなると、

「しばらくおみえになりませんでしたね。旅行にでも行っていらしたので。陽焼けがとてもすてきです」

なんて具合になるのだ。いいですよ、他に客がいなくて、他人に迷惑をかけない時ならば少しばかりのおしゃべりも。なにしろ、こういうのを人間的関係というのだから。だが、私の後にずらりと人の並んでいる時刻だとしたら、どうだろう。日本人らしく公衆道徳を重んずるしつけを受けた私などは、おしゃべりを受けながらも気になってしかたがない。まして、私が、ずらりと並んで待つ列の一人だったりすると、なんでくだらないおしゃべりをしているのだと、腹が立ってくる。

それでも、これだけで済むのならば、まあ銀行員だって人間で、これも彼らなりの人間性の発露なのだからとでも思って、がまんするのである。だが、銀行員の人間性の発露は、日本でならばこういうことはないと思うが、イタリアだと、行きつくところまで行ってしまうのだから困るのだ。私は、日本の銀行でお金をおろす時、渡された札《さつ》を数えたことがない。しかし、イタリアでは必ず数えることにしている。しかし、イタリアの銀行員が悪意でもって、お札のかんじょうをまちがえるのではない。

「お子さんですか。やはり、あいの子は可愛いですね。坊やは半分日本人なのだから、柔道は習ってるんでしょう」

なんて愛敬をふりまきながら札をかんじょうするから、時にはまちがってしまうのである。

私たちが銀行に期待するのは、正確で能率良いサービスであって、銀行員個人の個性の発揮ではない。日本の銀行の制服は、つまり非個性的な服装は、非個性的であってもいっこうにさしつかえない本来の銀行のサービスに、最も適した装いであるように思う。彼らだって個性を発揮したければ、ロッカーにつるした別の服を着て街に出ればよいのだから。

制服は、またはみてもよい類《たぐい》の装いは、概してそれを着ている人を美しく見せる効果をもつ。パイロットもステュワーデスもユニフォーム姿だと素敵で、その同じ人が街着に着替えてあらわれると、なんだ、たいしたことないと思うことがあるものだ。医者も、大学病院の中を忙しそうに行き来し、患者の家族の訴えなどをていねいに聴いている白衣姿の時は、朝方、紅茶の濃すぎたことに文句をつけた男と同人物とは、どうしても思えないほどである。人間は自分の職場では自信をもってふるまうから、それと仕事上の装いをしていることが合わさって、実際の姿よりはもっと素敵に変わるのであろう。つまり、サマになっているのである。その証拠に、パイロットや医者のように命を預けるというプラス・アルファがなくても、ビル工事現場のヘルメット姿の作業員もまた美しい。

仕事に関係のない制服をあげるとすれば、まずは学生服を欠かすわけにはいかない。あれは、学問をする期間は余計な身だしなみに心を遣わないで、勉学に専念すべきだという考えで定着したのかもしれないが、その点では私も賛同するが、日本の学生みたいに、いつでもどこでも学生服を着ていれば安心だというふうに「活用」されるのには、あまり賛成ではない。就職の面接にまで学生服着用というのは、アホじゃあるまいし、と私ならば思う。そして、そういう就職希望者を喜ぶ人事関係者に至っては、アホな学生よりもよほどアホだと思う。こういうことなかれ主義くらい、嫌いなものはない。学生服の良さは、学生でいる時期しか着られないことにある。そういう、人生には二度とめぐってこない季節をそれなりに味わいたい人が、味わいたい時だけ着ればよい。だから、学生服やセーラー服の崩れた着方ほど、醜くてみっともないものはないのだ。

みっともないという評価規準を、再び復活することを私は提唱したい。「みっともない」という評価のしかたが、理性的な論理の帰結でなく、まったく感覚的な感受性のたまものであるところが、評価の規準としてはより信用置けると思うからである。

だが、ユニフォームの最たるものは、やはり軍服であろう。箸にも棒にもかからないアメリカのディープ・サウス出身の若いのでも、海兵隊のあの戦闘的な制服を着ると、なんとなく決まってしまう。軍服とは最も反対の極にいる感じのフランス男だって、泣く子も黙る落下傘《パラ》部隊ともなると、面《つら》がまえからしてちがうではないか。ロイヤル・ネービーの士官服に至っては、学生服で結婚式も葬式も消化するのに反対の私でさえ、パーティーで眺めるのは不愉快でない。戦争が好きなわけではないが、軍服は男を最も美しく見せる。そして、軍服の最高傑作を選ぶとすれば、やはりナチの将校の服ではないだろうか。あれは、軍服に必要なすべての条件を見事に満たすことによって、一つの美を創り出している。元帥の服の赤の使い方など、心にくいばかりだ。ナチ時代のドイツ人は、絵画でも建築でもつまらないものしか創造しなかったが、軍服だけは傑作を創り出した。それは、彼らが軍人というものを熟知し、どのように外側をととのえれば精神もそれなりに変わってくるかということに、着眼したからであろう。嘘だと思ったら、仮装パーティーででも、一度ナチの軍服を試してごらん。誰だって、昨日までジーパンでよたっていた若者だって、革の長靴のかかとをカチッとさせたい気分になりますよ。

装うとは、着る人間の個性に合ったものであるべきである、という従来の考えに、私はまったく賛成しない。装うとは、着る人間がどのような個性を生きたいかで、決まるものだと私は信じている。だからこそ、素晴らしいのだ。

第9章 「絵」になるということ

女の職業にはいろいろあるけれど、女の作家を主人公にした小説や映画は、ほとんどないといってよいくらいにない。デザイナー、歌手、音楽家、画家、踊りの御《お》師匠さん、芸者、ホステス、女優、スチュワーデス、教師、それに編集者だって、小説やテレビ・ドラマや映画のヒロインにはよくなるのに、女流作家と呼ばれるカテゴリーに属す女で、そういう待遇を享受した例はまったく少ない。これは、われわれ女のもの書きがブスであるためかとひがんだが、私は絶望的にしても、美人は意外と多いのである。それなのに、なぜダメなのだろう。

ところが、二、三年前だったか、女流作家二人を主人公にした映画が作られ、イタリアでも上映されることになって、私はもちろん初日に観に行った。日本での題名は『ベスト・フレンド』といったらしいが、イタリアでは『金持ちで有名で』というので、アメリカの金持ちで有名な女流作家の生態が見られるかと、勇んで観に行ったのである。主演の二人の女優は、キャンディス・バーゲンとジャクリーン・

ビセットだったから、金持ちと有名とに加えて、美女というのも加わるわけだ。つまり、成功した美貌の女流作家二人が主人公とは、同業者の生態を見るにも気分が良いというものである。

結論を先に述べると、話はひどく他愛ないものだった。大学時代の親友二人が、作家になってからも、奇妙なやり方にしても友情を保ち続けるというオハナシである。だが、二人は同じ類の作家ではなく、ジャクリーン・ビセット扮するほうは純文学作家のようで、キャンディス・バーゲン演じるのは、大ベスト・セラーをものした大衆文学作家と色分けされている。この分類はちゃんと外観でも示されていて、「純文学」はカーリー・ヘアで安い、または高くても安そうな服を無造作に着るタイプ。「大衆文学」は反対に、ミンクの毛皮に宝石を好み、化粧をきれいにしている。「純文学」は化粧なし。ニューヨークでの泊まり先もちがいがあって、「純文学」が小ぢんまりした趣味の良いヨーロッパ式のホテルに泊まれば、「大衆文学」はウォードルフ・アストリア・ホテルのワンフロアを借りきるという具合だ。しかし、売れなくても純文学はアメリカでも有利らしく、「純文学」は文学賞の選考委員だが、「大衆文学」は、その親友よりも名が知れていてお金も稼ぐのだけど、文学賞では選考される側で、だから欲しくてたまらない。

私は、この映画を観ている間、吹き出してばかりいた。私ときたら、高価でクラシックな服や毛皮を好み、宝石を愛する点では「大衆文学」的だし、化粧もちゃんとする。ホテルの好みは「純文学」的だが、文学賞の選考委員でもないのに、ベスト・セラーとも縁がない。もちろん、お金を稼ぐこととはまったく縁遠くて、これは誰よりも税務署が保証してくれる。これではどうみたって、両者の悪い点ばかり受け持ったようではないか。

それで、男性関係はいかがなりやと見ると、「大衆文学」は常識に忠実なのか、あまりなし。それどころか、亭主を「純文学」に取られそうになる始末。一方「純文学」は、それこそ「生きる」ことのみを至上目的としているのか、男となれば出会ったのが運のツキという感じで、その取っ換えひっ換えぶりは、ただただ感嘆するしかなかった。飛行機の旅で隣りに坐った未知の男とトイレの中で愛し合うに至っては、あの狭いところでよくまあ、と、笑いながらもこのアメリカの同業者に感心したものだ。純文学を貫くのも、大変なのである。こういう具合にいろいろ「生態」を見せてくれたのはよいが、かんじんの作家としての仕事ぶりとなると、淋しいかぎりだった。「大衆文学」が亭主とベッドに寝ていて、突然なにやらインスピレーションがひらめきでもしたのかガバと起き、仕事部屋へ走って行ってメモをするシーンがあった。「純文学」のほうは、インタビューに答える場面があっただけだ。もちろん、「純文学」は、インタビューに来た男とすぐできてしまう。そんなことはどうでもよいが、これだけが、彼女たちの職業が作家であることをうかがわせるシーンだったのだ。

ただ、インタビューに来た男のジャーナリストをすぐモノにしちゃう、またはすぐモノにされちゃう「純文学」を見ていると、これも彼女にとっては、年とってから書く回想録の仕込みではないかと、私には思えた。それだけに、恋やら愛やらがかもし出す甘美な感じよりも、壮絶という印象のほうが強かった。こういう類のことばかり書くであろう「純文学」の回想録は、必ずベスト・セラーになるであろう。乱行《らんぎょう》とうつろうとも、なに、人生一度のベスト・セラー制作のための「仕込み」なのである。

という具合で「純文学」も「大衆文学」も、それぞれの仕方で作家であることを示そうと張りきってはいるのだが、二人とも、机の前で仕事するシーンはなかった。あちらではタイプを使う作家が多いから、英文タイプをたたいている図でもよいのだが、それさえもなかったのである。これは、作家が本来の仕事をしている図は「絵」にならないと、監督が思ったからにちがいない。私はこの考えにつき当たった時、はじめて、女流作家が映画やテレビや小説の主人公になることが少ない原因がわかったような気がしたのである。

実際、日本の女のもの書きでこの種のもののヒロインになった人たちは、どのような描き方をされたのだろう。林芙美子をヒロインにしたテレビ・ドラマを私は観ていないが、あれでも、『放浪記』に書かれている彼女の〝壮絶なる〟半生を再現しようとしたのだろうが、『放浪記』を執筆中の作家、林芙美子を写すシーンはなかったのではなかろうか。原稿用紙を前にして、放浪中の苦労とは別種ながら、苦労というならば優るとも劣らぬ苦労をしている図は、写されなかったのではないだろうか。なにしろ「絵」にならない場面は、いかに名女優を使っても、「絵」にならないことでは変わりはないからである。

ひとつ試しに、大鏡を前に練習中のバレリーナの一挙一動を写す要領で、女流作家の仕事ぶりを写してみるとしよう。ちなみに、練習中ではあってもバレリーナの一挙一動は完全に「絵」になる。一方、作家となると……。きれいに整頓された机の上には、原稿用紙の束が置かれている。そのわきには万年筆も、インクを満たした状態で置かれている。それらを前にして、彼女は坐る。私は椅子だから、彼女も椅子にかけさせることにする。身なりは、家の外に出ては行けないが、誰か不意に来客があったとしてもそのままで迎えられる、しかし仕事をするに不都合でない程度に身体をしめつけていない、セーターとロングスカートぐらいは着ている。

机を前にして坐った彼女は、ペンを取り、純白の原稿用紙の上にすらすらと書きはじめる。ということならばまだ「絵」になるのだが、こういう理想的な状態は、三百六十五日のうちでも一日としてないのが現実だ。前日に書いた部分をもう一度読み返す。それを終わってからもすぐ次を書き出せるのは、三百六十五日中、まず三十日としてないと言ってよい。普通は、そのままで考えはじめる。視線は、空白の原稿用紙にそそがれているか、窓の外の風景を見るともなく見ている様子。しばらくすると、なにやら脱兎のごとくという感じで、ペンが原稿用紙の上を走り出す。しかし、これも長くは続かない。ペンははたと止まり、机の上に放り出され、彼女は両手で顔をおおって考えはじめる。

だが、それをしてもまだ考えはまとまらないらしく、彼女はにわかに立ちあがり、部屋の中を行ったり来たりしはじめる。ナポレオン式に両手を背中で組むまではしないが、その代わり、それまでの固定された姿勢で固くなった筋肉をほぐすかのように、行ったり来たりをくり返しながら、両手を上にあげてみたり、果てはぐるぐるまわしたりする。その間も、もちろん考えてはいる。

不意に、歩みが止まる。手を腰にあてた姿勢で、離れた机の上の原稿用紙を凝視する数分が過ぎたと思ったら、突然、スカートさばきだけはあざやかに、大変な勢いで机にもどる。放り出されてあったペンが、再び紙の上をすべりはじめる。もちろん、これとて長くは続かない。少しすると、区切りの良いところまで書いたのか、今度はペンが、静かに置かれる。彼女は、タバコに火をつける。ところが、満足そうに吹かした煙が、偶然にも輪をつくり、煙のドーナツづくりが面白くなった彼女は、それに熱中してしまう。おかげで、考えの糸はプツンと切れてしまったことになるのだが。

ほどなくそれに気づいた彼女は、糸をたぐりもどす作業をはじめなければならない。再び両手で顔をおおって考えるか、それまでに書いた部分をもう一度読み返すか、それとも、史料のメモを取り出して眼を通す。しばらくすると糸はつながったのか、ペンが走り出す。こんなことのくり返しで四時間も過ぎると、整理されていた机の上は、辞書やらメモやら関係ある書物やらで、原稿用紙の置かれた場所以外は占められてしまう。灰皿も、吸いがらでいっぱいだ。

これを良く評すると「苦吟」と言う。だが、実際は、かくもみっともなく、かくも滑稽なのである。いかなる名作家が、いかなる名監督が、これを「絵」にできるであろう。机の前に正座して白い原稿用紙にさらさらと書く、なんて図は、グラビア撮影向けのものでしかない。もしもそういう理想的な仕事ぶりばかり続けられる女流作家がいたとしても、前衛映画でもあるまいし、誰がさらさら書くだけの女を、一時間にしても鑑賞し続ける人がいよう。いずれにしても、われわれ女のもの書きは、「絵」にならないのである。

「絵」にならないということは、ヒロインになりにくいということである。ヒロインになりにくいということは、女の職業としては、色っぽくないということである。つまり、仕事ぶりだけで勝負すると、それが「絵」になる他の職業と比べて、実に不利な職業と言うしかない。要するに、男にはモテにくいわけだ。試験管を真剣に見つめる女科学者のほうが、よほど「絵」になる。

まだ職業を決めていない若い女性には、この点も考慮されるよう推《すす》めたい。まずは通俗小説のヒロインによく取りあげられる職業を選ぶほうが無難である。なぜなら、ヒロインには必ず恋人がいるから、ヒロインの職業も、恋人がなぜ彼女を選んだかを読者多数が納得するものでなくてはならないからである。

もちろん、この種の基準に左右されるような普通のできの男は、相手にしません、と言うのならば問題はないのだけど。

第10章　クロウトの意見

一月十三日からの四日間、フィレンツェでは、秋から来年にかけての、男物のモードの発表会が開かれる。これが終わると子供服、その後はカジュアル、服地、最後に女物という具合に、めじろ押しの感じで発表されるのが恒例になっている。フィレンツェは、ローマ、ミラノと並んで、イタリアン・モードの三大基地の一つというわけだ。男のことを書いている最中だし、招待状をもらったのでのぞきに行くことにした。

場所は数年前から、フィレンツェの旧市街の西端にある、昔の城塞の中に移された。それまでは通商会館でやっていたのだが、参加するメーカーが増えすぎて、収容しきれなくなったからである。城塞というものは、何千という兵たちの数カ月の籠城も可能なつくりになっているから、広い中庭に、常設の展示会場を建てるぐらい簡単だ。というわけで、このルネサンス後期の城塞は、モードだけでなく、イタリア各地の特産品の大フェアに至るまで、大規模な展示会にはよく使われるのだった。

古めかしい城塞特有の建物と奇妙に調和をなしている、現代建築の粋といえる広い展示場に入ると、いやもう、男どもの魅力の追求への迫力には圧倒されんばかり。参加メーカー増大は、作品の質の向上とヴァラエティーの豊かさに比例したのではないかと思われた。

私個人の考えでは、イタリアン・モードの男物は、今では他国を断然引き離して、先頭を切っていると思うが、それは、イタリア人が、色彩と形に対して実に鋭い感覚の持ち主だからであろう。別に派手な色ばかりを強いて使ってあるわけではない。地味な色の配合でも、彼らの手にかかると、華やかに変わる。色彩の明度のごく微妙な差を判別できる眼を持ち、それらを組み合わせる場合でも、一センチちがえば台無しと思うくらいの、量に対するセンスが鋭い。遊んでいながら実用的であるのも、その辺に鍵があるのかもしれない。

また、メーカー別に割当てられたコーナーの、ディスプレーが面白かった。専門のデザイナーにまかせたのであろう。こちらのほうも、イタリア的センスのオン・パレードという感じだった。このまま日本へ持って行って、展覧会をしてみたい、と思わせる展示が、次々と眼の前にあらわれるのだから。

日本からのバイヤーたちも、何人も見かけた。ただ、広大な会場と大変な数の展示だけに、それらをすべて見なければ商売にならない彼らとしては、疲労も重なるのだろう。全員が、マラソンでもした直後のような顔をしている。

でも、私のほうは仕事ではないから、愉しむばかりで疲れない。イイなと思う製品に出会うと、日本の友だちの誰かれを思い出し、それを着せた様子を想像しては愉しがっていたのだから。もちろん、想像するだけで、誤解を招きそうだから贈りはしないけれど。


前に一度会ったことのあるデザイナーを会場で見かけたので、インタビューを試みる気になった。時にはクロウトの意見を聴くのもよいではないか。国籍はイタリア。名は、ティーニ・バゲッティーニという。年齢は三十七歳。男と女の結合を結婚と呼ぶのなら、結婚はしていない。ミラノの美術学校を卒業し、「大学院」でモードを専攻した。私は日本に帰ると忙しくてデパートに行くこともまれで実際には知らないが、彼デザインの男物のニット製品は、英國屋あたりの高級紳士物売場にあるというから、まずは日本上陸には成功したのであろう。男物からデビューし、今では女物も手がけているが、私の趣味では、男物のほうが断じて優れている。以下は、彼との一問一答。

「男にとって、エレガンスとは何でしょう」

「肩、胸、腰の洗われた線。この三部分の、自然でありながら、強調したフォルム」

「ハア、比較的背丈では恵まれていない普通の日本男子でも、この定義は応用可能なのでしょうか」

「もちろん。誰もがアングロ・サクソンやゲルマンの体格を持っているわけではあありません。ボクだって背は高くはない」

そう言われてあらためて眺めると、今日のティーニ・バゲッティーニは、肩幅の比較的広いツィードの上着に、身のところは白と赤の細かいしまで衿とそで口は白のワイシャツ、ネクタイは、黒の蝶ネクタイというういで立ちであった。机をはさんでの対談ゆえ、ズボンと靴は眼に入らず。

「あの、もう一つうかがいますが、洗練された男の装いとはどういうものか、教えてください」

「第一に、ちょっぴりの古きイギリス。第二に、アメリカの色。最後は、一と二のすべてをイタリアの洗練された感覚で、フィルターしたもの」

ちょっぴりの古きイギリスというのは、私にも大変によくわかる。私もこの頃、第二次世界大戦前のヨーロッパ風に凝っていて、ほっそりしたあの時代のスタイルをまねるために、あと二キロぐらいは痩せようかと言っては、ボーイ・フレンドたちに反対されているのである。宝飾も二〇年代のものが大好きなのだが、本物は骨董の値になっていて容易に手が出ず、まねしたものはないかと眼を皿のようにして探すのだが、なかなか気に入ったものにめぐり会えない。私の思うには、あの時代こそ、ヨーロッパが真にヨーロッパであった最後の時代であったのだ。そして、男物に話をかぎるなら、やはり当時の支配者であったイギリスにもどるしかない。ヨーロッパの古き良き時代は、一九三〇年代で終わってしまった。

というわけで、ちょっぴりの古きイギリスというのはわかったが、第二の要素である、アメリカの色というのがわからない。それで再質問したら、次の答が返ってきた。

「アメリカの男たちが好む色のことですよ。原色ですね、だいたいが」

フーン、原色というのなら、イタリアの特産だとばかり思っていたが、そうではないらしい。彼の話を聴いていると、なるほど、色でも無邪気な色ということだとわかってきた。そして、洗練された男の装いに決定的なのは、彼があげた三番目の要素、それらすべてをイタリア的センスというフィルターに通す、というわけだろう。

抽象的な解釈の連続を、悪く言ってはならない。文字の人である私とは反対に、デザイナーという人種は、形と色の人なのである。だから、私の言わんとするところは、私のおしゃべりを親しく聴くよりも、一人で私の本を熟読したほうがずっとよくわかるのと同じで、彼の言わんとするところも、彼のデザインした作品を見るのが一番なのである。でも、まあ感じとしては、理解いただけたであろう。

それで、またも関連質問。

「洗練された趣味をわがものにできる年齢は、いくつぐらいでしょう」

「四十代ですね。これはもう」

「ハァ、なるほど。では、二十代の男はどんな装いをしたらいいのでしょう」

「一九四〇年代に父親が着ていた服を着たら、面白いと思う。組み合わせるなにかに皮を使ったりして」

一九四〇年代とは、戦中戦後である。あの時代に青春を過ごした父親たちは、カーキ色のナッパ服しか着なかったのではないかしらん、日本ではとくに、とは思ったが、眼前に坐るイタリアの中堅デザイナーは、あの当時のお古の背広でもあったら、それを着たら面白い、と言っているのであろう。私にも、わかる気がしないでもなかった。

「では、三十代の男たちは、どんなものを着たら洗練されるんでしょう」

この質問に対するバゲッティーニの答は、そうね、性格次第だし、過剰にならないようにだけ気をつければ、と言ったぐらいで、まったく明解でなかった。三十代とは、彼の現在の年代である。自らが属す年代を明解に分析できないのも面白いが、私にはなにか、そこにはじめて彼の人間的な面を見る思いがしたものであった。

まったく、三十代の男は面白い。書いていて、これほど書きにくい年代もないのに、書くのが愉しい年代もない。なにしろ、彼らときたら、相手次第で、二十代の若者らしくなったり、四十代の男のような成熟さを示したりするからである。三十代とは、男にとって、動揺がサマになる最後の年代なのではあるまいか。

話題を変えて、最近の日本のモードについての彼の感想を聞いてみた。

「悪趣味をともなった、過度の攻撃性」

彼にしてみれば、過度な装いは、装いの名に値いしないのであろう。私も、謝肉祭でもないかぎり、布地に穴をあけたり切りきざんだだけの服には趣味がないから、わからないでもない。ただ、今のように自分を表現する手段を持つようになってからは、保守的な装いをかえって愉しんでいるが、昔は、まだ二十そこそこであった頃は、私も相当にアグレッシーブなかっこうをしていたのを思いだした。やはり趣味が良かったとはちょっと言えなかったのだろうと思う。ただ、あれが、野望ばかり大きくて、それを実現する手段をいまだ見つけていない年代の特色というものではなかろうか。そして、その結果が悪趣味につながったとしても、当然のような気がする。良き趣味の若者なんて、気味が悪い。そして、バゲッティーニも、こうつけ加えた。

「日本のデザイナーにかぎれば、今派手にやっている人たちの次に出てくる連中が問題だ。われわれの真のライヴァルになるのは彼らだろうから」

ティーニ・バゲッティーニのニュー・モードは、ブルーと茶とグレイが支配している。強烈な原色は、まったくないか、あってもほんの少し使われているだけである。白の壁面にまるで浮彫りのようにディスプレーされたそれらを眺めながら、私は不思議な感慨にひたっていた。その中のセーター一つを取り、大学の構内を早足で行く二十歳の学生に着せても、六十歳を越えた男に着せて土曜の朝の静かな食卓に坐らせても、それぞれ見事に似合うにちがいないと思えたからだ。女の場合だと、こうはいかない。洋服に限らず、和服でもこうはいかない。二十歳の女と六十歳の女では、どうしたって同じものを着るわけにはいかないのだ。着たとしたら、どちらか一方に無理が出る。しかし、男の装いの場合の良き趣味とは、年齢を越えるなにものかを見出し、生かすところに生まれるものではないだろうか。

第11章　女には何を贈るか

ヨーロッパで生活しはじめた頃、不思議にも私の男友達には良質な男が多かった。それはおそらく、彼らが高校で勉強する西洋古典を私は大学で学んでいて、教養のベースが共通していたからだと思う。無邪気なおしゃべりに興じていても、例に引いたりする故事がすぐに理解しあえる仲ともなると、おしゃべりにもウィットが加味されるから、会話の愉しさも増すというわけだ。おかげで、わが「良質」なる男友達が私に贈ってくれるものといえば、圧倒的に書籍が多かった。

二十年以上も前の話だから、当時ではまだ日本の女の子は珍しく、その珍しいのが地球の裏側の別の文化圏から来たというのに、同じことを言いあって笑ったりできるのだから、ヨーロッパ文明のエリートと自認している彼らにしてみれば、少々の優越感をともなった親切を発揮する気にもなるのだろう。私にしても、知的な刺激が心地悪いわけがなく、贈られた書物はすぐに読んで、熱っぽく感想を述べる。そんな時、私の語学能力のほうが話す内容に追いつかなくてイライラしたが、彼らはそれでも、しんぼうづよく聴いてくれるのが常だった。良い友達に恵まれるとはなんと素晴らしいことだろうと、当時の私はなに一つ不自由ない気分で満足していたものである。

ところが、ある時、この「良質」な男友達の中の一人と、ギリシアへの自動車旅行をすることになった。その当時はローマにアパートを借り、そこを本拠にして放射線状に旅することにしていたから、その時もローマから車で発ち、ギリシア行きの船の出る南イタリアのブリンディシまで行く必要があった。長靴に似たイタリアの、まさにかかとにあたるところにあるのがブリンディシである。そこから船に乗ると、一晩の旅でギリシアに渡れるのだ。私たちも支障なくブリンディシに着いて、乗船まで時間も少しあったのを利用して、イタリア最後の夕食をとろうと、港に面したレストランに入った。

隣りのテーブルで一人食事をしていたその男と話を交わすようになったのは、夕食も終わりに近い頃だった。その男はよほど一人で退屈していたのだろう。一見してイギリス人とわかる男と日本人の女が、イタリア語で会話しているのが好奇心を刺激したのか、話しかけてきたのはその男のほうだった。

イタリア人のその男は、ミラノの会社に勤めていて、製品を南イタリアの各地に売り歩くセールスマンだと自己紹介した。そして、商売に使った残り物だがこちらのシニョリーナ（つまり私）に差しあげてよいか、と私の連れの男に断ってから、それをくれたのである。

シンプルな造りの銀の腕輪と、純絹ではあっても、どこにでも売っていそうなスカーフだった。当時の私でさえ、買おうと思えば十ぐらい、たいしてふところを気にしないでも買えそうなものだった。ただ、その男は、連れのいる女にものを贈る時は、連れの男の許可をまず得るという礼儀を知っていたが、また、女にものを贈る時の贈り方なるものを知っている男であったらしい。手から手へ渡すなんていう、つまらぬまねはしなかった。腕輪は私の腕に彼の手ではめられ、スカーフも同じく彼の手によって、ふわりと私の首に巻かれたからだ。

その時の腕輪は、その後まもなく失くしてしまったし、スカーフは、今では西部劇ゴッコをする息子が首に巻いて遊んでいる。しかし、腕輪が手首に冷たくふれ、スカーフがやわらかく首に巻きついた瞬間に感じた、春風にも似た優しく官能的な快感は、二十年後の今でも、昨日の出来事のようにはっきりと思い出す。私は、このセールスマンと別れた後で、わが良質なる男友達を、ちょっとにしても挑発せずにはいられなかった。「これから念願のギリシア旅行に発つのでなかったら、もしかしたら私、あの男の後について行っちゃってたかもしれない」

もちろん、私には本気で、行きずりのセールスマンとわが教養ある友達を取り換えるつもりはなかったのだ。ただ、書籍を贈ってくれるのは嬉しいしありがたいけれど、それによって与えられる快感はあくまでも頭脳のもので、それ以外の、肌に直接感じてくるものもあるのだということを、彼に知ってもらいたかっただけなのである。

この出来事から数年経って、別の、これも相当に良質だったが、今度はフランス人の友達の紹介で、映画監督のルキーノ・ヴィスコンティと付き合うようになった。今では日本でも爆発的な人気を得るようになったが、私の知っていた当時の彼はまだ、欧米でも日本でもイタリア映画を代表する監督とは認められていたが、数年前に日本で起きたほどの一般的人気は持っていなかったのである。とはいえ高名なこの映画人が、私のような女と時を過ごすのを嫌がらなかったのは、彼が私に女を感じなかったからだと思う。

周知の事実だったが、彼は同性にしか興味を持たない男だった。いや、女に興味を持たないというわけではない。ただ、中世以来の古い貴族の血を引くヴィスコンティは、まさに古きヨーロッパの良さをすべて体現した感じの男だったので、その彼が理想と考える女性像も、古きヨーロッパの良さをすべて体現した感じの女になるのも仕方ないのだろう。別の言葉で言えば、まさに「永遠に女性的なるもの」であったらしい、素晴らしく優雅で美しい母親に恵まれてしまったがためにかえって、現実に眼にふれる女という女はみな、彼にしてみれば不完全な女性像としか映らなかったのだと思う。幼年の頃、夜会に行った母が帰宅するまでどうしても寝つけず、母の乗った馬車が庭に入ってくる音を聴いて、ようやく寝入ることが出来たと、語ったことがある。彼の部屋には常に、白鳥のように美しい母親の写真が飾ってあった。

ヴィスコンティは、シルヴァーナ・マンガーノとクラウディア・カルディナーレをよく使った。私もこの二人の女優を知っているが、確かに彼女たちは美しい。だが、その美しさは、下品な美しさである。女というよりも、雌《めす》の美しさだ。ヴィスコンティの考える女とは、天上の人か、それとも雌のどちらかしかなかったのではないかと思う。そして、そのどちらにも属さない私は、彼からすれば女ではなかったのだろう。

そのうえ、まだデビューしたばかりの無名作家であった当時の私には、時間はありあまるほどあった。尊敬していたヴィスコンティが呼び出せば、二つ返事で参上したのだ。お互いの家も近かった。また、どういうわけか私は、彼が一緒に住んでいた二人の未婚の彼の妹にも、ひどく気に入られていた。

そんなわけで、気のおけない存在であった私を、彼はよく連れ出した。彼が演出するオペラの舞台げいこの時もあったし、仕事仲間との夕食の時もあったが、買いものにもよくお供をおおせつかったものである。彼は、製作に入った映画の主演男優に、高価な贈物をするのでも有名だった。

私は、ある時期のヴィスコンティの映画の主演男優たちが、なにを監督から贈られたかをすべて知っている。そして、それらがみな、直接に肌にふれる品であったことを、感嘆の想いなしに思い出すことができない。真の意味で貴族的であったルキーノ・ヴィスコンティは、ブリンディシで会ったセールスマンが無意識にしたことを、意識して行なったのである。

ただ、彼がセールスマンとちがったのは、贈る品の値段の差ではない。高価な品か安物かは、たいした問題ではないのだから。ちがいは、店員にとどけさせたことだった。自分で贈物を持参し、手ずから着せかけたり、腕につけてやったりはしなかったのだ。それでいて、彼が選ぶ場に立ち合っただけの私にさえ、箱を開けてこの品を手にした男優が、思わず身体にまとう様まで眼に浮かんだのだから、選択は絶妙というしかなかった。毛皮のコートの時など、あのドイツの若い雄《おす》のような男は、必ずこれを裸身にまとって鏡に見入るだろうとさえ、確信したほどだ。私は、その男優が好きでなかったのである。それでも、彼の雄的な魅力は、他の毛皮ではこれほどは生かされないにちがいなかった。

ヴィスコンティは演技指導を、この方法でやっていたのではないかと思う。彼は、自分が主役に欲しいと思った性格、いや性格というよりはカタチ、男とも女とも判然としないところにかもしだされる官能美、そんなものを、それを頭に置きながら選んだ品を贈ることによって、創りあげていったのではないだろうか。そして、それがそれらしく動きはじめ、それらしい口ぶりでせりふを口にすれば、俳優の仕事はもう終わりである。実際、ヴィスコンティは映画でも演劇でも、美しいだけの雄を一つの「カタチ」にする名手だった。日本では、『夏の嵐』と改題されてしまったが、あの映画の原題は『センソ』、官能というのである。毛皮や宝石やカシミヤの薄手のセーターは、ただ美しく生まれたにすぎない雄たちの、彼ら自身も気づいていない官能を、優しく愛撫するように目覚めさせるために使われた、単なる小道具であったのかもしれない。

同性間の愛情にまったく偏見を持っていない私には、相手が異性であろうが同性であろうが、関係ないことである。問題にしているのは、その関係のあり方なのだ。そして、愛情の介在する関係が甘美な決闘ならば、贈物は武器の役目を果たす。それなのに、チョコレートや花を贈っていれば義務は果たしたと思うのは、武器を有効に使っていないことと同じではないか。いや、何も贈らなくても自分の気持ちは相手に通じている、と信じきっている男にいたっては、それ以下だから論ずるに値いしない。

しかし、女とはやっかいな存在なのですね、ほんとに。なぜというと、男との関係が一つではもの足りなくなる存在なのである。毛皮も宝石も大好き、花も大好き、チョコレートは肥るからなくても我慢するが、時には知的な映画も見たいし、ハイブロウな本も贈ってもらいたいし、この香水はキミに似合う、なんて言われて贈られると、ゾクゾクッとくるし……。

要するに女には、贈れるものならなんでも贈ったらよいのです。そうすれば女は、贈られたものに応じて、さまざまに変身してみせまする！

追伸

贈っては絶対にいけないもの――ブラジャーとパンティー。

この二つを買う時、女は試着室にこもり、自分の身体に完全にあうものに出会うまでは出てこない。つまり、真剣勝負の対象なのである。それに、親しき仲にも礼儀あり、と言うではないか。

第12章　人前で泣く男について

人前で泣く男がいる。それもこの頃では、昔のように大の男が人前で泣くなんてみっともないという規準が崩れたのか、しばしばという感じでよく見かけるようになった。

人前で泣く男とは、いったいどういうタイプの男なのだろう。私には、人前で泣く男でなく、人前で泣ける男、と言い換えたほうが適当だと思うのだけど。まあいずれにしても、人前で泣くのは女の専売特許と思わされて育ってきた私には、少々困惑気味の現象なのである。いや、女だって人前では泣いてはならぬと、私などはしつけられてきたのだから。

それで、と周囲を見まわしてみたのだが、幸か不幸か、私の知り合いの男たちには、人前で泣く男は見当たらない。やむをえないのでこれに対する「考察」は、男女のちがいはまず置くとして、「泣く」という心理状態の考察からはじめることにした。

まったく、泣くということはどういうことだろう。

まず第一に、人は悲しいから泣く。いや、悲しいから泣く、ということになっている。

第二に、嬉しい時にも泣く。試合に勝ったりすると、男だってワイワイと手放しで泣く。

第三は、おかしくて泣く、という場合だ。あまりのおかしさに笑いすぎて、涙が出たということは、誰にも経験があると思う。

第四に、もらい泣き、というケースがある。自分とはまったく無関係なのに、さそわれて泣いてしまうという現象で、私なども日本へ帰ってテレビで中国残留孤児の親探しを見たりすると、鼻がツンとしてきてしまう。

第五は、なんと名付けてよいかわからないが、要するに本を読んだり映画やテレビ・ドラマを見て泣くという泣き方だ。第四の泣き方と似ているように見えるが、こちらのほうはさそわれ泣きでなく、自分と無関係なことに泣くという点では同じでも、あくまでも自発的に泣くのが特色だ。

ただし、これも、「泣く」という心理状態が第一から第五に至るまでまったく個人的であるのと共通していて、誰もが同じテレビ・ドラマを見て泣くというわけではない。多くの人が泣いたという『おしん』の幼女時代も、私には少しも泣けなかった。それはきっと、私が苦学力行とか苦節十年とかが、あまり好きではないからだろうと思う。それどころか、そういう人は偉いとは感心はするけど、成功後のそういう人たちの言葉や行ないの端はしに、なにかしらゆがんだり貧乏くさかったりするところを見出すことがあって、そのたびに、できるならば人間、陽の当たる道を進むにこしたことなし、と思ったりするのだ。

なにひとつ苦労のない人生を、良しとするわけではない。ただ、人間には、運に恵まれる人と恵まれない人がいる、と思うだけである。

そして、四十歳以前の運は天与のものである割合が大きいが、四十歳以後の運はその人自身の「せい」である場合のほうが、大きくなるものだと思っている。

話をもとにもどすが、「泣く」という現象ひとつ取りあげただけでもこうもたくさんの種類がある。だが、ここでは泣く男がテーマなので、第二から第五まではずし、第一の泣き方だけに焦点を合わせてみたいと思う。やはり、第一の泣き方が最も基本だろうと思う。それで、人前で泣く男も、悲しいから泣く、ということからはじめることになる。

ところで人間は、ほんとうに悲しい時に、はたして泣くものだろうか。

私の友達の一人に、フィレンツェの美術館に勤める若い婦人がいる。その人はつい最近、八歳になっていた一人息子を失った。思いもかけない事故だったから、まったく不意に襲った不幸だった。

その当時、彼女の涙を見た者は誰もいなかった。人前をはばからず顔をクシャクシャにして泣いていたのは、夫のほうである。彼女は、涙ひとつこぼさなかった。絶望は頭の働きを止めてしまったらしく、彼女の行動はなにかしら機械的だったが、それ以上に胃の働きも止めることがあるとは、私も知らなかった。彼女は、その当時、食べるものはみな吐いてしまっていたのである。機械的に口にするのだが、三十分も経たないうちに、それを全部吐き出してしまう。彼女が拒絶する代わりに、胃が拒絶してあげているようだった。彼女の夫は、それをひどく嫌った。涙は理解したにちがいないのに、嘔吐は理解できなかったのである。

六カ月して、彼女は家を出た。夫のほうは、妻が家を出てから六カ月もしないうちに、別の女と同居生活をはじめた。離婚の正式の成立を待って、その女と再婚するつもりだという。彼女は今も一人だ。悲しみは時が経てば薄れるし、なにか別のことで入れ換えも可能だけれど、絶望はそれが不可能なのだろう。過去は忘れ、未来に眼を向けるべきだなどという一般的な忠告を、私はすることができない。今の彼女は、一見なんの不幸もうかがえない、その道では見事なプロの仕事ぶりで活躍している。だが、私は彼女と会うたびに、ほんとうの絶望は涙を枯れさせてしまう、と思うのだ。これは、女でも男でも同じことではないだろうか。

私はこの文のはじめで、人前で泣く男ではなく、人前で泣ける男と言い換えたほうが適当ではないか、と書いた。

なぜなら「泣く」という行為ひとつでも、この例の示すごとく、それをできる人とできない人がいるからである。悲しみの量のちがいは、できるできないを分ける、決定的な要因ではない。質も、同じことだと思う。それはもしかしたら、量でも質でもなく、悲しみをどのように表現するかの、個人個人のちがいによるのかもしれない。つまり、一人一人の性格のちがいに発するのだ。

たいして悲しくもないのに、人前で嘆きの場面を展開できる人がいる。さめざめと、涙を流せる人がいる。そういう人は、人前であろうと一人であろうと関係なく、泣ける人なのだ。そういう人にとっての悲しみとは、量でも質でもなく、悲しめるという行為の問題なのである。

これはなにも、悪く評しているのではない。悲しみに簡単に乗れる人と乗れない人のちがいだけなのだから。別の言い方をすれば、実に想像力が豊かで、その想像力のおかげで、実際の悲しみよりはより深い悲しみを味わう傾向の人が、これにあたる。もう一つ別の言い方をすれば、感情移入が容易にできる人のことだ。

恥を告白すると、私にもひとつ、それさえ思えば泣けることがあった。それは数年前のことだったが、神経性胃炎を病んだ時期があって、これは作家のいわば職業病だから、なにも大騒ぎするまでもなかったのだが、こういうこととなるとすぐ大げさになる私のこと、さてはガンかと疑ったのである。バリウムを飲んでレントゲンをとってはもらったのだが、それを友人たちに見せたら、いずれもちがうことばかり言う。産婦人科は一べつを与えただけで、キミはガン患者の顔をしていないなどと、実に非科学的な診断をくだすし、耳鼻咽喉科は、胃の先端が折れ曲がっているようだと、診断にならない診断を言った。

もうこうなると、イタリアの医者など、専門のことならばともかく、信用置けない気持ちになってくる。そうしたらちょうどその頃、その道の権威が訪れたので、怖る怖るレントゲン写真を持参し、診断を願った。この人は、日本の医者だ。彼は、写真があまり良くできていないと言いながら、それでも、典型的な胃ガンの兆候は見えないが、日本に帰国した時にでも胃カメラをしてみましょう、と言う。非科学的なことをいった産婦人科も、胃ガンは日本が「先進国」だから、気が済むならやってみたら、と言った。

日本に帰るのは、二カ月先に予定していた。その二カ月間というもの、作家だからあるのは当たり前の想像力と、歴史を生き生きと再現するためにはこれまた絶対に必要な感情移入の才能が、百パーセント以上に発揮されてしまったのである。

私がここで死んで日本文学界に幾分かの損失を与えるとまでは、いかにうぬぼれの強い私でも考えるわけにはいかなかったから、仕事が中途で終わるという類の心残りはない。問題は、九歳で残していかねばならない息子のことだった。

少しでも暇になると、息子に告げる「永の別れ」を考えては、泣くのである。どう彼に話すかと考えていると、今から思うとなんともおかしいが、すぐに泣けてきちゃうのだ。私の想像力による「永の別れ」は、それこそドラマティックでセンティメンタルで、それでいて押さえがきいていて、当の私自身を誰よりも酔わせる「傑作」だった。

誓って言うが、仮にあの時の胃炎が手遅れのガンであったとしても、実際に展開されたであろうシーンは、私の想像によるものよりも、断然、非ドラマティックで非センティメンタルであったと確信している。おそらく涙の量も、ずっと控えめに流されたことだろう。そして、なによりも確実なのは、悲劇であっても、それは酔えない悲劇であったであろうことだ。厳たる現実でないから、人は悲しみにも酔うことができるのである。

人前でさめざめと泣くことのできる男は、やはり少々ウサンくさい感じをまぬがれないのは、いたしかたのないことである。悲しみに酔うのは、せいぜい馬鹿な女の独占であってほしいものだ。

ただし、ひとつだけ許される場合がある。それは、別れたいと告げた女に対し、ハラハラと涙を流しながら、留まってほしいと願う男の涙である。これは男と女が逆であっても同じだが、こういう場合、涙を流すほうは、完全に自分の誇りもなにもかも捨てて対しているのだ。泣いて頼んでも結果が変わるという保証はないのに、いやほとんどの場合は変わらないものなのだが、それでもあえて行なうほうを選んだのである。そこには自己陶酔はかけらも存在しない。存在する余地がない。

男と女の関係で「有終の美」を尊ぶならば、お互いにあっさりときれいに別れるのよりも、どちらか一方が涙を流す別れであるような気がする。そして、こういう場面で流す男の涙は、男の涙の中では、唯一許されてしかるべき涙だと思う。

第13章　おしゃれな男について

この頃、日本でもおしゃれな男が多くなった。けっこうですよ。
君子は辺幅を飾らず、なんていう強がりに、堂々と挑戦する行為なのだから。
ところが、これがこれで、男を讃えることにかけては人後に落ちないと思ってい
る、私もふくめた女どもからすると、なかなか興味深い研究の対象になるのである。
まず、男という存在を、おしゃれを基準にして分類してみよう。
一、おしゃれと一目でわかる、おしゃれな男
二、おしゃれとわからない、おしゃれな男
　｛その他大勢と同じではいやな男
　　その他大勢と同じでよい男
三、めんどうが嫌いで、おしゃれをしない男
四、天然記念物
とまあ、こんな具合に分けられるのではなかろうか。

それでまずはじめに、一目でおしゃれとわかるおしゃれな男を、まないたにのせてみることにするが、この種の男たちこそ、自他ともにおしゃれとされる男たちでもある。ただ、彼らのおしゃれの水準は、意外と最大公約数的であって、例えば、ゴルフ場へ行くとゴルフ場の女の子たちが仕事を放っぽり出して、○○さんのおしゃれを観賞しにくる、とか、そうでなければ、女子大学で、国立大学の先生なのだけれど女子大あたりに時間講師としてくる人がいるが、そういう男を女子大生たちが、○○先生はつづけて同じ服を着てこない、とか言ってステキと思う類のものなのである。だから、この種のおしゃれの男たちに、私のような海千山千の女たちはびくともしない。「海千山千」をドキッとさせるおしゃれを、彼らはしてくれないからである。つまり、最大公約数をねらっているのですね。最大公約数をねらってのおしゃれだから、おしゃれの根本概念である、冒険をすること、ともほど遠いのだ。

それでいて、この種の男たちは、いやそれだからかもしれないが、男の装いたるもの、着る本人の個性を生かすために存在する、などという、月並なデザイナーでもなければ口にもしないようなことを、あいもかわらず信じこんでいる。だから、私などは、彼らの最大公約数的おしゃれに接するたびに、この男たちの個性も、最大公約数的水準なのだろうと思ってしまう。私のいままでの体験では、まずこの評価はまちがったことがない。

おしゃれな人とは、男女を問わず、自己顕示欲の強い人である。しかし、おしゃれと一目でわかるおしゃれな男の自己顕示のやり方は、実に率直で屈折の少ないものだ。なぜなら、他人におしゃれを一目でわかられてしまうおしゃれが好きだなんて、まったくカワイイと言うしかないではないか。つまり、この種の男ほど、われわれ女にとって、御《ぎょ》しやすい男はいない。才能が劣っているとかではなくて、こうも腹の中がわかっちゃう男は、女にははなはだ都合がよいというだけである。

また、彼らは例外なく、どんな女にも優しい。女には優しくしたいと思って優しいのではなく、優しくすべきだと思って優しいのだけれど。女の最大公約数は、しかし、こういう男に弱いものである。女は本能的に、この種の男が無害であることを知っている。そして、女は、真に有益であるかどうかということに、関心をいだかない存在でもある。

第二の、おしゃれとわからないおしゃれな男、に話を進めるが、まず二分類した第一のタイプ、その他大勢と同じではいやな男、について分析してみよう。

結論から先に言うと、この種の男ほど、亭主にしても恋人にしても、始末におえない男はいない。まあ、友達どまりにしておいたほうが無難だ。なぜなら、おしゃれは自己顕示欲の一表現だと言ったが、この種の男のその表現法が、屈折しすぎているからである。普通、彼らは、超高価なセーターに洗い晒しのジーパンなど着ていたりする。この組み合わせは、わざと、なのである。おしゃれと思われたくない、といって、その他大勢とはちがうことも示したいのだから。

私は、超高価と超安価の組み合わせを批判しているのではない。時にはいいと思うくらいだ。しかし、いつもこの線でいかれると、この種の男の屈折して底がよどんでいる胸の内を見るようで、御免こうむりたい気分になってくる。屈折しすぎた精神の持ち主は、誰でもどんなものでも、自分の延長で見てしまう。こういう精神状態ほど、惨めで情け無いものはない。

一方、その他大勢と同じでよしとするタイプは、まだまだ救いがある。まあ、亭主ぐらいにならしてもよろしい。ただ、私ならば、ネクタイピンがいいとなれば、猫も杓子も同じようなものをしているような現象は、その上にある顔まで同じようで、退屈するしかないけれど。なにしろ、その他大勢と同じでよしという一事に、最大の基準を置く生き方がつまらないのだ。

しかし、この種の男にワルはいない。面白い存在ではないかもしれないが、ワルはいない。女に対しても、その他大勢と同じ水準で、誠実であるにちがいない。女を美しくする要素の一つには安定というのもあるから、彼らは、この種の貢献ならばしてくれるというわけだ。

次に第三の、なにごともめんどうでおしゃれをしない男に移るが、男の中によく、ボクはめんどうくさくておしゃれをしないんです、と言う男がいる。私はそれを聞くたびに、そういうことは言わないほうがいいんではないか、と言ってあげたくなる。なぜなら、めんどうくさいということは、おしゃれだけでなく、すべてにつながることであり、また、めんどうだからというのは、感受性や好奇心の欠如を、カムフラージュするのに使われることが多いからである。時間がなくて、という言いわけとよく似ている。私は、時間がなくて本も読めません、という弁解を、絶対に信じない。

ただ、日本では、この種の言いわけが、意外と寛容に受けとられているようである。めんどうでおしゃれしない、とか、時間がなくて映画も見られない、とか、なんでも仕事が忙しいと立派な言いわけになってしまうのだ。しかし、これが進むと、仕事が忙しくて、性愛もうとくなってしまった、ということになる。そして結局、仕事が忙しく、生きるほうが手薄になってしまって、ということに至る。

この種の男は、たいていが奥さんが選んで買ったものを身に着けている。そして、こういう男を我慢できる女に面白いのがいるはずはないから、つまり男がわかる女がいるはずがないから、そういう女の選んだつまらないものを身に着ける結果になるのだ。女の選んだ男物というのは、なぜああも明白にそれとわかるのだろう。

さて、最後は、天然記念物について話したい。実は「天然記念物」と分類してみたが、ほんとうのところは、どう表現してよいかわからないのである。ただ、もしかしたら、ここに分類される男たちこそ、これまではすべての男のおしゃれをしない大義名分であった、君子は辺幅を飾らず、を適用できる男たちではないかという気がする。

まず、この種の男は、ほぼ例外なく、仕事面で絶対の自信を持っている。絶対といっても、百パーセントではない。他の男ならば百二十パーセントであったり、時には五十パーセントであったりして一定しないのが普通なのだが、この男たちは、自信とは、六十パーセントの自己の才能への自信と、四十パーセントの自分の才能を越えたなにか、これは運命と言い換えてもよいが、その二つが微妙に配合してできあがるのを知っていて、要は、この配合の割合をなるべく永続的に保つのが、仕事の成功につながるのを熟知しているのだ。彼らの自信は、自分にはそれができる、という意味での自信である。日本語では「器《うつわ》の大きい人」と言うのかもしれない。

それで、仕事面でこうも絶妙に自己顕示欲を充足できるこの種の男たちは、おしゃれの面でも発揮する必要性を、ほとんど本能的に認めない。おしゃれ男であると人に思われると仕事にさしつかえるなどという、ある意味では論理的合理的な判断からではなく、まったく、本能的に欲しないのだ。

では、美に対するセンスが欠けているのかというと、まったくそうではない。自分はしないが、相手の美しい装いには、とくに女の美しい装いには、実に敏感に反応する。ただし、他の男たちのように、とくにおしゃれと一目でわかる男たちのように、即座に言葉でもって示さない。まあ、君子なのだから仕方がないにしても。

それで、この種の男たちはどういう服装をしているのかというと、これがちょっと表現に困るのだ。

センスがないかというと、ないわけではない。ではあるかというと、男の装い上のよきセンス、とわれわれが普通思っているものからは、完全にはずれている。深く観察しない女ならば、ないと言うだろう。それならば、普通とは変わっているかというと、変わっているとも言えるし、変わっていないとも言える。それでいて、他人に不快感は絶対に与えない。そして、服装全体から、なにか他とはまったくちがう感じを与える。

私の友達の中にも二、三、かくなる不可思議な装いをする男がいて、イタリアの最新のファッションなどに出会うと、こういうのを贈って彼らをヘンシンさせてみたら面白そうだ、と思うことがあった。だが、そういう遊び心は、一瞬後には消えてしまうのである。なぜか彼らを、今のままで置いておきたい気になるからだ。いじるのが惜しい気持ち、と言い換えてもよい。天然記念物は、希少価値があるから天然記念物であり、やはりそのままで眺めていたほうがよい。

ところが、この種の男が、本物のワルなのである。女は近づかないにこしたことはない。われわれ女が御すなど、不可能な男でもある。カワイイところなど、まったくない。一見スキばかりという感じなのに、実際はつけこむスキのない男なんて、どうしようもないではないか。この種の男には、全面降伏するしかないのかもしれない。女だけでなく、他の男たちも。

第14章　男女不平等のすすめ

オノ・ヨーコ女史が、人伝《ひとづ》てだから真実かどうかわからないが、こう言ったそうである。

「男女平等？　なぜ優れている私たち女が、男たちのところまで下がってきて、平等にならなくちゃいけないの？」

さすがわが先輩と、学習院卒ということだけでは共通している私は、吹き出してしまったのだった。

だが、同時に、アメリカ育ちの視点だ、とも感じたのである。私のようなヨーロッパ育ちから見ると、アメリカで青春をおくった日本人は、どうも単純明快すぎてついていけない。この想いは、男女平等にかぎらず、政治でも外交でも同じなのだが。

それでまず、アメリカ式もヨーロッパ式もさて置いて、日本育ちの日本人の思う、男女平等について考えてみることにする。これだと、楽しくもないし複雑でもないけれど、実に正統そのものだからだ。つまり、男も女も平等でなければならない、の一事に尽きる。

私だって、原稿料に男女の差があるなんてことになれば、烈火のごとく怒るであろう。需要供給の原則に従って、とか、高名な作家であるとかという理由で、私と他の作家の原稿料に差がつくのは甘受するが、こちらが女という理由で原稿料を低くおさえられたりすれば、怒るにちがいないと思う。幸いにして私の世界は、自由業そのもので、この種の差別待遇は存在しないが、存在する世界で働く女が、差別を撤廃したいという気持ちはよくわかる。要するに、社会上、法律上の差別は、やはり撤廃さるべきだし、撤廃の方向に進んでいくと思う。

しかし、世の中というのは、社会上、法律上の問題だけで片づくようなシロモノではないことも事実なのである。とくに男女の間ともなると、それが個人の規模にとどまればなおのこと、法律文ではフォローできない分野が増えてくるものなのだ。これを、精神上の問題、と言い換えてもよい。

結論を先に言うと、私にとって厳正に平等な人間関係は、同性である女との間にしか存在しない。男との関係となると、まったく一つの例外もなく、不平等になる。いや、なるのではなく、私がわざと、そういう関係にしてしまうのである。それも、ヨーコ女史のような自分が上位の関係ではなく、ほとんどの場合、私のほうが下なのだ。優れているのは、いや優れているとするのは、男たちの立場のほうである。なぜかって？　このほうがずっと、官能的ではないですか。

私にとっての厳正に平等な人間関係の最も典型的な例は、女性編集者との関係だろう。私には、二人の仕事のしやすい女性編集者がいるが、私が駆け出しの新人作家であった当時、彼女たちも、駆け出しの新人編集者だった。その後、私のほうは保証しかねるが、彼女たちは今や、立派なキャリア・ウーマンに成長して活躍している。もしかしたら、今でも私たちが仕事しやすいのは、私も彼女たちも、成長の速度が似たりよったりであったためかもしれない。

作家と編集者の関係というよりも、だから、ほんとうの意味の共同制作者だし、センティメンタルなことにはお互いにタッチしないけれど、健康を害したと聞けば心から心配する。ただし、彼女たちは仕事に誠実なためか、時には私の原稿に文句をつけてくる。そういう時、こちらも恐縮したりなどしない。

「連載なんて、玉石混淆《こんこう》なものですよ」

なんて、平然と言い返す。しかし、心の中では、なるべく石よりも玉のほうが多くなるよう努力しなくては、ぐらいのことは思うのだ。厳正に平等な人間関係は、同志愛に似ている。両方とも、一つのことのより良き具体化のために、利害関係は完全に一致しているのだから。

一つのことのより良き具体化を目指す点では同じでも、共同制作者が男ともなると、その関係は私の場合、まったくちがった様相を呈してくる。とくに年上の人であったりすると、平等どころか絶対に不平等な関係になる。いや、私がしてしまう。それに、年上だと、この種の関係確立もずっと容易になるから楽なのだ。

私は、彼ら年上の男の編集者に対しては、無防備そのものに胸中をさらけ出す。自分の作品が正当に評価されないとグチったり、売れゆきが悪いなどと訴える。そうすると彼らは、塩野七生も文章上のようなコントロール能力が、プライベートでもあると良いんだが、と心中では思っているにちがいないのだが、デビュー当時からの私に慣れているために、我慢強く私のタワ言を聞き、はげましてくれる。時には、叱ったりもする。

「そんなに言うなら、はじめの頃ボクが、評判になってベスト・セラーになるにはこう書くと良いと言っていたら、キミは受け入れましたか」

「受け入れなかったと思う」

「それなら、自分で思うとおりに書いてきて、孤独だとか孤立とかグチるのはまちがっている」

私は、ここではじめてニコッと笑う。ほんとうは、叱ってもらいたかったのだ。

叱ったりはげましたりしてくれると、書けなくなっていたのが、書けるようになるのだから。こういう関係を維持していくためには、男女平等なんて、不利以外のなにものでもない。相手に絶対に優位に立っていてもらわなくては、具合が悪いのである。

ところが、年下になってしまうと、これがちょっと調子が狂ってくる。五、六歳のちがいならばたいして影響はないのだが、私も年を取って、この頃では、二十代の後半なんていう若い編集者と付き合わねばならないこともある。いかに相手に優位に立ってもらいたいと思い努力しても、これでは効果もままならないのだ。しかし、こういう場合の唯一の救いは、若い伯母さんと甥ぐらいに年のちがう相手でも、向こうが私との仕事を面白がってくれる時である。こうなると、一種の遊び友達のような関係が成立するので、まずはスムーズに仕事が進む。といっても遊び友達なのだから、対等の関係のもつ厳しさは生まれようもないのだが。

では、密接に仕事とのつながりはない関係はどうかというと、これもまた私は、不平等関係維持をモットーとしている。まず、先生とは絶対に呼ばせない。

「そんな色気のない呼び方はやめて」

と言って封じてしまう。誰もかでも塩野さんと呼ぶようになれば、時には自信の強いのがいて、ナナミさんと呼ぶけれど、こうなると、夕食の席で床柱を背に坐らせられても影響なくなる。といって、平等ではない。私はデイトと同じ気持ちでおしゃれして行くし、教えをたれる、なんて愚かなことは絶対にしないからだ。ただ、精神上の刺激は与えるけれど。教訓と刺激は、まったくちがう。教訓は、上の者が下の者に与えるものであり、刺激は、平等の者か下位の者が、上位者に対する時の、優雅で効果的な武器である。

私が勝手に、つまりあちらの都合も聞かないで「兄事」している人が、二人いる。兄事とは、兄としてつかえることだと辞書には出ていたが、敬愛している人、ぐらいに思っている。

もちろん現在でもこの二人は、私よりは断然上位にあるが、この関係は、はじめからそうだった。二人とも、私が『中央公論』誌上でデビューする少し前に、同じ誌上で、しかも同じ編集者に見出されて、評論家として華々しくデビューした大学教授である。まあ、私にとっては、兄弟子格だったと言ってもよい。

今では三人そろうこともまれになってしまったほどこの二人は忙しい身の上だが、あの当時、マスコミの世界を驚嘆させた二人もまだ三十代の前半で、相対的に暇だったのだろう。よくこの編集者を加えて、中央公論社の最上階にあるプルニエで、コーヒーを前にしての談論風発に時を過ごし、そばで第一作の原稿をかかえてアイスクリームをなめている私の、眼を丸くさせたものだった。

「なんと頭の良い男たちなのだろう。あの一句は、どこかで使えないかしらん」

これで、数歳しかちがわないのに、私たちの不平等関係は決まってしまったのである。

彼らは、二十年前、卵からかえったばかりで羽毛も乾いていないヒヨコであった私を問題にしなかったように、今の私も問題にしていない。その証拠に、私が自分の著作をきちんと贈りつづけているのに、彼らときたらくれたことがない。そのうえ、昔の不平等関係が今も厳然と存在するのは、彼ら二人は賞を選考する側なのに、私は、選考される側に属すことである。そして政府の委員会に関係したりして、なにやら日本の方向など決める役まで負わされているらしい。これでは「兄事」関係もまだしばらく続きそうである。

私たち女には、男に私淑したり兄事したりしているほうが、人生はよほど多様になり深みを増し、そして愉しくなるのではないかと思う。男女平等は、せめて、法律上のことで留めてはどうだろう。いつも「平等」で肩ひじ張っていては、肉体的にまず疲れてしまうであろうし。

第15章　ひげの種々相について

ルネサンス時代のイタリアを代表する国家は、フィレンツェとヴェネツィアの二つの都市国家だが、この時代を勉強中に愉快なことに気がついた。フィレンツェ人にはひげをたくわえている男が少ないのに比べて、ヴェネツィアの男となると、二十歳以前の若者を除けばほとんど例外なく、立派なあごひげをたくわえていたという事実である。

もちろん、フィレンツェにだって「例外」はあった。ミケランジェロは、自画像からみてもひげがあるし、レオナルド・ダ・ヴィンチの白髪も美しい長いひげの自画像は、われわれにだって見覚えはある。だが、レオナルドも、あれは晩年の自画像で、青年時代や壮年期には、ひげはたくわえていなかったらしい。それに、当時のフィレンツェの事実上の支配者であったメディチ家の男たちは、いずれもひげはきれいにそった肖像画を残している。だからフィレンツェでは、ひげは個人個人の趣向によったのであろう。そして、十五世紀末のフィレンツェの男にとっての支配的な趣向は、シーザー時代の古代ローマ人と同じで、ひげなしにあったようである。こういう事情がわかればなおのこと、フィレンツェ男にとってのライヴァルであった、ヴェネツィアの男たちのひげあり現象に、好奇心が刺激されたのであった。

ところが、その理由は、実に即物的なものだったから笑ってしまった。同性愛の犠牲にならないため、というのである。あの時代のヴェネツィアは地中海貿易のナンバー・ワンで、通商の相手には、アラブ人やトルコ人が多かったのだ。彼らはイスラム教徒だから、キリスト教では禁じられている同性愛を、悪事とは思っていない。四人も妻を持つ権利のほかに、少年愛のほうも盛んであったようである。しかも、彼らの国では、男は一人前になるとひげをたくわえる慣習が定着していた。アラブ人を通じて東洋産の香味料の買いつけをしていたヴェネツィア商人としては、男として一人前、と思われなくては、商売にさしさわりが出るだけでなく、身の安全までおびやかされる危険があったのだろう。最初の航海に出る息子にあてた父親の注意書というのが残っているが、その中に、船上での博打《ばくち》に手を出すな、というようなのに加えて、のびたひげはそらず、わずかに刈りこむだけにしておけ、という一項もある。もしかしたら、東洋に発《た》った時期はまだ十代であったマルコ・ポーロも、うっすらとはしていてもひげをたくわえて、シルクロードを東に向かったのかもしれない。ただ、子供向けのアニメの主人公となると、ひげのあるマルコ・ポーロでは具合が悪いのだろう。

わずか二百キロ離れているだけなのに、同時代のフィレンツェにひげ男が少なかったのは、イスラム教徒を相手にしなければならなかった海洋民族のヴェネツィア人に比べて、フィレンツェ人の主な職業が金融業と手工業で、彼らのおとくい先が北西ヨーロッパだったからにちがいない。ごく最近まで、いやほんとうは今でも、同性愛はキリスト教では歓迎されてはいないのだ。歓迎されなければ地下にもぐるしかなく、ために白昼連れ去られる、なんて変事も心配しなくてよかったのだろう。たかがひげぐらいで、などと軽く考えられない時代もあったのである。

話は一足とびに現代に移るが、一九六八年からはじまり、一時ヨーロッパを風靡《ふうび》した大学紛争の時も、ひげがなかなか重要な役割を果たしていた。日本でも、ほぼ同じ時期に大学紛争がにぎやかであったはずだが、ひげの種類まで話題にはならなかったと思う。ちなみに、この頃では日本人の中にもひげをたくわえる男が増えたようだが、西欧ほど目立つ現象ではない。それを、ヨーロッパ人は、日本の男はひげが薄いからだ、と言っている。ほんとうかどうか、私は知らないけれど。

話を大学紛争時代にもどすと、あの当時、紛争の主人公であった新左翼系の若者たちは、まずは九割がた、ひげで顔を埋めていた。顔が埋まる感じなのだから、もちろんあごひげだ。こうも多数派になってしまうと、完全に風俗になる。大学の構内を占拠する彼らを取材したテレビ・フィルムを見る時など、皆、同じ顔に見えておかしかったことを覚えている。日本人の大学生たちは、ヨーロッパの同志たちがひげで「覆面」したのに対抗して、手ぬぐいで覆面をしたのかしらん。

左翼系が台頭する時代は、それを我慢できない右派もおとなしくしていられなくなる。だが、右派系の学生たちのひげは、口ひげだった。そしてノンポリは、あごであろうが鼻の下であろうが、きれいにそったひげなし。めんどうなので少し整理すると、

左翼系——手入れをわざとしないあごひげに長髪。服装は、ジーパンにアノラック・スタイルで薄汚く。

右翼系——世にカイゼルひげと称する、手入れのゆきとどいた口ひげ。髪は短めに、うなじをそりあげた感じ。服装は、革のジャンパーにジーパン。ただし、清潔。

ノンポリ——セーターにスラックスのキャンパス・スタイルで、ひげなく、髪も普通。

このちがいはなかなかに重要で、これを守らないでうっかり他派のアジトに迷いこんだりすると袋だたきになりかねなかったから、当時は真剣な話であったのだ。日本の学生たちの場合は、各セクト別にはっきり色分けされたヘルメットで代わり

をさせていたのにちがいない。

大学紛争もすっかり下火になってしまった最近では、かくも必死なひげの種々相もすたれてしまったが、いまだに、左派はあごひげ、右派は口ひげのちがいは、総じて健在のようである。この「伝統」は、どの辺に端を発しているのだろう。マルクスとヒットラーあたりなのだろうか。


ひげには、あごひげと口ひげと大別したが、他にもいくつも種類がある。ダリのような、なにやら複雑にはねあがった口ひげもあれば、だらりとさがったどじょうひげもあり、口ひげにあごのところだけのばした変型カップルもあるし、『ルパン三世』に出てくるジゲン氏スタイルの、細身のあごひげもある。

こんな具合で全種類を列記するなど不可能なほどだが、ひとつだけ、共通した点があるように思えるのだ。つまり、ひげとは、それがどんなスタイルのものであれ、親から与えられた顔に、なにかしらの変化を加える意図でなされたということである。別の言い方をすれば、肌をあらわにするのを嫌う男たち、と言ってもよい。他の部分の肌は服で隠れるが、顔だけは隠しようのないところを、意図的に隠そうと思うからではなかろうか。

もちろんこの説は、ルネサンス時代のヴェネツィア男や大学紛争はなやかなりし時期の大学生たちのように、ひげが不可欠な要素であった現象は除いてのことである。今の平和な時代、ひげが個人の趣味で決定される情況下になってはじめて、こういう考察も可能になってくるのだから。

女には、化粧という手がある。化粧を普通ではできない男たちの、ひげは一種の「化粧」だと私は思うのだが、どうですか？

女の化粧を、女というものを知らない男たちはしばしば、あれは欠点を隠すためにするのだ、と言う。これは、まったくの誤解だ。なぜなら、化粧する時、女は自分の顔の欠点を隠そうとして、長時間鏡の前に坐っているのではない。もしかして、なかにはそういう女がいるかもしれないが、そういう女は、女として退屈でつまらない女のはずである。ほんとうの女は、化粧する時、親が与えてくれた造作だけでは、自分の内部を表現するのに不充分と思い、そのただ不充分なところを、化粧によっておぎなう気持ちで鏡に向かうのである。だから、不充分と思わない女は、素顔でいるほうを好む。これはなにも、美醜の差によるのではない。顔の造作の出来不出来にかかわらず、それで自らをあらわすのに充分と思う女は、化粧の必要を認めないだけの話なのだ。

男のひげも女の化粧と同じということになれば、造作の美醜に関係なく、ひげも男の自己表現の一方法と思えないであろうか。ただ現代は、ひげをたくわえるのが一般的な傾向である時代ではないから、相当意図的な自己主張と思うべきかもしれない。反対に、女の化粧は、いつの世でも一般的な傾向であったから、まったく同一には論じるわけにはいかないだろう。なにしろ、ひげなしの男の数に比べて、いつも素顔で過ごす女の数は、絶対に少ないのだから。

このようにひげひとつ取っても考察することは多いのだが、ときに、それまでひげをたくわえていた男が一朝にして、それをきれいにそり落としてしまうことがある。これなどもまた、一考察が可能なのだから面白い。そういう男に聞いてみると、皆いちように、羽毛をむしり取られたにわとりの心境だ、と言う。なにやら奇妙で情けない想いで、鏡の中の自分を見つめることになるらしい。

そして、なぜそり落としたのかと聞いてみると、いくつかの答が返ってくる。頭髪と同じでフケがたまって困ったから、などというのはどうも即物的すぎてつまらないが、意外と当人にとってみれば真剣な問題なのだろう。

次に多いのが、白髪が目立ちすぎる、という答である。どういうわけか、頭のほうの毛よりも、ひげのほうが白髪に変わるのが早いらしい。生え際の毛と似ているということかしらん。私の趣味では、白髪混じりのひげも決して悪くはないと思うのだが、これもまた、当人にしてみれば無視できない悩みなのだろう。

第三の答は、心境の変化。こうなるともう、われわれ女たちが、一朝にして髪をショートカットにしたり、パーマをかけてヘア・スタイルを変えてしまうのとよく似ている。女は失恋すると髪を切るといわれるが、男もまた、ひげをそる、なんてドラスティックな行為に出るのかもしれない。

ひげというのは、形がどうであれ、あれで手入れがなかなかにやっかいなのである。精神統一しなければ、左右がちぐはぐになってしまったりして、時間ばかり経つからイライラする。この点も、女の化粧と似ている。しかし、ひげの手入れが調子良くいった朝などは、その日一日中、すべてが上手《うま》くいく予感で気分のほうも向上するものらしい。この点もまた、女の化粧と同じだから愉快だ。ひげあり男の多いヨーロッパへ旅行した折など、この考察を確認されてみてはいかが？

第16章　ステキな男

　黒澤明先生はよく、素敵な、という表現を使われる。一メートル八〇の堂々たる偉丈夫で世界的な大監督の口から出る、素敵だね、という言葉は、なぜというともなく優しく響き、聴くたびに微笑せずにはいられなかった。だがこの頃は、ただ単に優しい表現ではないことがわかりはじめてきている。

　ここに紹介する人は、黒澤先生が、素敵な人、と評された男だ。そして私も、まったくステキな男だと思っている。

　その人は、宮本さんという。名は、知らない。前身は日立のエンジニアだったということだが、現在は九州の飯田《はんだ》高原で、馬の牧場をもっている。年の頃は、五十歳を少しばかり越えたというところだろうか。カウボーイのボスにしては小柄で、アメリカ生活が長いということだが、彼の地では、おそらくほんとうに小柄であったにちがいない。

　名も聞かず、正確な年齢もただささず、家族構成などもちろん聞かず、「脱サラ」

の動機さえたずねなかったのは、宮本さんがひどく忙しくしている近くで、私は彼の仕事ぶりを眺めていたからだった。しかし、もしも彼が暇をもてあましている時に出会っていたとしても、私ははたして、それらを彼に質問していたであろうか。質問しなかったのではないかと思う。なぜなら、宮本さんには、これらの事柄はたいした意味をもたないように思えるからだ。この人は「今」を見ているだけで充分にすばらしい。

宮本さんが忙しかったのは、ちょうどこの辺りで野外ロケに入っていた黒澤監督の映画、『乱』に使う馬たちの調教を、彼が一手に引き受けていたからである。それも、アメリカからこのためにわざわざ輸入した六十頭とか七十頭とかの馬が、着いたばかりなのだ。これらの馬の一頭一頭に蹄鉄《ていてつ》をつけ、合戦の場面の撮影に使えるように慣らさなければならない。そのうえ、最も大規模なロケともなると、アメリカ馬も加えて全部で二百頭もの馬を、「使える」ようにしなければならないのだから大変だ。私ならば頭をかかえてしまうところだが、宮本さんは、実に平静に一頭ずつ処理していた。

アメリカから輸入された馬は、クォーター・ホースという、北米特産の馬種だという。サラブレッドばかり見慣れた私には、彼らのがっちりしているのが印象的だった。この馬たちとの初対面が、お尻をこちらに向けて左右にずらりと並んだ厩舎《きゅうしゃ》でだったのが、いけなかったのかもしれない。お尻のいやに大きい岩乗《がんじょう》な馬だなと、圧倒されてしまったのだ。とても性格のよい、足も早い馬種だそうで、あの大男のジョン・ウェインもこれに乗ったのかと思ったが、ほんとうはこのクォーター・ホースよりも一段と背の低い、ただしこれまた一段と岩乗な、インディアン・ホースを愛用していたということである。道理で、馬がよく押しつぶされないものだと、彼主演の西部劇を見るたびに思っていたものだが、その心配もなかったわけだ。クォーター・ホースだって、ジョン・ウェインほど大柄でなくても、よろいかぶとに身を固めたサムライを乗せて走るのだから、ラクチンというわけではない。

厩舎から、それらアメリカ産の馬は、数頭ずつ引かれてくる。そこで、宮本さん自ら、蹄鉄をつける。ただ、もともと温厚な性格で、理想的な乗馬用とされている彼らも、まずいことには日本に着いたばかりだ。着いたばかりということは、動物の場合、検疫のために連日注射されて、おかげで人間嫌いになっているということを意味する。私たち人間の時差ボケとはちがっても、精神的に常態ではないということでは、同じなのだろう。蹄鉄をどうしてもつけさせない馬が一頭いた。それが雌馬だったので、私は、宮本さんがどのようにして「ジャジャ馬ならし」をするのかと、興味をもったのだった。

九州のカウボーイたちは、ボスの命令一下、その雌馬のたづなを左右に張ったまま、馬の前脚にロープをかけてしまった。それまで暴れていた馬は、動けなくなってドウと倒れる。そのままの姿で、ハアハア言っている。それでも時々、よほどのジャジャ馬なのか、立ちあがろうとしては、後脚で蹴《け》る。なにしろ眠るのも立ったままというのが馬だから、横だおしになった格好では、馬自身が不安でたまらないのだろう。立とうとするが、そのたびにカウボーイたちは、必死でロープを引っぱって横だおしにもどす。

このような場面をもしも英国の動物愛護協会のオバチャマたちが見たとしたら、さぞかしただちに抗議状が送りつけられたと思うが、幸か不幸か私は、一人息子の幼時のしつけを平手打ちでした母親だから、びくともしない。そばで見ていた十歳の息子にも、

「一度の残酷は、一千の放任よりはあの馬のためになるのよ」

と説明し、暴れ馬のままでいると、ステーキにされちゃうしかないでしょ、とつけ加えた。宮本さんも、少しすると馬の眼から涙が流れるのです、そうすると言うことを聞くようになります、という。そして、まだ暴れる馬が自分で地面に頭を打ちつけて怪我をしないようにと、馬の横顔と地面との間に、毛布のようなものをあてがっていた。馬が身をよじるたびに、それがいつも顔を保護するように、毛布も移動してあげている。そうしながら、涙が流れはじめたかどうかも見るのだろう。

その間ずっと、反抗精神の旺盛すぎる雌馬は、誰からも打たれなかった。時に、後脚の先のほうを、軽く打たれただけだ。これはおとなしくする気になったかどうかを知るためで、実際、はじめのうち馬は、軽くふれられただけでもすぐさま後脚をはねあげ、反抗の気分をあからさまにしていたものである。

ただ、この時の雌馬は、よほど気が立っていたらしかった。毛布の位置をなおしてやり、顔をのぞきこんだ宮本さんを、鼻面《はなづら》か肩かで強く突いたらしいのだ。らしいと書くのは、残念にもこの瞬間だけ、タバコに火を点けていたために見逃したからである。いずれにしても宮本さんは、太股《ふともも》を強打されて足を引きずる姿になってしまった。だが、見ていた私たちだけでなく馬のほうもこれには驚いたのか、ほどなくおとなしく立ちあがったからおかしい。それ以後は、以前の暴れようが嘘かと思うくらいのレディーに一変し、蹄鉄をつけられるために引かれていった。

私の感心したのは、この間の宮本さんの態度である。怒り声など一度たりともあげず、粗野な振舞いも一度としてなく、まったく静かで平静な態度を崩さなかったのだ。それでいて、すべての情況への目配りも忘れないから、作業に無駄がない。エンジニア出身というのも、私は完全に信ずる気持ちになっていた。『静かなる決闘』という題の映画はあったけれど、『静かなるカウボーイ』というのはないのかしらん。

しかし、この静かなるカウボーイは、夕方近く、実に見事な馬術を見せてくれたのである。蹄鉄打ちというのは、自分の両股の間に馬の脚をはさみ、まず馬の蹄《ひづめ》をやすりでなめらかにし、それに蹄鉄を打ちつけ、最後にまたも鉄やすりで仕上げて終わりだ。この方式はアメリカ式なのだそうだが、なんとなくマニキュアをする手順を思わせる作業である。だが、その間中、宮本さんは、腰をかがめた姿勢を続けていなければならない。だから、一日の終わりには、腰が痛くなるのだろう。それで、馬を駆って、つまり腰をまっすぐにして、痛みを治すのだと思う。

というわけで、なにも私に自分の技術をしめしてくれたわけではないのだが、見る私からすれば、お見事！　の一句につきる巧みさだった。小柄なのに、馬を御《ぎょ》す宮本さんは大きく見えたのだから。馬に乗る、のではない。彼のはまさに、馬を御す、という表現がふさわしかった。

翌日、またも私は、宮本さんの「エル・ランチョ牧場」へ出かけた。二つの理由によってである。一つは、昨日、馬に乗せてもらって、どうやら病みつきになってしまったらしい息子が、どうしてももう一度乗りたいと言い張るので、それに応じてやる母親としての理由。他の一つは、『乱』出演の騎馬武者たちの訓練を宮本さんがするというので、それを見たいというのが理由である。

第一のほうは、息子の大満足で簡単にすんだ。なにしろエル・ランチョ牧場のやり方は、はじめて乗る人でも、馬のたづなを引く人などそばにつけず、そのまま馬場か、外の野原に出してしまう。車の運転を習う人を、すぐにも道路に出してしまうのに似ているが、このやり方は、乗る側にとってはとても愉快らしい。二日目というのにわが息子は、ギャロップどころか走らされていた。ただこのやり方が可能なのは、乗る人間よりもそれを乗せる馬を信用しているからだと、私などは思うのだが。

騎馬武者たちの訓練は、馬場からは少し離れたところにある、サッカー場のように広い場所で行なわれた。その日は、二十騎が参加していた。本番の時は甲冑に身を固める騎馬武者役の俳優たちも、訓練だから思い思いの服装をしている。ジーパンにTシャツ姿が多かった。だが、乗馬服を着けている者は一人もいない。やはり戦国時代の合戦の練習なのだから、乗馬服など着ていては、荒々しさが感得できないのだろう。それでも二十騎が一団となって動く様《さま》は壮観だった。これが十倍になる本番の時はどれほどかと、思うだけで胸が騒いでくる。

この日も、宮本さんの指揮ぶりは静かだった。まず、言葉づかいがきちんとしている。大声を張りあげない。冷静で正確な指示が、拡声器を通していきわたるだけなのだ。だが、おそらく合戦のロケが近づくにつれて、静かなるカウボーイの声も、熱をおびてくるにちがいない。それまでに一カ月ある。アンダンテからはじめて、段々とクレッシェンドしていくのだろう。はじめから怒声を張りあげていては、人も馬も、力の配分が狂ってしまう。本番で全力を発揮できるようにもっていくのが、最重要の目的なのだから。静かなるカウボーイは、頭脳のほうもボス級であるらしいと見た。

阿蘇の山すそに広がる飯田高原でも、冬になれば雪が降るのだろうか。その冬の夜長を、静かなるカウボーイはどのように過ごすのであろう。バンジョーを弾いて、若い連中と愉しむのかしらん。それとも、一人読書でもして過ごすのだろうか。本を読むカウボーイなんて、どんな西部劇映画でもおめにかからなかったが、宮本さんならば、ごく自然に似合いそうな気がする。

第17章　殺し文句についての考察

最近読者からもらった手紙の中に、こういうことが書いてあった。

「あなたの男性的にくっきりと区画整理された明晰な頭脳に、牝蛇がからみついたような硬質でセクシュアルな文体、かてて加えてキラキラ冷たく光るダイヤのような独自の卓越した見識に、心からの讃美を捧げつつ……。……その一方で男性がひげをたくわえるのは、肌をあらわにするのを嫌うからではないかとの透察、なにやらヒヤリとエロチックです。あなたはきっと、猫のようにセクシーな方なのではら……」

これは、ヨーロッパでは、男の言う文句である。ところが日本だと、女が言ってくるのだ。いったいどうなってるのかしらん。吉祥寺にお住みの池田千代子さん、無断であなたの手紙使っちゃってごめんなさい！

私は帰国すると、仕事の都合で東京の都心のホテルに泊まることにしている。そのホテルの部屋に時々、花がとどけられることがあるが、これがほとんど女からなのだ。たまに男の名であったりすると、きまって仕事の関係者で、仕事以外の花の贈物が女からだけとは、私も落ちぶれたものだと思う。それとも日本では、殺し文句や花を贈るなどは、つまり人間性の機微にピタリとふれるような高度なテクニックを要することは、男よりも女のほうが巧みになってしまったのかしらん。そうこう考えているうちに、花はひとまず置くとして、「殺し文句」というものを、少しばかり考察してみる気になった。

ほんとうはこの項の表題を、「殺し文句の功罪について」とするつもりだったのである。ところが書く前にツラツラ考えているうちに、どうも私としては、功は認めても、罪のほうはどうしても納得がいかないのだ。それで表題を変えたのである。

まず第一に、「殺し文句」とは、剣を使わずに相手を殺す方法であり、平和的な殺人手段である。

第二に、殺す殺すと言っていては相手もかまえてしまって殺せなくなるから、相手のスキに乗じて、グサリと一突きで殺さなければ、ほんとうの効果は生まれない。ほんとうの効果とは、殺《や》られた相手が殺られたこと自体に快感を感じるということである。

第三、この殺人手段には、性別はまったく存在しない。男が女に使うものだということになっているが、そんなことはまったくない。女が男に向かって使ってもよいし、男同士でも女同士でも使用可能であるところが面白いのだ。

第四は、「殺し文句」とは、絶対に真実百パーセントでもないし、かといって、嘘百パーセントでもないという「真実」を、使うほうも使われるほうも、とくと認識している必要があるということである。この点を押さえていないと、欺《だま》された！といううみっともない事態に至ってしまう。

第五だが、「殺し文句」とは言葉で殺すのだから、相手が潜在的に最も欲していることを適確に察知する能力が、使い手にはなによりも要求される。

最後に、「殺し文句」を適材適所で駆使できる能力は、実に高度なテクニックに属するので、バカがやると火傷するから誰にも薦められないが、これが上手くやれるようになると、高杉晋作ではないが、「面白きことなき世を、面白く」生きるのに一助ある。「殺し文句」の功罪の功の最たるものは、人生に色どりを与えてくれるということだろう。

しかし、世の中ではこれと反対に、「殺し文句」の罪のほうばかり強調されるようで、残念である。たとえば、一人の男が一人の女に向かって、ある時こう言ったとしよう。

「ボクの家庭は冷えきっていて、いつ別れても不思議はない。妻ときちんとするまで、待っていてくれますね。そうしたら、ボクと結婚してくれますか」

女は、この男の言葉を信じた。男との結婚生活が、もう眼前に見える想いになったにちがいない。ところが、男のほうは、いっこうに「妻ときちんと」してくれない。女はもちろん、イライラがエスカレートする一方だ。あげくのはて、男の不実を責めるようになる。

「あなたは、妻ときちんとしたら結婚してくれますか、と言ったわね。私が一番喜びそうなエサを投げた気がしてならないの」

これを三面記事風にいうと、結婚詐欺、ということになるのだろう。結婚詐欺があいもかわらず、するほうが男でされるほうが女であるのは私などには心外だが、洋の東西を問わず、結婚が、女が一番喜ぶエサ、であるのも事実なのだから仕方がない。まあ、私のように、結婚していることの唯一の利点は、結婚というものをあらためてしなくてすむという点である、などと思っている女は、やはり少数派なのであろう。

それでつまり多数派に属す女の一人は、ついにこんなことまで口ばしるようになる。

「私、あなたの言葉に命をかけようと思ったの。約束守ってくれなかったら、死んでもいいと思ったの」

こうなると男のほうも、なにを言っていいかわからなくなって、「愛する人を悲しませたくない。それが何なのかを、ボクは考えている」なんて、イタリア女だと、そんなアホなことを言う奴は、悪魔にでも喰われてしまえ！　とでも捨てぜりふを吐きそうな、意味不解なる言辞を弄するようになる。まったく少女マンガだが、私は、男のほうに同情してしまった。なぜか……。

人間というものは、男とか女とかにかぎらず、二人でいれば、なにかを話さねばすまない動物である。言葉が必要でない場合もあるにはあるが、まったく言葉なしで長時間一緒にいることはむずかしい。ために、われわれ人間は他の動物と区別され、学名を、ホモ・サピエンス・サピエンス、と呼ばれているのである。サピエンスは一つでなく、二つですぞ！

しかし、このホモ・サピエンス・サピエンスは、対話とは、必ずしも真実であることばかりを話していては成り立たないことも知っている。会社の企画会議ではないのだ。生身の人間同士の、つながりを深めるのが対話なのである。それが男と女である場合、しばしば双方とも（男にかぎらず女も）、自らの願望を口にすることがあるものだ。なぜなら、人間は、客観的に真実であることと、主観的に真実であること、つまり自分自身が真実であると思いたがっていることを、常に明確に分離して話すことができない動物だからである。

「あなたを愛している」

これは真実であろう。また、

「あなたと一緒にいたい」

これも、真実であるにちがいない。しかし、

「あなたと結婚したい」

となると、願望に変わる。二十代の若者同士だと、言われたほうが真に受けてもハッピー・エンドなのだが、四十代となるとそうは簡単にはいかなくなる。だが、簡単にいかないことはすべて口にしない、なんてかたいことを言いはじめると、面白きことなき世の中、いつまでたっても面白くならない。極端な例をあげると、愛し合っている最中に、夢うつつの中で女が口ばしる。

「ああ、あなたの望むことなら、なんでもするわ！」

これを真に受けて、ベッドを降りてからも、タバコを持ってこい、お茶を入れろ、なんて言う男がいたとしたら、このバカ、ということになるだろう。ベッドの中であろうが外であろうが、男と女の対話の無視できない部分は、虚実皮膜の間で進められるものである。嘘でもない、ほんとでもない、願望という形で交わされるのだ。

なぜなら、願望とは、それを口にした瞬間は、口にした者にとっては、これ以上とない真実なのだから。それを、

「実現もできない嘘をついて欺した」

と非難するのと、

「あの人は私に対してだけ、あのような願望をいだいたのだ」

と思うのは、同じ「殺し文句」に対する、対応の仕方のちがいである。私だったら、許すであろう。いや、許すよりも嬉しく思うであろう。

しかし、世の中では、それをしなくて、

「もう生きていく力がないわ。あなたを刺してやりたい。三十過ぎてあなたという人を見抜けなかった私が、バカだった」

などという女は、純情で情熱的で一途になるタイプであって、友人でも、もう少し大人の恋のできる人かと思った、と感想を述べることになる。こういう時に口にされる「大人の恋」とは、不倫の関係でも適当にオトナに行動して、浮気の甘い果実だけ味わう、という感じで使われる。もちろん、そういう関係も多いであろう。だが、すべてがそうではない。

オトナも、激しい恋はするのだ。若い人のように眼前に自由が広がっていないだけになお、燃えあがる炎のような恋をするのだ。しかし、二人ともオトナだと、

「ボクたち二人のための家を建てよう」

という男の言葉を女も真に受け、二人で一緒に、九十九パーセント実現しない家を考えはじめる。その家がいつまでたっても現実にならなくても、女は、約束守らないなら死んでやる、などとは絶対に言わない。二人のための家を建てたいと思った時の男の愛情を、なによりも大切に感じるからである。もしもこのような「嘘」に小ざかしいものが混じっていれば、どんなに激しく燃えあがった恋でも欺くことはできない。

反対に、切ない願望のあらわれであったとしたらどうであろう。それなのに、結婚詐欺の水準まで下げて非難を浴びせかけるだけでは、日本の男の「殺し文句」の技術も、育てるどころか芽のうちに枯らせてしまうような気がする。

第18章　女の性《さが》について

男が女に対して誤りを冒すのは、国際政治の世界で日常茶飯事のように起こる「摩擦」とその原因に、実によく似ている。

――現実主義者が誤りを冒すのは、相手も現実を直視すれば自分と同じように考えるだろうから、馬鹿なまねはしないにちがいない、と判断した時である――と、五百年昔の政治哲学者マキアヴェッリは書いているが、現実主義者を男に代えれば、まったく同じことが男女関係にもいえるのだ。

ただ、前もって断わっておかねばならないが、私は、私の同性である女たちが、男たちに比べて劣っているといっているのでは、まったくない。それどころか、われわれ女が、デメリットはしばしばメリットに変わりうる、ということに気づき、それを仕事なり人生なりに活用しはじめると、男と同等に達するどころか、男を越えることも容易なのである。

ほんとうの女は、男と同等になろうなどというケチなことに、必要以上に固執しないものである。必要、というのは、法律面に属す事柄である。それよりも、男を越えることのほうに情熱を燃やすものだ。同等や平等よりも、越えるほうが、よほど刺激的ではないか。

そして、この頃は、この種の刺激に敏感な女が、増えてきたように思う。サッチャー女史などは、典型的な例ではないだろうか。彼女こそ、これまではとかく軽蔑されてきただけの女としてのデメリットを、見事にメリットに変えてしまったのだと思う。メリットに囲まれているはずの男たちよりも、デメリットにあえぐとされてきた女のほうが、ほんとうの意味では自由であることを、われわれ女は、そろそろ自覚してもよい時代ではなかろうか。

というわけで、イギリスにまで例を求めなくても、わが日本の中でも優れた女は、つまり男を越えた女は多くみかけるようになったが、さてこの女たちが、パブリックな立場を離れてプライベートな場になっても、あいもかかわらず男を越える見識を発揮するかというと、必ずしもそうではない。

こういう女たちの前に劣勢を意識しはじめてきた男たちが、あれほどの才能にあふれるキャリア・ウーマンなのだから、とか、あれほどの内助の功を発揮した奥さんなのだから、とか思って、彼女たちに自分たちと同じたぐいの見識を求めると、完全に裏切られるだろう。なぜならば、女は、女の性《さが》によって動くことが多いからである。とくに、プライベートな場であったりすると、男の「見識」からすると想像もつかないような、非常識な言動をとることが多い。

女はなぜ、裸になりたがるのか。

ここでは、肉体としてのヌードはとりあげない。精神的な意味での裸を問題にするので、電話での会話を録音しておいて公開するのから、過ぎ去った恋愛をことこまかく、文壇用語だと赤裸々に、書きつらねた小説までふくまれる。

この傾向を解くカギは、まず女が、秘密を守ることがむずかしいという性《さが》の持主であることに、求められてもよいかもしれない。なにしろ、しゃべりたいのだ。いや、しゃべらないといられないのである。

昔は、こういう女の性向を少なくともおもてには出ないように押さえる、智恵があった。

人間の弱さを深く理解した宗教でもあるカトリック教では、懺悔《ざんげ》というものが活用された。信者は教会へ行き、あの小さな箱のようなものの中にひざまずいて、その向こうにすわる司祭に、犯した「罪」を告白する。ある人を愛してしまいました、なんて具合に。ところが、カトリックともなると司祭も人間探求の精神に満ちているから、それは困りましたね、ロザリオを何回とアベ・マリアを何回となえなさい、なんてことではまず終わらない。もっとくわしく、聞きただしてくる。どんな男か、とか、どんなふうに知りあったか、とか。ときには世俗的でルネサンス的な司祭もいて、こういう聖職者は実際は少ないと確信しているが、まあたまにはそういうのもいて、どんなふうに愛しあったか、とかまで聞いてくることがある。

これに、なぜか、懺悔するのが女だと、ことこまかに、つまり赤裸々に、ついつい話してしまうのだ。男には、司祭のほうも聞かないのかもしれないが。

司祭と懺悔者をへだてるのは、密《みっ》につまった格子《こうし》である。小さな格子窓をはさんで、薄暗い中で進むこの種の問答は、淫猥以外のなにものでもないと思うが、このシステムが女の「性《さが》」を他人に迷惑をかけないで発散させるに、実に有効であったことは認めないではいられないだろう。しゃべりつくして満足した女は、アベ・マリアの百回ぐらい、喜んでとなえたにちがいない。このシステムが、宗教の勢力失墜とともに重要さを失いつつあるのは、実に残念である。昔からの智恵が、文明の進歩とともに消えていく一例でもある。

キリスト教のない国の女だって、似たような智恵をもっていた。お嫁入りのときに一緒にきた、乳母というか女中というか、まあこの種の信頼できる同性である。未婚の娘であった頃からの仲だから、彼女にはなんでも話す。しかも相手は地位が下だから、話すのも気が楽だ。既婚未婚にかかわらず、昔の女は、この種の打ちあけ相手をもっていたのだった。乳母も女中もいない女でも、隣り近所に、誰かわけ知り顔をしたい、つまり人生相談にのってくれる、女がいたのである。昔風のコミュニティーの良さだろう。

このような昔の智恵が失われてしまった今、女たちは、「性《さが》」に忠実であろうとすれば、なにか他の手段をみつけなければならない。どうやら、いっせいに、テレビのカメラの前でしゃべりまくるか、原稿用紙など買いこんできて、ペンをとるかするようになったらしい。シロウトであろうが関係はない。赤裸々が、文学的にも賞讃される時代なのだから。

この種の女たちに対して、男たちが絶望し、なぜあんな二人だけの間のことまでしゃべってしまうのか、と責めたとしても無駄である。赤裸々であることが、女の「性《さが》」なのであり、つまり、女にとってはよほど「自然」な生き方なのである。

男だってこの頃は、赤裸々に書いたりしゃべったりするのがいるではないか、といわれそうだが、あれはあくまでも「赤裸々的」であるだけで、男性の性《さが》の根元の欲求から生まれる衝動ではない。実際、そういう男は、同性から軽蔑されることはまずおいても、われわれ女からみても、不自然である。精神的にしてもまっ裸になりたいという欲求は、男の本来の性《さが》に反するのであろう。懺悔のときにしても、微にいり細にわたり愛の行為を告白するなんていうのは、同性愛者以外にはちょっと考えられないのだから。

しかし、なかには裸にならない女もいます、というだろう。だが、この種の女たちならば安心と、男たちが、彼らと同じ言動を、二十四時間中の二十四時間期待するとしたら、これもほぼ完全に、裏切られることになる。

なぜなら、彼女たちは、パブリックな場では「裸」にならないが、それは女の性《さが》に反した生き方をしているのであるから、プライベートとなると反動がくる。つまり、バランスをとる必要からである。パブリックでも「赤裸々」である女以上に、この種の女はプライベートになると、赤裸々になるものと、男は覚悟するべきなのだ。

このような場合、男はしばしば、唖然となるにちがいない。ああ、なんとオロカなことをいうのか、と。ああ、世間では才女の鑑《かがみ》とされているほどのこの女の、なんというオロカさよ、と。

しかし、この種の「オロカさ」もまた、女の性《さが》なのである。つまり、オロカである時、女はみずからの性《さが》に自然な状態にあるのである。ときにオロカになることの必要を感じなければ、なんで男など必要とするものか。

男たちよ！　女には、頭のできのいかんにかかわらず、あなたがたと同じ種類の「見識」を、二十四時間中の二十四時間、求めてはいけないのです。八時間ぐらいが限度だと思っていたほうが、無難なのです。そうでないと、思わぬ火傷をするはめになりますぞ。

要するに、すべての女は、程度の差こそあれ、自分の本来の性とそうでないそれに反した言動を、どこかでバランスをとって生きているのである。どこでどのようにとるかは、まったく個人ごとにちがう「智恵」で、これが誰でも同じだったら、男も女を愛する理由がなくなるだろう。

有吉佐和子死去の報を、痛ましい想いとともに知った。私個人としては熱心な読者ではなかったが、作品の中で自分を裸にしようとしない、数少ない女流作家の一人ではなかったかと思う。彼女の多くの作品の主人公が女であるのだけは、どうも私にはわからなかったが、これも、趣向の問題であろうし、また、売れ行きのことを考えれば（これを考えることは決して悪くない）、女は女のことを書いたほうが商売上有利であるのもたしかなのだ。

しかし、それはさておいても、「裸」にならない彼女を、私は遠くから共感をもって眺めていた。そして、それだけになお、感じるプレッシャーはすさまじいものにちがいないと、思っていた。なぜなら、自分のことを書くほうが女の性《さが》に忠実なのだし、だから自然な生き方なので、それをしない、つまり、つくりものを書く場合は、女の性《さが》に反したことをしているからである。どこかで裸にならねば、やっていけない。オロカになる場を、または人をもたねば、バランスがとれなくなる。

あの女《ひと》は、有名すぎたのではないだろうか。日本という国は、知的な面で有名な女を、コワイなんて子供じみた表現で敬遠することしか知らない、自信のない男の多い国である。この国では、女を良く評する表現は二つしかない。気さくなオバサンタイプに、女らしいキメの細かさと。いずれも、色気のない存在に祭りあげてしまう役割しかもたない。

男たちよ、自信をもってください。マキアヴェッリの言葉でも思いだして。男女関係も国際関係も、まあ同じようなものだと思えば、あきらめもつくのではないでしょうか。

第19章　オール若者に告ぐ

ずいぶんと大上段に振りかぶった感じの表題だが、中身はぐっとくだけたものだから、安心して読んでください。

ここで対象にする「若者」は、十五歳から三十歳までとする。ほんとうは二十五歳くらいで切りたいのだが、どうもこの頃の若者は精神的な成長が以前よりはゆっくりと進むらしいので、三十歳までのばすことにしたのである。そして、「若者」に対する「オトナ」は、四十歳プラス・アルファの年代としよう。流行りの言葉を使えば、熟年世代にあたるということになる。

さて、この私だが、もうずいぶんも前から、確実にオトナの世代に属すことになってしまった。その私が、若い人たちについて思うことを書きつらねてみたい。まず……。

「若者」たるもの、「オトナ」が自分たちをわかり理解してくれるなどということを、絶対に期待してはいけない。

世代の断絶と、よく人は言う。そして、それを口にする人は、嘆きと絶望をこめて言うのが普通だ。だが、私にしてみれば、世代の断絶は、あってこそ当たり前で自然で、なかったとしたら、そのほうが気味悪くて不自然なのである。各世代に断絶があるからこそ、次の世代は新しいものを創りだせるのである。新しいものを創りだすエネルギーを、貯えることができるのである。

「オトナ」の中には、世代の断絶を埋めるために、若者と対話の場をつくるべきだ、と主張する人がいる。あれは、世代の断絶のメリットを理解できない者の言うことで、メリットを直視することのできる「若者」は、そんな軟弱な忠告にのってはいけない。堂々と、オトナとの世代の断絶を、味わい喰いつくすべきである。それをした「若者」だけがはじめて、凡百のオトナとはちがった、自信をもてるなにものかを獲得した、「オトナ」に成長することができるからである。

私が若者であった頃、若者に理解の手をさしのべたがるオトナを、気味悪いと思って眺めていたのを思いだす。その頃の私にとって、オトナは、挑戦の対象ではあっても、また打倒の対象ではあっても、けっして、肩を組みあって共通の話題についてなごやかにお話しする、なんて仲ではなかった。そんなことを申しいれてきたオトナがいたとしたら、ああ気味が悪い、といって逃げちゃっていたにちがいない。

それよりも、若者などに手をさしのべることなど考えもせず、無視するか、それとも余裕をもって遠くから眺めるだけにとどめている「オトナ」に、非常な魅力を感じたものである。彼らの断固たる自信が、若い私を刺激しながらも、魅きつけずにはおかなかったからである。

ある時、ほんとうの「オトナ」の一人でもあったイタリアの映画監督フェッリーニが、こう言った。

「若者？　ボクが若い世代になぜ関心がないかって？　決まってるじゃない、ボクは、ボクなりの青春を充分に生きたんです。だから、それを過ぎた今でも今なりの生き方を充分に生きたいと思うので、他人の青春になんかかまっている暇はないんです」

こういう「オトナ」こそ、若者が冷静に客観的に観察し、良いところは盗み、盗むのは創造の源泉であるから堂々と盗み、そして、それを越えることを目指せるオトナなのである。フェッリーニのような芸術世界にかぎらず、職場でも学校でも、必ずや何人かこの種の「オトナ」がいるはずである。

若者に必要なのは、ほんとうの「オトナ」と、反対に理解の顔をしたがるつまらないオトナを、判別する能力である。「若者」の味方ぶるオトナは、断固無視が、彼らにふさわしい唯一の評価なのだから。

若者の味方ぶるオトナは、大別して、三つに分類できる。

第一は、商売上の都合で、つまり金もうけのために、若者にコビを売る人たち。ヤング・フェア、ヤング・コーナー……その他の、コマーシャル上の若者一辺倒の裏は、すべて一万円札で張りめぐらされていると思ってまちがいない。

第二は、マスコミの世界で、雑誌や書籍や新聞やテレビの世界で、若者の味方ぶるオトナたちである。

これは、一見商売とはつながっていないように見えるが、実際は、デパートの売場とまったく変わりはない。若者の味方ぶるほうが、彼や彼女たちの商売にとってより有利であると判断しての傾向だから、まったく変わりはないのである。第一の種類の「商売」に、この第二の「商売」が実に巧みに組みあわされている事実が、それを証明している。

第三は、心から若者の味方であることを望み、理解者であることをもまた、心底から信じているオトナたちである。この種の人々は、自分たちの行為の必要性と正当性を確信しているから、もちろんのこと「商売」につながるなどとは思ってもいないし、関心もない。それゆえ、自分たちの示す理解が、若者の成長に欠くべからざるものという確信によって、動くオトナたちである。

この種のオトナは、実は、第一や第二よりも、格段に始末が悪いのだ。

なぜなら、第一と第二のオトナたちだと、商売でやっているのだから、当然のことながら、流行《はや》りスタリに敏感である。若者の味方ぶることが流行っている時期はそれぶるが、スタリはじめるや、若者にソッポを向くなど、良心になんのかしゃくも感ぜずにやってのける。それがために、「若者」にとって、ほんとうの「オトナ」とつまらないオトナを判別するのが容易だから、問題はないのである。

ところが、第三種のオトナは、確信犯だけに、判別もめんどうなことになる。スパイだって、金もうけと確信犯では、絶対に確信犯のほうが捜査がむずかしいではないか。

しかも、確信犯だけに、流行にとらわれない。誠心誠意、若者の味方ぶりつづける。

しかし、用心しなければならないのがこの種のオトナであって、ために、若者たるもの、世代の断絶こそ双方の利益と考え、この種のほんとうにつまらないオトナも、断固、排除するにこしたことはない。彼らにチヤホヤされていい気になっているうちに三十歳になったというのでは、「若者」のコケンにかかわるではないか。

では、世代は断絶してこそ互いに実りあるものだから、「オトナ」との対話はしなくてもよいかというと、やり方次第では、やったほうがよいのである。やり方とは、対話ではなく、対決ならば大変にけっこう、という意味である。

ただし、対決は、同じ土俵上で行なわれてこそ意味があり、有益になることを忘れてはいけない。同じ土俵上とは、世代を越えて共通するものを、武器とすべきということである。

それは、多分、感性的なものでなく、理性的なものだと、私は思う。なぜなら、感性は個人個人のものであるがために、自らの属す世代に左右されやすいものであり、若者には若者の、オトナにはオトナの、感性があるはずだからだ。これが共通する場合もあるが、それは、世代間の共通というよりも、個々の人間同士の共通に求めるほうが、自然でもあり実り多い求め方ではないかと思う。

残るは、だから、理性的なるものしかない。世代間の対決は、堂々と、論理の対決で行なわれてほしいのだ。

ある雑誌で、ある一人の有能な若者が、オトナたちに挑戦している文章を読んだことがある。なかなか面白く、私も、ようやく同じ土俵上で対等に立ち向かう若者があらわれたかと喜んで読み進んでいたのだが、途中である一行に突きあたった時、がっかりしてしまった。そこには、次のように書いてあったのだ。

「そういうことは、○○のように腹のつき出たオジンの世代のいうことであって……」

まずもって、○○氏は、オジンではあろうが、腹なんてつき出ていない。実にスマートな、ステキなオトナである。しかし、もしも仮に腹のつき出た人であったとしても、こういう言い方は、品位を汚す。読むほうは書き手の品のなさにイヤ気がさしてしまい、もう先を読み進む気にもならなくなる。

私は、老いは誰にでもいつかはやってくるのだから、二十年したら自分の身に起こることも忘れ、さも若者の特権のごとく肉体的優位を振りまわすのは、いけないと言っているのではない。これは、若いＯＬがハイミスを軽蔑するのと同じで、軽蔑するほうがかえって軽蔑されることになるから、武器として有効でないと言っているだけである。

対決は、大変にけっこうで、それをやらなければ両世代とも真の充実は期待できないほど大切なのだが、やるからには堂々と、各世代とももつ唯一の武器、理性と論理を駆使して対決すべきであろう。それ以外の武器を使うのは、勝負としても汚いし、まずもって、同じ土俵上で対決することを拒否して、勝手に土俵から降りてしまうことと同じである。こういう場合、スポーツならば、不戦敗といえども敗けなのだ。

男でも女でも、くさって悪臭しか発しないような、感情的な対立はやめたらどうであろう。理性的な方法で「対決」することこそ、世代の断絶をほんとうの意味でなくす、唯一の方策だと信ずる。

若者たちよ、男女を問わず、真の意味でラディカルになってほしいのです。われわれ「オトナ」も、強力な敵を、心底では待ち望んでいるのだから。

第20章　男の色気について（その一）

誰のものだったか忘れたが、どこかでこんなことを読んだのを覚えている。

――女は男性の力には眩惑されるが、男性の美については定見をもたず、ほとんど盲目に近いほど鈍感である。そして、その鈍感さは、正常な男が男性の美についてもっている鑑識眼と大差ない。男性固有の美について敏感であるのは、男色家にかぎられている。――

これを書いた人は、ほぼまちがいなく、男色家であろう。だが、男色家とはまったく対極にあるはずの女の私にとっても、なかなか興味あるヒントを与えてくれる。

まず第一に、女は男の力には眩惑されるが、という箇所が面白い。

ここで男の力とある「力」は、おそらく、肉体的な力や経済的力、個人的能力、権力、社会的影響力などふくめて、力と呼んでいるのであろう。そういうものに、個々別々かすべて一緒にしてかは問題にしないでおくにしても、われわれ女は「眩惑」されると言いたいのであろう。

第二に、これらの「力」には敏感な女も、男の美となると、定見をまるでもっておらず、ほとんど盲目に近いほど鈍感で、正常な男が同性の美についてもっている鑑識眼と大差ない、というわけである。

ここで面白いのは、美についての鑑識眼も、定見に基づいたものでないと鑑識眼をもたないも同然、と言っていることである。

ここに、この文の作者は男色家だ、と私が判断した理由がある。

われわれ女は、女の美に定見があるなどとは、もはや思っていない。だから、男の美についても、それがあるとは思っていない。

まあ、誰が見ても美人というのはいるが、それだからどうってわけでもないと思っている。美しい人は、醜い人よりも、眺めていて気分が良いことはたしかだけど、それ以上、どうってことないんじゃない、というわけだ。

よく自分の醜いことをかえって「売る」人がいるが、あれは被害者意識の裏返しで、

「そうですね、そういわれてみればあなたは醜女《しこめ》ですね」

などと言ったりすると、今までそれを売っていた当人がたちまち顔をひきつらせるのに、びっくりさせられるであろう。しかも、いったんこういう正直なことを言うと、相手は一生忘れないから被害は大きい。自分の醜さを「売る」人は、ほんと

うは、

「いや、あなたは醜女ではありませんよ。なかなか並でない魅力の持ち主です」

なんてことを、言ってもらいたいのである。だから、これでもかこれでもかと、しつこく「売る」のである。これぐらい、醜い生き方もない。


しかし、定見に裏打ちされていない「美」は、やはり美とはいえないことも事実なのである。古代ギリシア人は、だから、美の定見を追い求めた。美の定見を別の言葉で言い換えれば、理想美ということだろう。なぜなら、いやあれも、一種の美です、とか、これも、それなりの美はあります、などと言っていては、「定見」が成り立つはずがない。これこそ美、という基準を決めてこそ定見なのであって、そうなれば当然、現実の美を越えたところに求めるしかなくなるのである。

それで、最後の一行、男性固有の美について敏感であるのは、男色家にかぎられている、の一行に、論理的にならば完璧につながってくるのである。

だが、私は、ここにも男色家の傲慢さを感じた。

男色家でもあるこの文の作者は、男性固有の美についての鑑識眼の有無を論じていながら、同時に、男の力に眩惑されるわれわれ女や、男色の傾向をもたない男の、美に対する鈍感さを指摘しつつ、女なんて同性の美しさに対してだって鈍感さは変わらないのだ、と言ってもいるのである。はっきり言うと、軽蔑しているのだが、言い分ゼロというわけでもない。

ことわっておくが、私自身は同性愛に対して、いっさいの偏見をもっていない。それどころか、私に西欧のエレガンスを教えたのは、まぎれもない男色一辺倒の男であったし、ヨーロッパにもつ友人の二分の一は、バイセクシュアルとはいえ、それに無縁ではない。男女を問わず、最も人間性に自然なのは、対異性だけのモノセックスではなくて、バイセクシュアルではないかとさえ思っている。

話をもとにもどすと、男色家に言われなくても、理想美表現に熱中したのは、古代ギリシア人であったことは誰でも知っている。しかし、古代ギリシア時代の彫像なりつぼ絵なりを眺めると、それも古代ローマ時代のものと見比べると、理想美を追求していくと、結果として同性愛者的美になってしまうのではないかと思いはじめている。

身体ではない。古代ローマ人も身体をきたえることにかけては熱心だったから、身体ならば、両者ともたいしたちがいはない。

顔なのである。顔が、ちがうのだ。理想美と現実美とでは、顔がまるでちがうのである。

多かれ少なかれ人格を反映させずにはおかない肖像彫刻では、ギリシアとローマのこのちがいは少なくなるが、神像だと、表現はまったく自由になってくる。ヘルメス神だと、脚もとに小さな翼がついているというたぐいの決まりはあるが、それさえ守れば、あとはどうつくろうと勝手なのである。もちろん、老人姿のアポロ神では具合は悪いけれど、この程度の束縛は、ファンタジアのさまたげになるどころか、かえって創造のヴァラエティーを増やすのに役立つ。熟年男がつくりたければ、海神ポセイドンを彫ればいいのだから。古代ギリシア彫刻が、神々の像に最も見事に結実したのは、当然の帰結であった。

おかげで、ギリシアの神々の彫像は、ゼウスをのぞけばほとんどが、「男性固有の美について敏感である男色家」が、好むものばかりになってしまった。

ゼウス神だけにはそれを感じないのは、この神は、オリンポスにたむろしていた神々たちの頭目で、やはりそれなりの威厳を漂わせなくては具合が悪かったからであろう。威厳は、同性愛であろうと異性愛であろうと、あらゆるセックスにアレルギー反応を起こさせる。

そんなことを言っても、神話だとひどく怒りっぽい海の神ポセイドンは、同性愛者的な顔になるはずはないではないかと言われそうだが、そういう人には、アテネの国立美術館にある銅像を、写真でもよいからじっくりと眺めていただきたい。あごひげなどたくわえているにもかかわらず、顔の、なんとなまめかしいことか。

ポセイドンでもこういう結果になるギリシアでは、女神たちも、この基準から自由ではいられない。女の理想美を追求していった結果、彼女たちは、女でなくなってしまったのである。

美の女神アフロディテでもゼウスの奥さんのヘラでも、智恵の女神アテネでも狩の女神アルテミスでも、たしかに肉体は女である。だが、その身体も顔もあまりにも理想化されてしまって、女特有の、色気というものが感じられない。御立派、御《お》見事という感じで、乳房に舌をはわせたりしたら、アマゾネスのごとく、ガチンとげんこつを食らいそうな気がする。色っぽい女神像もあるが、それらは理想美追求の古典期から「堕落」した、ヘレニズムやローマ時代のものと思ったほうがよい。理想美と色気とは、両立しえないという証拠である。

そして、色気とは、それについての定見を確立することなど、不可能なものなのだということでもある。

ギリシア彫像を見て、それが傑作であればあるほど、男像ならば男ではないと思い、女像ならば女ではないと感じるのは、私が男色家でもなければ女色家でもないからである。真の美は、こういうこととは無関係に存在する、と言われればわからないでもないが、真の美もけっこうだけれど、人間がいなくなっちゃうのはどうなんでしょう、とも言いたいのだ。

そして、色気とは、単に色っぽいということではない。とくに男の場合、まことに複雑なあらわれかたをするものである。種々相という言葉は、色気にこそふさわしい言葉ではないかと思うほどだ。

だから、定見をもたない、あるいはもちえないということは、盲目に近いほど鈍感であることにはならない。それどころか、敏感であるからこそかえって、定見をもちえないのである。

そして、われわれ女は、男性の力に、それもごく月並な意味での力に眩惑されるだけにしては、もうちょっとオリコウなのである。もうちょっと、ワルなのだ。

たしかに女は、男のもつ力に眩惑される。しかし、われわれを眩惑する「力」は、それをもっていない（でなければもっていない人の多い）男色家が、おぞましいもののごとくに眺めるたぐいの力ではない。

女によっては、いや同じ女でも時と場所によっては、このたぐいの力に眩惑されることもあるが、それだって、存在理由が求められないわけでもない。女にとって眩惑されることぐらい、それがなにであれ、官能的な状態はないからである。

男たるもの、ダイヤや毛皮に眩惑される女を馬鹿にしてはならない。このような女を馬鹿にし軽蔑し嫌悪しすぎると、男色専門の男色家になってしまう。男色家の特徴の一つは、女に対して寛容でないことである。つまり、人間性全般に対して、寛容でないことである。

というわけで、女の側から、男の色気の種々相について書いてみる気になった。次回から、定見など確立することの不可能なこの色気について、頭に浮かぶままにのべてみたいと思う。

学問とは、定見を追求することを運命づけられた分野である。だから、私の考えは、学問ではなく、独断である。そういえば、古代ギリシアとは、なんでもがサイエンスにつながった時代であったことも思いだした。

第21章　男の色気について（その二）

男の色気は、うなじにある。

うなじを辞書で引くと、首のうしろ、えりくびを指す文章用語、とでている。色気を感じさせるうなじは、だから当然、ほっそりしていられては困る。ぶくぶくと肥っているのも困るが、適当な太さとたくましさが必要だ。

いつか日本へ帰国した折に、それも外国へでてからはじめての帰国だったが、音楽会に行った。そして、席に坐って前の席に並ぶ人々を見た時、啞然としたのを覚えている。男たちのうなじの細さに、啞然としたのである。日本にいた頃は、気づかなかったのだ。いや、あれで当たり前と思っていたのだろう。それが、ヨーロッパで二年ほど暮らして帰国し、あらためて日本の男のうなじを見て、驚いたのである。

それ以来、少しは気をつけて見るようになったが、日本の男は総じてほっそりしているから、うなじもそれなりに細いのだということがわかった。今では相当に改善されたが、なんといってもまだほっそりしている。反対に西欧の男は、ほっそりしているようでいて、実際はたくましい。だから、うなじも、プロポーション上、がっちりと坐りがよい感じになるのだろう。女ならば細いのにこしたことはないが、男では、内側にあるものを外からおし測るのに、うなじほどはっきり示してくれるものはない。

古代ギリシアやローマの彫像を見られたし。少年と青年のちがいを示すのは、まずうなじのちがいであらわされている。

繰り返すようだが、男のうなじは、脱がせてみなくても内側がわかる「商標」である。だから、ヘア・スタイルでも、うなじを露出するか隠すかの、二つに大別されることになるのであろう。

私はルネサンス時代の歴史物語を書き、あの時代ならば、短所まで大好きなのだが、一つだけ、いただけないことがある。うなじを完全に隠してしまうヘア・スタイルが、支配的であったことだ。チェーザレ・ボルジアだって、思わずくちびるをふれてしまいそうなうなじを持っていたにちがいないのに、髪は肩にとどくほどに長くのばしていた。また、美男とはとてもいえない醜男であったが、教養、立居振舞い、財力、権力すべてを一身に集め、ために魅力的でないはずなしと思うメディチ家のロレンツォも、ヘア・スタイルだけは、黒髪も重いオカッパ・スタイルにしている。背は高く、がんじょうな体つきだったのだから、惜しいくらいだ。

だが、同じ時代、髪を短く切ってうなじを露出するスタイルを守った男たちもいた。ヴェネツィアの男たちには、どの絵画を見ても、長髪族はいない。それは、ひげの項で話したように、髪を長くのばしひげをたくわえないでいると、中近東を商用で旅したおり、回教徒たちから同性愛者と思われ、その種の関係を強いられては困るので、考えだされたスタイルなのである。だから、髪も短く切り、ひげをたくわえるのも忘れてはいない。

しかし、ルネサンス時代の大勢は、やはり長髪であったようである。ヴェネツィアでも、まだオリエントに行かないでもよい若者たちは、豊かな髪を肩をおおうほどにのばしていた。カルパッチョ描くところの、わざとうしろ姿を描いた金髪の若者の像など、ほれぼれしてしまう。といっても、まだ青い果実の魅力ということなのだが。

だが、同じ時代でも、ヴェネツィア男以外にも、うなじを露出させていた男たちはいた。

プロの武人たちである。いや、戦争を業とする、傭兵隊長たちである。当時のフィレンツェでもヴェネツィアでも、人口資源が少なく、その少ないのを戦争にとられては政治も経済も停止するしかなかったから、金をだして「戦場の犬たち」を傭い、彼らに戦争をさせていたのである。だから、傭兵隊長とは戦争屋のことで、当時は相当な需要があったのである。

この男たちの髪が短いのだ。しかも、ヴェネツィアの男以上に、刈りあげている。人によっては、これも残された肖像画から判断するのだが、GIカットみたいだと思うほど、刈りあげている。これは、かぶとをかぶる必要からである。あの時代に多く使われたかぶとは、日本のものとはちがって、首すじまで深くおおう型である。それをつけるのに、髪が長くては都合が悪い。かぶとの下のところが、うなじにぴたりと密着してこそ、この型のかぶとの坐りが良くなるので、髪が長くのびていると、すべってしまってぴたりとつかない。戦場では、かぶとがうまくかぶれているかそうでないかは命の問題だから、この職業の男たちは、長髪が大勢であろうと、流行などにはかまっているわけにはいかなかったのである。

君主だって、戦場には行った。しかし、それが職業ではない。戦場が、彼らの主たる職場ではない。戦争ばかりしていたはずのチェーザレが、長髪でいられた理由である。

男の色気はうなじにある、と信じている私だから、長髪が流行った頃はゆううつであった。フィレンツェの男たちは顔立ちが鋭角的なので、似合わないことはないのである。だが、なにも強いてのばさなくたって、とは思っていたのだ。

しかも、長髪の流行は、相当に長くつづいた。私の欲求不満は、高まるばかりだった。

ところがある時、この解消法を見つけたのである。家から近い映画館にでていた、ポスターを見た時だった。ポスターは、『クォヴァディス』のリバイバル上映を予告したものだった。

もちろん、すぐに見に行った。ほんとうは、もう二度ぐらい見た映画なのである。一度目は製作された当時に、二度目はテレビか何かで。それにシェンキェヴィッチの原作だって読んでいるし、筋などは細部まで覚えている。それでも見に行ったのは、いうまでもなく、男たちのうなじを観賞するためだった。

この目的は、完璧にとげられた。古代ローマ時代の男たちは、とくにネロ皇帝時代までは、短い髪にひげのないのが大勢であったからだ。この映画の主役を演じているのは、ロバート・テーラーだ。私はこの男優に、いまだかつて魅了されたことがない。かの有名な『哀愁』だって、フン、まあ、と思う程度だったのである。それが、この時は、熱心に見た。彼のうなじが、なにやら二十世紀ふうに刈りこまれているのが少々不満だったが、映画には、他の男優たちもいる。多くの男優たちの中には、刈りこむのではなく、巻き毛を巧みに首すじにふれさせる型の、つまり古代ローマ式のうなじを見せている者もいたから、私の欲求不満の解消には役立ったのであった。

それにしても、ロバート・テーラーという俳優は、陸軍、それも英陸軍の制服姿だとまあまあである以外は、古代ローマの将軍の服はおろか、背広まで似合わない男である。あれは、体格のプロポーションの欠点ではなく、立居振舞いを知らないからではないだろうか。顔だちは美男だが、動きを知らない男は、所詮、われわれ女の血を騒がせることはできないのである。

さて、リバイバル映画で欲求不満を解消しているうちに、しぶとかった長髪の流行にもかげりがさしてきた。今度は、刈りあげもよいところの、短髪流行である。

それならば私は満足しているかというと、いっこうに満足していない。なぜなら、まずもってこの頃の流行は、刈りあげすぎだ。あれでは、うなじを観賞しようにも、そのうえに青々とのびている刈りこみが痛々しくって、観賞などという、精神の余裕をもてなくしてしまう。刈りすぎは、耳もとにもおよんでいて、かわいそうに両耳が、なんの防衛もされずに、サディストだったら切り裂きたい気持ちになるほどに、孤立している。つまり、このスタイルでは、耳も首すじも孤立しているのである。孤立と露出は、同じようでいて絶対に同じではない。
　こんな裸のにわとりのようなスタイルが、そんなに長く続くはずはないと思っているが、女のヘアもなにやら同じ感じを好みだしたようで、私の絶望は意外と長くつづくことになるかもしれない。まあ、お好きになさってください、とでもいうしかないけれど。

　もしも、私の書く対象が、ルネサンスを終わった後も、もっと以前にさかのぼり、古代ローマまで行くとしたら、それは、男のうなじのせいにちがいない。別にうなじがどうのこうのという書き方はしないだろうが、かの時代の男たちのうなじが感じさせるなにものかを、書くことになるだろう。
　ローマに、古代ローマをあつかった博物館があるが、あの中に、古代ローマの共和政帝政を通じて、男女の頭部を各世紀ごとに陳列した場所がある。これは面白い。六百年の間に、男のうなじも変容するのである。もちろん、ヘア・スタイルの変遷と、おおいに関係があるのだけど。

　女権拡張を目指すフェミニストたちは、われわれ女が男たちから性的対象と見られることに、ヒステリックなほどに反発する。

私には、あれがわからない。なぜあれほどもカッカとくるのか、それがわからない。この種のアレルギー反応は、フェミニストにかぎらず、普通のおだやかな女たちまで多少なりともあるようで、これをも理解に苦しむのである。なぜあるかというと、性交の直後に、こう男にきく女が多いではないか。

「ねえ、わたしのこと愛してる?」

われわれ女が男から性的対象と見られて、なにがいけないのであろう。実際、ある程度の時間は、そうではないか。それに、われわれ女も、男を性的対象と見てはいないであろうか。意識するとしないとにかかわらず、絶対にそう見ているはずである。

とはいえ、男も女も、相手を性的対象として思うだけであったら、性的にもつづかないものなのだから、心配することはないのである。

えりあしの美しさをうんぬんする男たちに対抗して、うなじのすばらしさをうんぬんする女たちも、出てはいかが?

第22章　男の色気について（その三）

一度、夫でも恋人でもボーイ・フレンドでも、愛する人が病気になってくれないかなと願ったことのない女は、女ではない。

といって、まじめな病気では困る。生命に心配のあるような病気では、話が深刻になるから「願う」どころではない。だから、風邪か骨折ぐらいの病気、ということにしよう。

なぜ病気になってくれないかなと思うのは、病気にかかって寝床から起きあがれない状態になってはじめて、女は男を独占することができるからです。

男というのはオカシな動物で、自分が才能豊かな男であることと忙しいことは、比例の関係にあると思いこんでいる。私などは、そんなことはないと確信しているけれど、男のほうはなぜか、とくに日本の男の場合はほとんどといってよいくらい、忙しければ忙しいほどたいした男であり、それを女に誇示する傾向から無縁でいられない。

そういう男たちは、暇をつくることこそ、とくに愛する女のために時間をひねりだすことこそ、男の才能の真の証明であります、などという正論で屈服させようとしてもまったく効き目のない人種であるから、それを独占するのは、目的のためには手段を選ばず、式の戦法でいくしかない。病気にならないかな、と悪魔にでも願うわけである。それに、病床に横たわる男は、意外にも色気を漂わせるものです。少なくとも、たいしたことやってるわけでもないのにやたらと忙しがる男に比べれば、ずっとステキで可愛らしい。

もしかしたらその原因は、普段のように、たいしたことやってるわけでもないのに忙しがる、という、男よりは普通は頭のできのよい女から見ればほんとうは笑っちゃうコッケイなことを、病床にしばりつけられたために、できなくなっている良さにあるのかもしれない。要するに、忙しがっているときよりは、ずっと率直な状態にあるということだ。だから、女たちは、病床に男を見舞うとき、常よりはよほど自然な状態にある男を発見して、愛《いと》しさを感ずるとともに幸福な気分になる。

それに、普段は勇ましいことを言っているくせに、意外と男は、病気になると弱気になるらしい。たいした病気でもないのに、死ぬんじゃないか、なんてだらしのないことを口にするのはその証拠だ。常に弱気な男はこれまた困りものだが、ときたまの弱気はけっこうだと、女らしい女ならば賛成してくれるにちがいない。

イタリアの男女は、ごく自然なあいさつの感じで、よく次のようなことを言う。直訳すると、こんな具合だ。

「ボクは、あなたのお望み次第の状態にあります」

これはなにも、口説きの文句として使われるだけの言葉ではない。この前に何時から何時までと制限して、その間ならば自分はあなたのお好きなようにします、という意味で使われる場合が非常に多い。意訳すれば、その間ならば空いているよ、とでもいう感じだ。

しかし、言いまわしがステキではないか。時間に制限がつけられようと、ボクはあなたのお望み次第、なんて言われるのは、大変に官能的である。イタリア語だと簡単だから、これくらい覚えてはいかが？

「ソノ・ツア・ディスポジツィオーネ」

日本の男はなかなかこんな文句を吐いてくれないから、病床にしばりつけるしかないのである。病床に横たわるかぎり、男の自由は女の手中にあるのだから。そして、このように考えると、愛する人の看病にも、密かな愉しみが加わる。

だが、こういう想いはやはり密かにもつものであって、いかに胸襟《きょうきん》を開いた仲でも口に出して言ってはいけない。なぜなら、たいしたことをしているわけでもないのに忙しがるタイプの男には、えてしてこのような微妙な心理がわからない者が多く、病気にならないかなと願っていたとはヒドイ女だ、ということになってしまうからである。それだから、このあたりの女の心理が理解できる男だとしたら、もうこれは一生愛する価値がある。

愛する男という範囲でなくても、病床の男には、不可思議な色気が漂う。例えば、歌ったり演技したりしているデヴィッド・ボウイは、まあちょっと変わった魅力をもつ若い男にすぎないが、彼に、眼帯をかけて病床に横たわらせたとしたらどうだろう。あの冷酷な魅力をたたえる両眼を、眼帯で隠してしまうのです。崩れのまったく見えない頬の線が、一段と引きたつことうけあいだ。そのうえ、彼は動けない。動こうにも動けない。私には、あの男は、動けないでいるほうが色気があるように思う。言いかえれば、動いている間はたいしたことない。キース・キャラダインは、何の病気にしようかしらん。骨折がいいかもしれない。あの皮肉でいてかつ優しい眼つきは、残しておきたい。しかし、あの男は、病床から動けず、ために身のまわりの世話いっさいをしてあげる女に対して、心を動かされる男ではないだろう。彼のような男にとって、女の献身は、当たり前の行為すぎるのだ。彼の愛する女は、献身のあるなしにかかわらず愛する女だし、いかに献身してくれたって、愛さない女は愛さない女なのである。

ただ、感謝の言葉ならば、言い惜しみはしないにちがいない。それも、女の心にしみとおるような、優しさにあふれた言葉を。

この二人の他に、なぜか病床に横たわらせてみたい俳優が思い浮かばない。やはり魅力を感じないのだろう。相手の自由を拘束してみたいと思うのは、魅力を感ずる人に対してだけである。それ以外は、元気で留守がいい、という部類に入ってしまう。

それにしても、なぜ男という人種は、忙しがってばかりいるのだろう。といって、才能ある男が忙しいのは、古今東西一つも例外のなかった現実である。それはわかっているけれど、しかし、とわれわれ女は思う。忙しい中にも女のために時間をつくるのも、男の才能の一つではないかと。病気になってくれないかなと願うのも、それをしてくれる男になかなか恵まれない女たちの、苦肉の策にすぎないのだから。

ここで、一つの例を紹介したい。私が十数年前に、『文藝春秋』誌上に、イタリアの現代の種々相について連載していた当時のことであった。この仕事をするために多くのイタリアの政治家とつきあったが、その中でもある一人とは、インタビューをしない場合でもよく会った。この政治家は当時、大蔵大臣と似ている仕事をしていたが、というのは、イタリアでは日本の大蔵大臣に該当するのが、大蔵大臣と予算大臣と二人いるからである。この人は、私が仕事でつきあっているうちに首相になる。首相ともなれば、忙しさは、いかにイタリアでも段ちがいに変わる。そのため、以前は一時間ほどおしゃべりの時間があったのに、首相就任後は、それが三十分になり、いつかなどは十分になってしまった。私は苦情を言ったことはない。日本の名も知れぬ作家のために、たとえ十分でも時間をさいてくれるのだから、感謝こそすれ、文句を言う筋あいのものではなかったからである。

ところが、このイタリアの首相の、私への十分間の与え方が変わっていた。これだけは首相になる前と同じに、いつも彼のプライベート・オフィスで会っていたのだが、私と会う十分間というもの、電話はいっさい取りつがせないのである。私もVIPと俗称される偉い人とは、日本人のそれとも多く会うが、彼らのオフィスで会うのが好きでない。なぜなら、ひっきりなしにかかってくる電話で、会話のほうもひっきりなしに中断されるからである。興をそがれること、はなはだしい。

それが、このイタリアの元首相は、まるでちがったのだが、会談中に電話はいっさい取りつがせないにしても、一つだけは例外だった。それが何の電話かわからなかったのだが、ある時知って、感心したのである。クーデターとか革命とか、大災害とかの場合、内務省はただちに首相に通知する。その電話線だったのである。これ以外は大臣でさえ、私たちの十分間の邪魔は許されなかったようである。

このように遇されて、誰が満足しないでいられよう。たしかに、時間は十分間にすぎない。しかし、この十分間は、まるまる私のものなのだ。私がこの政治家とつきあっている時期に、地震もテロ騒ぎも起こらなかったから、私たちの十分間は、まったく誰にも邪魔されなかったのであった。

この政治家は、今でも第一線で活躍している。日本にも来ることがあるから、こんな私的なエピソードで名を明かしては失礼かと、身元は伏せることにした。彼は、けっして美男ではない。醜男と言ったほうが当たっているくらいだ。だが、女の官能的なあつかい方をこれほども知っている男は、容貌の美醜を越えて、セクシーに映ってくる。魅力ある男に思えてくるのである。

おそらくこのイタリアの政治家は、この彼のやり方を、私に対してだけ用いたのではないにちがいない。私以外の女と対するときも、また、女にかぎらず、男と対するときにも使うのではないかと思う。忙しいのは、当たり前なのだ。ただ、その忙しさの中で、たとえ十分間でも、相手に充分な満足を与えることは可能なのである。これを、男の才能の一つ、それも立派な才能の一つだと、私は思う。

この政治家が、彼の政治生活四十年の間、幾度かの沈潜期があっても必ず浮上し、ほとんど常に第一線にいつづけることができたのは、今紹介した面の彼の才能によるのではないかと思う。これが理由のすべてではないことはもちろんだが、無視できない効用はあったのではないだろうか。人生は、所詮、人間対人間の関係で成り立っているのだから。

第23章　マザコン礼讃

マザー・コンプレックスという言葉は、良い意味で使われることがない。マザコンといえば、いつまで経っても乳離れがしない男たちを指し、しばしば、昨今のオトナが昨今の若者を軽蔑する時に使われる。そして、そういう場合、オトナの男たちの非難は、というより軽蔑は、若者たちをマザコンにしてしまった母親たち、つまりオトナの母親に向けられることが多い。教育ママと、同じ感じで使われるからであろう。

たしかに、母親たちが息子を通じて実現しようとする目的が、良い学校に入れて良い就職先につなげようとする程度のものが多いから、軽蔑されても仕方がないのである。最愛の息子に託すのが、この程度の低い水準で達せられる夢とは、なんともはや情けない。母親たちとは同性の私だって、そう思う。

しかし、このような日本の現状をしばし忘れて、眼を広く三千年の歴史にめぐらせてみれば、マザー・コンプレックス、必ずしも悪くないと思えてくる。

マザー・コンプレックスとは、所詮、母親の影響が、幼少時にかぎらず成年後も、強く働くということである。ここでは、大学の入学式に母親が同伴するというたぐいのマザコンは、話にならないとして除外する。なぜなら、あれは、息子の望みで母親が同行するというよりも、母親のほうが、それまでの長年の自分の苦労と犠牲の成果を味わいたいからついていくのだから。ママが一緒に来てくれなければボク行かない、なんて言う若者は、いかに水準の低いマザコン全盛の日本でもいないと思うのだ。

それで、もう少し水準の高いマザコンに話をもどすが、母親の影響力が強いということも、二つに分けて考えねばならない。

第一は、息子がもともとたいしたできでないために、たいしたできでない母親でも、影響力をふるえるというケースである。

第二は、息子もなかなかのできなのだが、母親もそれに匹敵するほどの人格の持ち主であるために、息子のほうが影響を受けざるをえなかった、という場合だ。

第一のケースは、これまでに述べた水準の低いマザコンを生む土壌となるものだからここではふれず、第二のケースのみを考えてみたい。

なぜこんなことを考えるようになったかというと、アレクサンダー大王について書く必要があって調べていたら、この男が相当なマザコンとわかって面白かったからである。その視点で他の歴史上の偉人たちを思い浮かべたら、なんとまあマザコンの多いこと、あきれるばかりなのである。ジュリアス・シーザーだってそうだし、『マザコン列伝』が立派に書けそうなくらいだ。

これらの人物も世界史上の英雄なのだから、彼らがもともと、並でない才能に恵まれていたことは疑いないだろう。それでいて、後年になるまで母親の影響が強かった。これはなぜかと思って調べてみたら、彼らの母親たちというのが、なかなかの女であったのが判明した。しかも、彼女たちは、自分たちの才能を亭主相手に発揮していない。自分の夫の事業でも出世でも、そのようなことに「内助の功」をつくしていない。すべて、息子に対してそそがれたのである。そして、昨今の凡《ぼん》なる母親たちならば唖然とするほどの周到さで、彼女たちは、息子に対して影響力をふるったのだ。教育ママここに極まれり、という感じがする。

アレクサンダー大王の母は、オリンピアという名だった。ギリシアの北、マケドニアの王フィリップに嫁して、アレクサンダー（ギリシア読みだとアレクサンドロス）を産んだのである。娘も一人いたが、彼女の関心は息子にそそがれっぱなしだったから、いないも同然だったと思ってよい。

オリンピアは、情熱的で気位の高い女だったという。息子のアレクサンダーが美男だったから、彼女も美しい女であったろう。教養にも、優れていたようである。ホメロス作の『イーリアス』を、幼い頃から息子に読み聴かせたのは、彼女である。有名なトロイ戦役で活躍した英雄たちの物語は、まずもって面白いし、誇り高い少年に、この英雄たちに似たいという想いを起こさせたであろう。マケドニア王になるだけではもの足りないと思う気持ちも、芽生えさせるに効果があったかもしれない。

アレクサンダーの師として有名なのは、哲学者アリストテレスである。十三歳から十四歳にかけて、この後《のち》の大王を教育したということになっている。だが、私には、アレクサンダーの言動から考えても、哲学者の影響よりもホメロスの英雄たちの影響のほうが、強いのではなかったかという想いを捨てることができない。アリストテレスを家庭教師に招んだのは、父の王のはからいであったのだが。

青春前期に入った頃、父母が離婚した。父のフィリップ王がある女に惚れこんで、オリンピアと離婚して、その女を妻にしたのである。それまでもしばしば父親の女狂いはあったのだが、今度は本気らしかった。母親に同情したアレクサンダーは、父のいる王宮に住む気になれなかったのか、「家出」してしまう。これには父も困りはて、息子を呼びもどすのに苦労する羽目になった。

アレクサンダー大王の伝記を読んでいると、父のほうがあらゆる機会を利用して息子と対話の場をつくる様子がにじみでていて、昨今の父子関係を思い起こさせておかしいくらいである。だが、そのたびに、息子はすげなく対話を中断してしまう。濃密だった母子関係に比べれば、この父と子の間は、常に緊張関係にあったようだ。アレクサンダー二十歳の年に、この父親が暗殺されたのは、父にとっても子にとっても幸いであったような気がする。

二十二歳の年にはじまったアジア遠征に出陣した後も、この息子は、ことあるごとに故国の母に手紙をだすことを忘れなかった。戦いに勝てば、戦利品中最も高価で美しい品を、必ず母に贈っている。そして、あの有名なアモンの神殿で受けた神託。

神殿の神官たちは、アレクサンダーの父は、死すべき者ではないと告げたのである。つまり、マケドニア王などという人間ではなく、神だと言ったのだ。これは、アレクサンダーにとってはショックだった。すぐさま母に手紙を送り、自分は秘密な預言を授けられたのだが、帰国した時にあなたにだけ話す、と書いたくらいである。神の子と告げられたアレクサンダーの喜びようは、もしも父フィリップを愛していたならば起こりえなかったであろうと思われるものだった。

母オリンピアは、権威と権力が増す一方の息子からこうも大切にあつかわれて、少しばかり「出しゃばり」になったこともあったようである。だが、手紙にしても、政治や軍事に口を出したがる母を、アレクサンダーは温和に耐えつづけた。部下の一人が、母を非難する手紙をよこしたことがある。それを読み終わったアレクサンダーは、かたわらの人々に言った。

「この男は、何千と母非難の手紙がこようとも、母の流す一粒の涙にかなわないということを知らないのだ」

私も、わが息子に、一度でよいからこう言われてみたいと思う。

プルタークの『英雄列伝』で、アレクサンダー大王と並べて書かれているのが、古代ローマの英雄、ジュリアス・シーザーである。ラテン語読みだと、ユリウス・カエサルとなる。彼もまた、母親の影響大ということでは、アレクサンダーに負けず劣らずの男だった。

シーザーの母は、アウレリアという名で、後に、古代ローマの母親の見本といわれるようになる。シーザーも、アレクサンダーと同じに、ただ一人の男の子として生まれ育った。姉二人がいたが、これまた母親にとっては問題外である。すべての関心は、一人息子シーザーにそそがれた。身体をきたえるスポーツでも、頭をきたえる教育でも。その内容を見ると、古代ローマの母親の見本というのは、完璧な教育ママのことではないかと思えてくるほどだ。おかげで、シーザーは、ほっそりした体格でも体力では他に負けない若者に育ち、クラス一番という秀才タイプではなくても、判断力では抜群の男に成長したのである。教育ママでも、教育ということに関する考え方では、まさしく「見本」となる資格があったのだろう。シーザーは、十五歳で父を亡くすが、父不在のハンディはまったく見られない。それに、十五歳までの父の影響すらうかがえないのだ。青年期までの彼は、圧倒的な母親の影響下に育ったのだった。

　オトナになってからもシーザーは、なにかとこの母親を頼りにしている。相当に高度な政治上の相談さえ、することが少なくなかったらしい。オリンピアとちがって、アウレリアには出しゃばりの傾向もなかったようで、これも、古代ローマの母の見本になった理由だった。

　アレクサンダーもそうだったが、シーザーも、可愛いだけが取り得の女に惚れていない。シーザーの場合は典型だが、クレオパトラのような、男に伍しても立派にやっていける女を愛している。これは、異性の才能に敬意をいだくのが普通の環境に育った、男の特色ではないだろうか。なかなかのできの母親を見なれているものだから、なかなかのできの女に、抵抗感をいだかないのである。

父親不在と呼ばれる現象が、とやかく言われすぎるのが昨今である。だが、動物の世界を見てもわかるように、父親はタネをつけた後は不在なのが当たり前であって、始終居られたら、そのほうが異常なのである。タネだって、われわれ母親が、あなたのだ、と言うから信じたのであって、ほんとうのところは、われわれしか知らない。もしも息子たちのできが大変に良かったら、タネは、神とか精霊とか言ってすましていればよいので、そのタネを育てるのは、絶対に母親の権利である。マザコンなどという蔑称《べっしょう》にびくつくことは、まったくないのだ。堂々と、母親の影響力をふるいつづければよい。

ただし、重ねてことわっておくが、私の礼讃するマザコンは、ママがいないと横のものを縦にもできない、というたぐいのものとはちがう。当たり前ではないか。もしかしたらわが息子に、ほんとうのパパは、日曜日となればテレビの前でゴロゴロしているあのパパとはちがうのよ、と言うことになるかもしれないのだから。

第24章　男のロマンなるものについて

男のロマン、という言葉をよく耳にする。それで、男のロマンとはなんだろう、という疑問がわいてきた。

男のロマンとは、ロマンなのだから、男が現実の世界で追求すること以外のものを指すはずである。男が現実世界で追求するとされているものは、出世、カネ、女、というのが常識らしいから、これ以外のものとなれば、出世に関係なく、カネに関係なく、女に関係ないものということになる。それで、鳥類の研究に一生を捧げたり、青函トンネルの開通に命をかけたりする生き方を、男のロマン、というのであろう。

出世に背を向けカネにも背を向け、というのはわからないでもない。女である私だって、NHKの大河ドラマの原作になんてなりっこない、西洋の歴史物語を書きつづけているのだし、当然のことながら、カネには背を向けるつもりはなくても、実際的には背を向ける生き方をつづけざるをえないからである。だから、ここまではわかるが、女にも背を向けてこそ男のロマンとして完成するというのには、なんとも釈然としない。

それに、小説や映画やテレビ・ドラマにあらわれる「男のロマン」には、なぜか常に女が存在して、女に背を向けて男のロマンに熱中している男に、ひたむきな愛を捧げるという構図になっている。これがまた、しゃくにさわるのだ。もちろん、女である身としてである。

それならば、女のロマン、は存在するのであろうか。出世に背を向けカネにも背を向けるならば、私以上に徹底しているキャリア・ウーマンは、たくさんいそうな気がする。キャリア・ウーマンとなると範囲が限定されそうだから、自分が熱中できる仕事をもつ女、と言いかえてもよい。

また、異性にも背を向けるという「ロマン」の条件だって、私は落第だが、他の立派な女にはそれも及第しそうな人を多く知っている。だが、女の場合、この三条件を兼ねそなえさえすれば、「女のロマン」的生き方と見られるとはどうにも思えない。そういう立派な女たちを、あの人には女のロマンがある、と人々は評さないからである。その証拠に、この種の女のロマンは、同類であるはずの男のロマンと比べて、小説にも映画にも、ましてテレビ・ドラマにもなっていないではないか。

その理由は、この種の女のロマンは、男にも、また同性である女にも、共感を呼ばないからにちがいない。
となると、人々の共感を呼ぶ「女のロマン」とはなんなのであろうか。

和田勉演出の近松の心中物を観た時も、そんなことを考えた。私は日本には時おり帰るだけなので、放映の時期と帰国の時期がなかなか一致しない。それで親切な和田勉氏は、私が日本に帰るやいなや、半ば強制的に私をNHKの試写室にかんづめにし、自ら演出したテレビ・ドラマを観せるのである。コーヒー飲みますか、などと気くばりに欠けることがないのには笑っちゃうが、半ば強制的というのは変らない。それでも私が喜んでかんづめにされるのは、彼のドラマには、種々のことを考えさせられるからである。

そういう具合に観せられた近松の心中物は、私でも知っているポピュラーな心中物語でなかったので、失礼にも表題は忘れてしまったが、秋元松代女史の脚本、太地喜和子の主演で、その年の芸術祭の賞ももらったらしい。

それを観ていて、一箇所、不覚にも涙がこぼれそうになったところがあったが、和田氏に聞いたら、この箇所のセリフは、近松の原作にはなくて、秋元女史の創作だそうである。これほども「女のロマン」のわかる女史に、まず脱帽した。

だが、脚本も演出も主演も上等の出来ということは置いて、観終わった私の胸に浮かんだのは、心中するのは、つまり愛に殉ずる女の生き方は、子供をもたない女にしか許されていないぜいたくである、ということだった。

実際、近松の心中物で、子供をもつ女が死んでいるであろうか。子供を残して、愛する男とともに死んだ女がいるであろうか。

私も最近、近松のものとちがって愛がメイン・テーマではないが、戦争をテーマにした歴史物語で、戦死した男の後を追って自分も死ぬ女を書いている。しかし、この壮烈な愛を書くと決めたのはずいぶん前のことで、和田勉演出の近松に刺激されたからではない。ごく自然に、私の心の中で熟成した結果である。

だが、男の死の翌日、自らも甲冑をつけて敵陣に突入し、ほとんど自殺と同じ死に方をするこの女は、私にはきわめて自然な選択であるように思い、ということは、自分がもしも彼女の立場にあったら同じことをしたであろうと思えたからだが、書きながらなんの抵抗も感じなかったのである。この女には、子供がいなかった。

では、子供をもつ女の場合は、「ロマン」とはまったく無縁なのであろうか。

トルストイは、私が最もかなわないと思う作家である。規模の雄大さとか構成のしっかりしている点とか、それらはここではひとまず置くとしても、女の心理をあれほど見事につかんだ作家もいない、と思うからなのだ。

このトルストイに、『アンナ・カレーニナ』という作品がある。

人妻のアンナは、ふとしたことで知り合ったヴロンスキーと、宿命的な愛におちいる。あまりにも有名な世界文学の傑作だから、要約の必要もないと思うが、結局アンナは夫を捨て、つまり社会的地位もカネも捨て、ヴロンスキーの胸にとびこむ。だが、ここが宿命的なところだが、二人の愛にもかげりがでてきて、ついに最後は、アンナが汽車の前に身を投げて終わる物語である。

これを最初に読んだのは高校生の頃だったが、その時でさえ、恋愛の複雑で深い心理性に身がひきしまる想いがしたものだった。だが、それがなぜ複雑で深くなるかがわかったのは、自分でも子供をもってからである。自分も息子をもつ身になってはじめて、アンナの悲劇の源は、アンナが息子から引き離されたからだと思うようになったのである。

もしも、アンナ・カレーニナに、可愛い盛りの息子がいなかったならば、ヴロンスキーとの恋は、意外にうまく進行したにちがいない。夫には、未練のなかったアンナなのだ。夫に代表される社会的地位や経済的に安定した人生は、いさぎよく捨てることもできた女なのである。だが、子供だけは忘れることはできなかった。愛する男の許《もと》に逃げていながら、彼女は密かに息子に会いに行く。それまでも、息子を自らの肉体でおおうような愛し方をしていたアンナは、息子を自分の腕の中にだきしめたい想いだけで、玩具などもって、息子の誕生日に会いに行く。ところが、だきしめたのもつかの間で、帰宅した夫によって、生木を裂かれるように息子から引き離された。「ママ、ママ」と叫ぶ息子の声を、去って行かざるをえないアンナは、どんな想いで聴いたであろう。

この日から、アンナの精神状態の動揺がはじまったのだと、私は確信する。精神のバランスが崩れだした女を、男は愛していながらなんともできない。ヴロンスキーに原因はないのだから、いかに愛しても、息子の代わりは不可能なのである。精神のバランスが崩れはじめたアンナは、男の愛すら疑うようになる。この異常なアンナを、ヴロンスキーですらもてあますようになるあたりの描写にいたっては、読む者の胸までかき乱す見事さだ。そして、自己崩壊したアンナの最後は、自殺。これが不倫の恋の結果だと片づけるのは、あまりにも女の、いや子供をもつ女の、心理を知らない評価ではないかと思う。

近松の心中物の女主人公の最後は死、そして、子供をもっていても、アンナの最後も死である。ならば、死も、それも自ら選んだ死に通じない愛は、ロマンではないのだろうか。

子供を育てあげるために、愛した男が死んでも後を追わないで生きつづけるとか、絶望的な状態になっても、愛を貫きとおすための心中を男に求めないとか、子供のために愛する男の胸にとびこむのを断念するとかは、ドラマになりにくいのはたしかである。生木を引き裂かれるような想いで、愛する男の胸を離れ子供の許にもどって行く女なんて、私だって、どう書いてよいかわからない。深刻な悩みはわかるが、それをどう作品中に表現してよいかわからない。社会的地位や経済上の豊かさを捨てるなど、簡単なのである。自分をまだ必要とする子供を捨てることに比べれば、何千回だってくり返すことができるくらい簡単なことなのである。

どうやら、女のロマンは、もしもそう呼ぶことが許されるとしても、これとははっきり規定することのむずかしいものであるらしい。男のロマンのように、簡単に、社会的地位に関係なくカネに関係なく女にも関係なし、としてすますわけにもいかないからであろう。そして、男であろうと子供であろうと、人間に対する愛情と切っても切れない関係にあることでも、男のロマンと断じてちがっている。

ずいぶんと、わりにあわない話ではないか。あちらは女など眼中にないのに、こちらは無視しては生きられないのである。無視しても生きられはするが、少なくとも、ロマンにはならない。絶対にこんな不平等は、許しておくべきではない。断固、男のロマンなんて、追放すべきである。男のロマンを書いた小説など読むことはなく、男のロマンを描いた映画もテレビ・ドラマも、観に行くことはない。そのためにお金を使う女が多いという一事だけでも、私などは腹が立つ。

そして、男のロマン的生き方をする男も、愛することはないのである。われわれ女たちが、ロマン的生き方をしようとするやたちまち、子供がいなければ死ぬか、いたならばいたで、生木を裂かれる苦しみはこのことかとはじめて合点がいくほどの苦悩に、身もだえしなければならないのである。

それなのに、男ときたら……。男のロマンなどという、エゴイスティックな生き方を賞讃などしていては、女がすたるというものではありませんか？

第25章　浮気弁護論

浮気は、浮わついた気分の結果だからいけない、と人は言う。浮わついた気分の結果としての不貞行為など、許されてよいわけがないというのだろう。

だが、はたして浮気は、気分が浮わついたあげくの行為だろうか。まずもって、気分が浮わつくとは、どういう状態を指すのであろうか。

トルストイは、女の心理を描くに実に巧みであった作家と思うが、そのためか、彼のヒロインたちは、そろいもそろって魅力的だ。『復活』のカチューシャも『アンナ・カレーニナ』のアンナも、そして『戦争と平和』のナターシャも、相手役の男たちがなぜか一枚岩の感じで平凡であるのに反して、彼女たちは生きている。それは、もしかしたら、トルストイ描く男たちの誰もが、主人公にかぎるとしても、どこかトルストイ自身を思わせる、ロシア風なマジメ人間であるためかもしれない。女たちだって、根本的にはまじめだし、ロシア風であることでは同じなのだが、どこか男たちとはちがうのである。男たちとはちがって、「自然」に素直に身をゆだねるタイプであるためだろうか。なにしろ、彼女たちは、見事に生きている。先の章ではアンナを素材にじたが、今回は『戦争と平和』のヒロイン、ナターシャで話をはじめたい。

ナターシャは、生命力にあふれた若い娘だった。若い娘ならば生命力にあふれているのが普通だが、彼女は少しとくべつで、生命力そのものであると言ったほうが当たっているくらいの娘だった。このナターシャに、ボルコンスキー公爵の心が傾くのである。それは、ある春の夜、彼女の明るいおしゃべりを盗み聴いたときからだった。そのおしゃべりに、あふれんばかりの生命力を、成熟した男はかぎ取ったのであろう。だが、この段階では、ナターシャのほうは、それと気がついていない。

彼女が彼に魅かれるのは、舞踏会の夜からである。

帝政ロシア時代の舞踏会は、さぞかし華麗なものだったろう。その中でも、さぞかし、白い軍服姿の公爵は、ステキだったのだろう。若い娘は、このステキな男に何度もダンスに誘われて踊っているうちに、はじめはボーとなっていたのが、ついに完全に惚れちゃうのである。無理もないと、私だって思う。

そのうえ、ここまででも相当にボーとなる条件はそろっていたのに、なんとそれからまもなく、ボルコンスキー公爵はナターシャの家を訪れ、正式に結婚の申しこみまでしたのだから、ナターシャが夢を見ている気持ちになったのも無理はない。きっと、この時点で、ナターシャは、女が望みうるかぎりの幸せを手中にした想いであったろう。

ところが、成熟した男は、条件をつけてきた。ナターシャがあまりにも若いためもあって、婚約は一年間秘密に保つ、というのである。一年間の秘密の婚約期間が無事に過ぎた後で、おたがいの、もしかしたら彼女の、心が変わらなかったら結婚しよう、というわけである。しかも、その一年間は、婚約を秘密にしておくだけでなく、二人は会いもしないし、手紙も交わさないという、酷な条件であった。

これを知ったナターシャは、絶望のあまりに悲鳴をあげる。そんなこと、とても我慢できないと言いながら。だが、成熟した男の決意は変わらない。ナターシャは、それを飲むしかなかったのだった。

しかし、やはりこの式の一年間は、ナターシャには残酷すぎたのである。彼女が、山小屋で踊りに狂う場面があり、次いで、しばらくして、悪名高い女たらしの誘惑にのってしまう。駆け落ち寸前までいってしまったから、これは、人々の評判にならないではすまなかった。秘密にしても、ボルコンスキー公爵との婚約は破れる。しかも、成熟した男は、絶対に許そうとしなかった。

許すのは、公爵が、ロシアとナポレオンとの戦争に参加して負傷し、それによって死ぬまぎわにようやく実現するのだが、ナターシャがほんとうに愛していたのは公爵だったのだから、許しを得るまでの彼女の苦悩は深い。だが、トルストイの筆は、そのナターシャを、単に非難しているのではないところが、いかにも、女の心理を知りつくしたトルストイらしいところである。

つまり、トルストイはこの若い娘を、ある意味で弁護しているのだ。それは、そこだけドイツ語のレーベンという言葉を使っている、彼女が生命力あふれた存在であるということを描いている箇所だ。

実際、すべての発端は、彼女の生命力にあったのである。すべての罪は、もしもこれを罪と呼ぶならば、彼女の生き生きした性格にあったのだ。

恋愛は、あらゆる人に恵まれるわけではない。死は、あらゆる人を見舞うが、恋愛は、誰にも起こる現象ではない。それが、あの舞踏会の夜、ナターシャに起こったのだ。あの舞踏会の夜から、ナターシャの胸に火と燃えあがったのである。

もともとナターシャは、生き生きした精神の持ち主である。恋愛も、このような性格の者に起こると、いったん燃えあがった感情を、常識にのっとって、適切にコントロールしながら保つなどという「常識的」なテクニックは、この人たちには合わないのである。この人たちの性格には、自然でないのだ。

常識人ボルコンスキー公爵には、ナターシャのこの性格までは、見とおせなかったのであろう。激しく燃えあがった情熱を、一年もの長い間、会いもせず手紙も書かずの状態で押さえるなどということが、どれほど残酷で不自然な対応かを、理解できなかったのである。

ナターシャはしかし、無意識にしても、それを感じとっていた。だから、絶望の悲鳴をあげたのだ。だが、彼女はまだほんの若い娘なので、この自分の性格を、というよりも恋愛の本質を、成熟した男である公爵に納得させるすべを知らない。また、もしも知っていて実行したとしても、常識人ボルコンスキーを理解させるのは、所詮無理ではなかったかと思う。

燃えあがった恋愛は、そのまま燃やすにまかせるのが、自然にかなった対応なのである。水をかけて、それでもなお燃えているならホンモノなどという考えは、恋愛を味わう資格なし、と私ならば思う。

ナターシャは、このどこにも誰にも向けようがなくなってしまった情熱を、どこかに、誰かに、吐きだすしかなかったのだ。生命力あふれる女だっただけに、いったん目覚めた情熱も、他の女たちよりも強烈であったにちがいないのだから。

ナターシャは、それまでは無関心だった、男の言葉、男の息吹き、男の肉体、つまり男の存在すべてを、めくるめくような喜びとともに、生まれてはじめて感じとったのである。それを、一年間といえども拒絶されて、彼女は他に求めるしかなかったのである。

しかし、貞潔を守る女はたくさんいる、と人は言うかもしれない。

私も、それは認める。だが、この種の多くの貞潔な女たちは、ほんとうに貞潔を守ろうとして、守っているのであろうか。貞潔は守るべきであると信じるから、守っているのであろうか。

私には、どうもそうとばかりは思えない。もしも、結果として愛する男を裏切らないですんだ女も、ただただ、そんなことをしたら彼から捨てられるという怖れだけで、ようやく一線を越えないでいるのではないだろうか。

ほんとうに恋をした女には、不貞も不倫も不道徳も、いっさい関係なくなるのである。恋愛は、凡人を、善悪の彼岸を歩む者に変える。その境地に達した女が自分をコントロールできるのは、まったく、ただただ、彼を失うという怖れを、感じるか感じないかにかかっている。若い娘のナターシャには、それが意識できなかっただけである。

女にとって、恋愛とは、自分の中にあった生命力に目覚めることであると思う。なにかの拍子で、恋愛の場合は男の出現によって、自分でも意識しなかったその力に目覚めることである。

だから、いったん爆発したこの生命力を、常識のわく内にはめこもうとすることほど、残酷なことはない。男は概して常識的だから、そういうことを言い出すのは、たいがい男の側である。

一週間に一度会うのがちょうどよいのではないか、などということを言う男は、早々にこちらから捨てたほうがよい。会いたければ毎日でも会う式を、うけいれてくれる男ならば、ボルコンスキー公爵のてつを踏まずにすむだろう。結果として、彼は、あれほど求めていたナターシャを、永遠に失ったのだから。

『戦争と平和』のヒロイン、ナターシャにとっては、恋愛をしなければ、浮気もなかったのである。一人の男の存在に目覚めないでいたら、他の男の存在にも無関心でいられたのだ。

浮気は、恋愛することによって引き起こされた血の騒ぎの、単なる派生の一つでしかない。そして、別の道に煮えたぎる血を流さないですむのは、そんなことでもしたらあの人に捨てられるという、ごく健全な怖れだけなのである。

ここまできて説明の必要はないと思うが、私がのべてきた浮気は、世間でよく口にされる浮気とは完全にちがう。

あちらのほうの浮気は、生命力の発露の派生の一つなどではまったくない。恋愛と結びついた、情熱の爆発口の一つでもない。女性雑誌あたりでよく、浮気をいかに巧みに愉しんでいるかを得意気に告白した、読者の作文を載せるが、あのように考える人は、私には無縁な人々である。私の言う浮気は、巧みになど行なえず、愉しみさえなく、ましてや得意気に他人に向かって告白する類《たぐい》のものではない。浮気というものは、もしもしたとしたら、吐き気をもよおしかねないほどの後悔の念にさいなまれるし、しなかったとしたら、それはただただ我慢しているだけなのだ。

トルストイは、ナターシャを、結局はボルコンスキー公爵の許しは得させても彼と結婚させず、ボルコンスキーの友人であった、ピエールと結婚させる。これも、トルストイの巧みなところだ。ナターシャの生命力を理解したのはボルコンスキーよりも、ピエールのほうであったのだから。

第26章　つつましやかな忠告二つ

日本の男の身なりに、とやかく注文をつける気はない。資格もない。それに、一《いち》分《ぶ》のすきもない服装に身をこらした男ならば、誰でもステキと思う年頃でもなくなった。また、二十代からはじまって二十年以上もヨーロッパに住んでいると、この種のイイ男はもう見慣れてしまって、そうそう簡単にイカれることもなくなっている。やはりヨーロッパは、洋服の本場だけに、ということは背広は彼らの体型に合わせてつくられたものだけに、これでキマっている男は、なんといっても日本よりは多いのである。

センスの良い身なりの男は、もちろん見ていて気分は良い。だけど、これだけで惚れるという具合にはいかなくなった、というだけだ。それどころか、くたびれた服でも、着ようによっては魅力をかもしだすとまで思うようになったのだから、これは一種の、精神的堕落かもしれない。しかし、この状態になると、日本の男もようやく、なかなか捨てがたい情緒を感じさせるようになる。だが、これまた、塩野七生的な、日本回帰のひとつなのかもしれない。

こういうわけで、ヨーロッパのイイ男たちを知れば知るほど、日本の男たちに対して寛大になるのはわれながらおかしいが、この寛大なる私にして、どうしても我慢できないことがひとつある。それは、日本の男たちの、靴下についての無関心さなのだ。

まず、男の、なにかに隠されていない足は、ベッドの上か、それとも、海岸でもヨットの上でもなににしても海の近くか、のどちらかでないと、見られたものでないことを、男たちはしかと認識すべきである。足と言ったが、これはつま先からひざまでの間の部分を指す。

だから、ベッドの上とか海に近い場所以外では、その部分の足は隠されていなければならない。それなのに、日本男子は、なぜか短い靴下を好む。ひざ下にまで達しない、ふくらはぎの真中ぐらいにしか達しない、短い靴下を好むようなのである。これは、前記の「認識」が欠けているからである。男に欠けていなければ、靴下を実際に買うことの多い、女に欠けているのである。

年齢がどうあろうと、まったくそれには関係なく、男物の靴下は、ひざのすぐ下までおおうものであるべきだ。無地の背広の場合の無地の靴下も、テニスの場合の白いスポーティな木綿のソックスにいたるまで、ひざ下ぎりぎりまでとどくものでなければならない。

　その理由は、テニスのときを思いだせば、納得いってくれるであろう。男の脚というものは、意外とひざから下が不格好にできているもので、それをむき出しにしては、その上の部分の、まあ見られないこともない太ももまで、台無しにしてしまうからである。見られないこともない太ももと、長いソックスで隠した、見られたものではないひざから下の組み合わせならば、まずは普通、脚全体がなんとか格好がつくように変わる。嘘だと思ったら、大鏡の前で実験してごらんなさい。

　だから、スラックスで隠れているとはいえ、背広の場合の靴下も、この式でいくべきである。そのときに、とくに背広の場合、椅子に腰かけたとき、スラックスは自然にたくしあがる。そのときに、短い靴下とスラックスの間に、裸の足がのぞくくらい、醜いものはない。これは、もう、みっともないどころか、醜いのである。とくに、他はすべて合格線に達している身なりの男が、靴下だけ短いと、他のすべての合格を台無しにしてしまうほどで、ために肌を見せないほど長い靴下は重要このうえない。それなのに、意外と日本には、これだけで不合格になる殿方が多いんですね。

　だが、この改善は、どうも日本では絶望的なのではないかと、この頃では思うようになった。それは、この頃の子供たちの、あのお尻ぎりぎりまで短いズボンと、足くびまでしかない短いソックスを見ていて、感じたのである。これは、完全に、ヨーロッパの子供の服装と反対なのだ。ヨーロッパの子供たちは、日本ではバーミユーダー・ショーツと呼ばれる、細いが長目の半ズボンに、ひざ下までおおう靴下をつけるのが習慣である。

私は別に、洋服と呼ぶからといって、ヨーロッパ・スタイルをすべてまねせよ、と言っているのではない。ただ、基本は、お尻ぎりぎりの短パンや短いソックスにはないと言っているだけである。そして、やはり基本は、なにか理由があって確立したものだから、それをくつがえすもう一つの基本スタイルでも創造しないかぎり、軍配は、従来のスタイルにあがりつづける、と言いたいだけなのである。

いつ頃から、日本の小学生や中学生の男の子たちに支配的なあのスタイルが、母親たちに好まれるようになったのか、私にはわからない。ただ、そう昔のことではないような気がする。食糧事情が良くなって子供たちの体格も向上した、東京オリンピックの頃からではないだろうか。父親世代と比べて脚が長く変わった息子たちに、その脚をもっと長く見せようとして考え出され、その後、既製品製造業者も同じ考えになって、定着したのではないだろうか。

だが、あのスタイルは、まずもって上品でない。そのうえ、洋服の基本概念に反するから、この子供たちが大人になって洋服を着るようになっても、それが身につかなくなってしまう危険さえある。バーミューダー式ズボンに変えよとまでは言わないが、せめて靴下は、長いものに変えてあげてはどうだろう。このほうが、脚もずっとすっきりと見えるし、大人になっても、ズボンと靴下の間に毛むくじゃらの、いや毛むくじゃらでなくても素肌がのぞくなどという、醜態をさらさないですむようになると思う。

もうひとつの私のつつましやかな忠告は、グリーンという色を見直してはいかが、ということである。

日本の男たちは、なぜかグリーンを好まない。この頃では赤も黄色も紫色でさえ身につける男たちもいるのに、グリーンだけは、なぜか敬遠色ということになっているらしい。

これは、日本の男たちにとって、重大なる損失である。なぜなら、日本の男の髪は黒一色なので、グリーンは似合う色のひとつなのだ。ただ、肌の色が冴えていないから、明度と彩度は慎重に選んだほうがよいだろう。私のシロウト考えでは、非常に鮮やかなグリーン、それも濃い色合いのもので鮮やかなグリーンが、良いように思う。

もちろん、日本の男たちが、グリーンという色を完全に嫌っているわけではない証拠に、身に着けている人も見ることはある。だが、その場合でも、グリーンを、茶色やベージュなどと合わせて使っている例しか見ない。日本の男たちは、グリーンというと、樹木しか思いださないのであろうか。

緑色は、これもシロウト考えだが、実に愉しい色だと私は思う。まず、布地のちがいで、同じ色かと疑うほどにちがった感じを与える。そして、合わせる色の多彩さにいたっては、色合わせの愉しみこれにつきること、最たる色ではないかと思う。このグリーンに茶色やベージュを組み合わせるのは、森林キャンペーンならいざしらず、あまりに平凡で面白くない。

明度が高くて彩度も高いグリーンならば、濃いブルーと組み合わせるのは、イタリアではもはや一般的になりすぎたが、日本では、なるほどと感心するものにまだ出会っていない。しかし、クラシックなハーモニーであることはたしかだ。

浅くあまり鮮やかでないグリーンならば、ピンクを合わせると面白い。ブルーの背広にグリーンのベスト、空色のワイシャツ、ピンクのネクタイなんていうのは、おとなしすぎますでしょうか。

グリーンに白を組み合わせるのも、なんともファンタジアの貧弱さがうかがわれて、面白くない。まさか、国旗ではあるまいし、いつまでたっても、鮮やかな色彩には白をあしらうしか知らないのは、困りものである。

私は大変な愛国者だが、いや外国住まいが長い人は九十九パーセント愛国者になるから、これでも月並な線を行っているわけだけど、日本の洋服の色の、なんと言うか鮮やかさの欠ける、つまり汚れているような色にだけは、どうしても愛国心を発揮することができない。それで、断じてキャビアよりはいわしの丸干しを選ぶ私が、洋服だけは日本で買わないのである。日本製の既製服は、ぬい方など大変きちんと処理してあるし、ボタンのつけ方もちゃんとしているから簡単にはとれないしで、良い点だってあるのだが、カットと色とそして素材が感心しない。よほど高く払えば良いのもあるのだろうが、ヨーロッパの既製服で充分まにあう私は、そんな大金を、始終流行の変わるものに払う気がしない。

私は合成繊維が少しでも混ざっているものは好まないが、これは私個人の趣味で、素材だけならば、純綿、純絹、純麻と表示のあるものだけ買えばよいからむずかしくはない。だが、カッティングと色彩は、いまだに断じて落ちる。欧米の流行が即座に伝わる日本なのに、これだけは不思議でしかたがない。デザイナーは、女の肉体というものを、ほんとうにきちんと眺めたことがあるのだろうか。そして、日本の女の肌の色も、また髪の色も。

ただ、汚れっぽい感じの色彩だけは、ある人がこんなことを言って、弁護していた。

「日本では洗濯したときの色落ちにひどく厳しいので、色落ち防止剤をかけるから、鮮やかな色がでないのですよ」

そう言われて思いだしたが、ヨーロッパのものは、洗濯すると色が変わってしまう。いや、ほとんどのものがドライ・クリーニングを義務づけているほど、熱湯でじゃぶじゃぶなんていうのは、禁物なのである。

ここまできて、私も合点がいったのだ。男物の靴下が短いのは醜いとか、日本の色は汚れた感じだとか、わいわい文句ばかりつけてきた私も、はたとひざを打ったのである。

つまり、日本は湿気が多い国なのだ。汚れる前にしめっぽくなって洗わねばならず、いや湿気が多いから汚れもつきやすく、始終洗う必要がある。靴下も、ひざ下までとどくのでは、暑くて困るというわけだろう。洗うたびに色が薄れては困るから、なんとか剤をかけて、色の上に一枚ヴェールをかけてしまうことになる。

しかし、オトナの男ならば、湿気ぐらいは我慢しないのだろうか。われわれ女たちは、心頭滅却すれば火もまた涼し、の心境でがんばっているというのに。

第27章　女とハンドバッグ

男たちは、女のハンドバッグを、こまごまとした女特有の品々を入れてもち歩く入れものにすぎない、と思っているにちがいない。ところが、これが、完全な誤解なのだ。女にとってのハンドバッグは、女の心の、そして肉体の一部なのである。

反対に、男にとってのバッグは、それがアタッシェ・ケースであろうと、一時流行《はや》った小型のカバンであろうと、また、会社名の入った紙袋であろうと、ただ単に、ポケットに入りきらないからやむをえず入れてもち歩くだけの意味しかもたない。心の一部どころか、肉体の一部などではけっしてない。男と女では、「入れもの」のもつ意味がまったくちがってくるのである。だからこそ、形や色や素材が、同じ「入れもの」であるはずなのに、男物と女物とでは、気の遣いように大差があらわれてくるのだろう。

女のバッグには、たしかにいろいろな実用小物が入っている。ただ、女の場合、なにが入っているかは問題ではない。もち歩くという行為自体が、意味をもつのである。

試しに、ハンドバッグをもっていないときの、女を想像してみてほしい。なにかが欠けているはずだ。大きなポケットがいくつもついている服で、実用小物を入れる場所には不足しなくても、女はバッグをもちたがる。なにも手にしていないと、大切なものが欠けていることを、無意識にしてもわかっている証拠である。

ハンドバッグという物体が、女にとってどれほど大きな意味をもつかを示したエピソードを、ひとつ紹介したい。

第二次世界大戦の少し前だから、もう五十年は昔の話になる。当時のファシズム下のイタリアは、ムッソリーニに支配されていた。ムッソリーニは、中流の下の階級の出身で、学校の先生などをしているうちにファシズムの提唱者になり、全体主義政権の樹立に成功して、のち二十年間もイタリアの独裁者でいた男だ。ムッソリーニとヒットラーを同類視したがる人は今も多いが、私にはこの二人は、相当にちがいがあったと思えてならない。まずもって、ムッソリーニは、独裁者は独裁者でも、ユダヤ人を殺しまくって平然としていた、いや自分は正しい行為をしていると確信さえもっていた、ヒットラーの冷酷さはもちあわせていなかった。他者より自分たちが優れているとした優越心とは、無縁であったからである。ドイツ人とイタリア人のちがいかもしれない。辺境の北の民ドイツ人と、古代ローマ時代から都会人でありつづけた、南の民イタリア人のちがいによるのかもしれない。一言で言えば、ムッソリーニは、良きにつけ悪しきにつけ、ヒットラーと比べて、段ちがいに人間的であったのである。

このムッソリーニには、愛人が一人いた。名を、クラレッタ・ペタッチという。ムッソリーニよりはよほど若い女だったが、ローマの医者の娘で、いってみれば、中流の上の教養ある家庭の典型的な育ちの女だった。独身だ。そして、愛人のまま一生を終わった。一九三〇年代の、アール・デコ風のほっそりした優雅な絹の服がとてもよく似合う、すらりとした肉体の南国の女だった。

教養が特別に高かったわけではない。インテリとは、お世辞にもいえない女だったが、下品なところはまったくなかった。同じ階級の将来性ある若い医者とでも結婚していたら、子供を二、三人産んでも身体の線が崩れない、美しくて明るくて南国的な、夫が妻として他人に紹介するとき、ごく自然に誇りをいだくような、若奥さんになっていたことだろう。春のさわやかな西風が、最もふさわしいと思わせる女だった。それが、夏の激情も、秋の憂愁も、冬の絶望も味わうことになったのは、ムッソリーニに出会ってしまったからである。

ムッソリーニには、もちろん正夫人がいた。ラケーレという名で、子供も、五、六人はもうけた仲である。いわゆるソウコウの妻で、精神も身体もムッソリーニに似て、たくましい農民タイプの女だった。だからだろうが、なかなかしっかりした女であったらしい。ムッソリーニは愛人に、妻とは反対の女を選んだのだろう。だが、妻は妻である。カトリックの国でもあり、離婚などは問題外だった。

クラレッタの存在は、まもなく、イタリア人の相当な部分の知るところとなったようである。ムッソリーニが、愛人の存在をひた隠しにするという型の男でもなかったからだろうが、その国のナンバー・ワンの愛人となれば、やはり隠しとおすのはむずかしかったからである。それでいて、イタリア人の多くは、愛人のいるこのリーダーを、それゆえに非難しはしなかった。イタリア人の最大の長所はバランスのとれた精神の持ち主であるということで、人生を黒か白かにはっきり分けることが不可能なことを知っているこの種の人々にとって、愛人の存在は、人間的な証拠とでもうけとられたのであろう。

それに、クラレッタが、独裁者の愛人の地位を利用してなにかやるという、野心家タイプでなかったことも、人々の黙認の理由になったかもしれない。彼女は、国民の敬愛を一身に集めている男の愛人であるだけで満足していた。また、彼女の父親や弟が、愛人の権力のおかげで出世しようがしまいが、そのようなことに関心をもつ女でもなかった。結果として、ペタッチ家は、娘が独裁者の愛人になったからといって、特別な恩恵をこうむらなかったのである。これもまた、イタリア人が彼らの関係を、口うるさく非難しない理由になった。

正夫人ラケーレの心中は、どうだったのだろう。夫の愛人に、心安らかであったはずはない。だが、離婚の存在しない国で、子供もなん人ももうけた夫婦の妻の座は、安全そのものである。それに、公式の立場となれば、あくまでも彼女一人のものなのだ。農民の現実主義的考えで対せば、意外とどっしりとおちついていたのかもしれない。また、ムッソリーニは、なんといってもラテンの男だから、妻をないがしろにするなどという、無神経な行為のできる男ではなかった。かといって、二人の女の共存に、悩み苦しむモラルはもちあわせていなかったにしても。

このような状態で幾年かが過ぎた後、イタリアは、ドイツ側について戦争をはじめる。そして、当初は好調でもまもなくドイツ、イタリア、日本側に不利に変わったのは、第二次世界大戦の戦況の変化だから、ここでは説明する必要もないだろう。この三国の中で最初に戦線から離脱したのが、ムッソリーニのイタリアだった。長靴の形をしたイタリアのつまさきからはじまり、次第に北上した連合軍は、イタリア内のパルチザンの助けもあって、北イタリアの国境近くまで、ムッソリーニを追いつめる。ドイツの下士官に化けてスイスに逃亡しようとしたムッソリーニが、パルチザンに捕われたのは、日本が降伏する一年前であった。ここから、愛人クラレッタが表舞台に登場してくるのだ。

パルチザンの手におちたということは、死と同じことだった。そのムッソリーニに、彼女は、あらゆる手をつくして近づこうとする。一方、正妻のラケーレは、子供たちを連れて、中立国スイスに逃れることに成功していた。その妻に、ムッソリーニは、子供たちのために生きてくれと、実に真情あふれる美しい手紙を送っている。反対に、子供のない愛人は、男と死をともにすることだけを考えていたのである。

助かろうと思えば、助かることはできたのだ。ペタッチ家の人々は、なにも悪いことはしていなかったが、ムッソリーニの愛人の家族ということで受けるかもしれないパルチザンの暴力を避けて、飛行機でスペインに逃亡していた。

家族を送りだしたクラレッタには、愛する男の許《もと》に行き、ともに死ぬことだけが残された。ようやく男に追いついた彼女は、もう二度と離れない決心であったらしい。パルチザンたちも、彼女までは殺すつもりはなかったし、とくに彼らの首領格だった一人の伯爵は、クラレッタだけは助けようと努めたのだが、彼女の決心はゆるがなかった。死を前に気の落ちこんでいるムッソリーニをなぐさめる勇気さえ、彼女にはあったのだから。

最後の一夜を過ごした百姓家を出て行くとき、クラレッタは、それまで持っていたハンドバッグを、置いたままで出て行く。小路に沿うひとつの家の前の鉄門を背に、独裁者は機関銃の集中砲火を浴びて死んだ。愛人をかばって、この殺人行為に最後まで抗議をやめなかったクラレッタも、ともに死んだ。二人の遺体は、他のファシズム政権下の重要人物たちの死体とともに、ミラノの広場にさかさづりにされた。誰かが、めくれあがったクラレッタのスカートを、股《また》のところでとめたが、群衆は、それに向かってでも石を投げた。

それまで手放さずにもち歩いていたハンドバッグを、まるで死期を予測したように、その朝だけはもって出なかったクラレッタを心にとめていたのが、農民や工場労働者の多かったパルチザンには珍しかった、あの伯爵である。その場に居あわせなかったわれわれが、この小さな事実を知ることができるのも、伝記作者や研究家たちに、この伯爵が語ったからだ。労働者たちならば、女にとって、とくにある程度以上の生まれと育ちの女にとって、ハンドバッグがどのような意味をもつかまでは、わからなかったにちがいない。貴族の生まれの男だったからこそ、そのような学校では教えない文化も、肌身で理解していたのであろう。死を覚悟した女が、世間のすべてを捨てる想いを、ハンドバッグを置いたままで出て行くことで、無意識にあらわしているのに、この男だけが気づいたのである。

これは私個人の趣向だが、靴とハンドバッグをそろえる趣味を、まったくもたない。靴は、脚が太いという劣等感もあって、なるべくストッキングと同系色のものを使う。おかげで、移動するたびにもち歩く靴の数が増えて困るのだが、ハンドバッグは反対に、ドレスに一点花をそえる想いで選ぶのだ。もしかしたら、気にいったハンドバッグを買ってしまった後で、それに合うドレスを選ぶほうが多いかもしれない。だから、私のハンドバッグは、目立たないどころか大変に目立つ。そして、靴よりは断然値も高い。買った後など、自室に置いて、しばらく眼で愉しむことさえする。なにしろ、私の生に対する情熱の証しでもあるのだから、選択に力が入るのも当然だと思う。

第28章　インテリ男はなぜセクシーでないか

私の職業柄か、私の周囲に出没する男たちのほぼ半数は、俗にインテリと呼ばれる男たちになってしまう。ただし、残りの半数はちがう。知的な男たちであるのでは同じなのだが、インテリという言葉でひとまとめにしてしまうのにはためらいを感じさせる男たちで、これは、私個人の男の趣味の良さによると、自画自讃しているのだけど、今回は自画自讃でないほうの男たちをとりあげることにしようと思う。つまり、ちっともセクシーでない男たちだ。

まず、彼らの第一の特徴は、俗にいう知的職業についているということだろう。大学教授とかジャーナリストとか、なんであれ頭を使う職業と思われているものならなんでもかまわない。ただし、はじめに断わっておくけれど、これらの職業についている男たちがみな、セクシーでないと言っているのではない。彼らの中にも、私の分類の第二に属す、つまりセクシーな男たちもいるからだ。しかし、この種の職業が、インテリ男の必要条件のひとつであることでは、誰でも賛成してくれるにちがいない。

第二の彼らの特徴は、肉体的には、まあまあイイ線いってます、と評してよい男たちが多いということである。この頃はインテリといえども体位は向上しているらしく、かつてのような青白き秀才タイプのほうが珍しくなってしまった。それどころか、服装の趣味も悪くなく、俗な基準ならば、ベスト・ドレッサーに入る男たちであるほうが多い。

社会的地位に肉体とくれば、第三は当然、経済力となるが、この面でも彼らは、まあまあイイ線はいっている人が多い。大学からの給料は低く、雑誌の原稿料にいたっては十年間すえおきという惨状なのだが、この頃は雑誌も数だけはやたらと増えたし、そのうえ、企業刊行物も浜の真砂《まさご》という感じで多く、いかに個々の原稿料や対談料は安くても、数さえこなせば、絶対量は増えてくる。おかげで、大学からの給料なんて住宅ローンの返済で消えちゃいますよ、と豪語するインテリも出る始末。

こうも好条件がそろっていながら、なにゆえ魅力がないか、と考えたのが、この小文を書く動機になったのである。

それで、彼らに共通する特徴の第四だが、いったい全体、この男たちはほんとうのところなにを考えているのか、「女」にはわからないところだ。

彼らは、雑誌新聞に書きまくり、テレビや雑誌の対談でしゃべりまくり、また、昨今とみに盛んになっている各種のシンポジウムでもしゃべりまくっているのだから、いったい全体なにを考えているのかわからない、と言う人のほうがおかしいのが普通なのだが、実際は、ワカラナイのである。

それは、この種の男たちは、いかに書きまくろうがしゃべりまくろうが、自分自身の考えていることを述べるよりも、「解説」することのほうに熱心だからであろう。この種の男たちの一人の口ぐせは、学問的に言えば、という一句だった。それでいて、言うこととなると、非学問的なことを一見学問的に整理して述べるだけなのである。

世の中の種々相は、全部とはいわないがその大半は、ツマラナイ現象であることが多い。例えば、マンガを描く人もそれを読む人も、私からすれば彼らの勝手だと思う。だから、彼らの行為を非難もしないし、かといって讃美もしない。私自身はマンガが嫌いだが。

つまり、これは趣味の問題で、好きか嫌いかしかないと思うのだ。だから、こういう現象を、いかにももっともらしい存在理由を探しだして「解説」した論文を読むと、ゾッとするのである。マンガを描く人も読む人もそれは彼らの勝手だから認めるが、その「解説」を書く人は嫌いだ。これらの現象を知的な視点で整理して非知的な大衆に提供することこそ、知識人の使命である、と言われているようで、反発心がむらむらとわきあがってくるからだろう。そんなおせっかいはやめて、自分の勉強でも少しはちゃんとしたらどうですか、と言いたくなってくる。

解説屋の隆盛こそ、昨今の日本の非知的現象の最たるものである、とさえ思っているくらいだ。解説屋の仕事は、そのどこを斬っても、赤い血は出ない。彼ら自身の肉体も、どこを斬っても赤い血は出ないのではないかとさえ思わせる。

この種の男たちの特徴の第五は、修羅場《しゅらば》をくぐっていない弱みではないだろうか。常に頭の中でだけ処理することに慣れたインテリは、体験をもとにした考えを突きつけられると、意外と簡単にボロを出してしまう。政治でも外交でも実業の世界でもよい。修羅場は、人間の生きるところあらゆる場所にある。修羅場をくぐった体験をもつ者は、背水の陣でことにのぞむ苦しさも、また快感も知っている。そして、必殺の剣とは、いつ、どこで、どのように振るうものかも知っている。

こうなると、同じ一行の書き文字も、同じ一句の話し言葉も、そこに凝縮された「力」がちがってくる。要するに、迫力が断じてちがってくる。だから、それを読む人や聴く者の胸に、訴えかけてくるものが強いのだ。結果として、読んだり聴いたりした人は、みずからの血が騒ぐのを感ずるのである。血が騒ぐとき特有の、全身がゆすぶられるような快感を感ずるのである。

つい先日、あるところで開かれた国際シンポジウムを聴く機会があった。外国人出席者の中には、元合衆国大統領補佐官のブレジンスキーと、前のカナダ首相だったトリュドーがいた。基調講演をしたのはブレジンスキーで、いかにも彼らしく、ソ連とアメリカの対立関係とそれに関する日本の立場と役割について、長々とタカ派調の演説をぶったものだ。ところが、それを受けて話したトリュドーは、ほとんど開口一番という感じで、アフリカのある国の首相に聴いたことだがと言いながら、こんなことを話したのである。

「象がケンカをすると、草はふみひしがれて迷惑するが、象がセックスしたときも、草は同じように迷惑をこうむる」

これは、アメリカとかソ連とか、果ては日本まで、いかにも大国意識をあからさまにして「高次元」の論議をしていたブレジンスキーに対する、見事なしっぺ返しだった。そして、まだ大国でもないくせに、論調だけは大国的だった日本のインテリ男たちに対する、痛烈な皮肉でもあったのである。さすがに、十五年もの間一国の首相をしていただけのことはある。トリュドーは、いつも胸のボタン穴にさしている、赤い花で有名なだけの男ではない。

この会に日本の大学教授も一人列席していたが、まったく相手にもならなかった。言語で勝負する職業についているはずなのに、その武器の使い方さえ知らないのである。この種の男にありがちの、解説ばかりで終始してしまったのだ。どうして、はっきりと自分の考えを述べないのであろう。いや、もしかしたら、自分の考えのないことこそ、学問的だと信じているのかもしれない。

インテリ男の特徴の第六は、人を殺した経験をもたないということと言ってもよいのではないかと、この頃の私は思いはじめている。

これは別に、殺人行為ということではない。肉体的に他者を抹殺しなくても、精神的に殺すことも、人を殺した経験に立派に入る。そして、神さまは意地悪なことに、なにかを為《な》そうとこころざした者は、それを表現する段階で、この種の「殺人行為」をしないではすまないように、人間の世界を創ってしまったのである。この世では、なにものも為しとげない者が最も、殺生行為から遠いところに生きることができる。

インテリ男がセクシーでないのも、毒にも薬にもならない、彼ら特有のものの考え方にも理由があるにちがいない。

男が女に魅力を感ずるとは、所詮、その女をだいてみたいという想いを起こすことであり、女が男に魅力を感ずるとは、その男にだかれてみたいと思うことに、つきるような気がする。

頭の中身も容姿も、この種の健全なる欲望を補強する程度の働きしかない。健全で自然で、人間の本性に最も忠実なこの欲望を刺激するのが、人のもっている魅力というものだろう。

インテリ男がセクシーでないのは、補強する程度の働きしかもたないものに、最高の価値をおく生き方をしているからである。ばかばかしいことを、ばかばかしいとはっきり述べる、自然さをもたないからである。それどころか、いかにももっともらしい理屈をつけることに、全力を集中しているからなのだ。これらの男たちから、「男《マスキオ》」が感じられないのも、当然の帰結にすぎないと思えてくる。

俗にいうインテリ男たちの特徴の最後は、小さな野心しかもっていないということだろう。欲望はもっているのだが、それがなんともけちくさい。

だから、政治家からお声がかかると、みっともないくらいにすぐさまなびく。財界のお偉方から接待でもあると、芸者より早く駆けつける。芸者は花代をもらっているのに、インテリたちは一夜の夕食との引きかえなのだから、それはみっともない以外のなにものでもない。

なにか自分の心中に実現したいことがあり、それをするのに権力が必要ならば、これもかまわない。灰色だろうがクロだろうが、権力者を利用するのならばかまわない。だが、利用されて自己満足しているのは、ただ単に、見苦しい振舞いにすぎないのである。

わたしたち女は、男を尊敬したくてウズウズしているのである。男たちよ、その期待を裏切らないでください。そうでないと、わたしたちの愛を、誰に向けていいのかわからなくなります。子供に向けてみたって、そんなのは子供が成長するまでの話ですものね。

第29章　嫉妬と羨望

イタリアの八月はすべてがバカンスに入ってしまうが、国営テレビも例外ではない。八月だからといって事件が減るわけでもないと思うのに、テレビニュースの時間まで短縮されるからおかしい。もちろん番組も、新しくはじまるものなどなく、再放映、再々放映が、わがもの顔でのし歩くというわけだ。

だが、これも悪いことばかりではなく、手を抜いてくれるためにかえって、良質の番組にめぐり合う幸運だってある。なぜなら、手を抜く最も利口なやり方は古今の名画の放映だから、少しばかり番組に注意していると、家にいながらにして「名作週間」を愉しめるからである。

この夏もそんな具合で、久しぶりにオーソン・ウェルズ監督主演の『オセロ』を観た。前に観たことがあるから、私のほうも二度目である。オーソン・ウェルズ若き日の作品だから白黒で、しかもその次の日はカラーで、現在の彼がこの作品について語っているドキュメンタリーまで上映してくれたから、教養番組としては完璧だった。バカンスのための手抜きも、この程度であってくれたら大歓迎である。

映画『オセロ』は、傑作だと思う。批評家たち、つまりクロウトに好評だっただけでなく、あれが作られてから三十年、今でも世界のどこかで上映されているというから、観客にも好評だったのだろう。こういうのを、作者にとって幸運な作品という。私も、オーソン・ウェルズのオセロくらい、オセロらしいオセロはないように思う。

映画とは、他の芸術作品、文学、美術、その他モロモロの芸術作品と同じで、言葉では一万言を費やして批評したところで無駄なのだ。自分で見たり読んだりするのが一番なのである。それで、映画『オセロ』についてはもう話さないが、次の日に放映されたドキュメンタリーの中のことについて、少しおしゃべりしたいと思う。

なぜかというと、オーソン・ウェルズという男は、並の映画人ではないからだ。インテリである。それも、いわゆる、という軽蔑を内に秘めた言葉を冠して呼ばれる、インテリではない。正真正銘の知識人で、この男が、映画という二十世紀の総合芸術に自分を賭けたのも、よくわかる気がする。このように本式のインテリだから、リタ・ヘイワースという非インテリ女と、少しの間にしても結婚する気になったのだろう。

オーソン・ウェルズは、このドキュメンタリーの中で、映画『オセロ』ではイヤゴーを演じた俳優と対談している。この俳優が、名は忘れたが、オーソン・ウェルズに負けず劣らずの知識人なので、対談はなかなか面白かった。いかにインテリでも、相手に人を得なければ、興味ある話ができるわけがない。

二人の話は、『オセロ』に関してだから当然にしても、嫉妬と羨望が中心になった。彼らの話をまとめると、こんな具合になる。

嫉妬と羨望は、ときとして似たあらわれ方をするが、完全にちがう。嫉妬は、本質的に、失うかもしれないという恐怖から生ずるものであり、羨望は、得たいと内心では思っていたものが得られそうもなく、それで、それを実際に得ている者に対していだく、感情だというのだ。

オセロは、嫉妬にさいなまれたのであり、イヤゴーは、羨望の具象化というわけである。

二人とも、嫉妬であれ羨望であれ、犠牲者だったというのだろう。犠牲者とは、犠牲になる気は毛頭なかったにもかかわらず、その感情をあまりにも強くもってしまったので、われとわが身を滅ぼす結果に終わった人、という意味である。嫉妬も羨望も、両刃の剣というわけだろう。

この定義はなかなか面白いと思ったので、もう少し探ってみる気になった。まず、日本語の国語辞典をひいてみる。

嫉妬――ねたみ、りん気、やきもち

羨望――うらやむこと

と、これしかない。国語辞典だからと言ってしまえばそれまでだが、同じ程度の伊日辞典だと、次のようになる。嫉妬はジェロジーアで、羨望は、インヴィーディアを引けばよい。

嫉妬――①やきもち、ねたみ、そねみ、羨望

②心づかい、気配り、警戒、執着

この②の使い方は、日本語にはないのではないか。実際、イタリア語では、彼は彼の私生活に「嫉妬」している、といえば、それは、「私生活を大切にする」という意味だからだ。大切にするというのは、執着することで、失うまいとして気を配ることに通ずる。

では、羨望についてはなんと言っているかというと、こちらはあまり新味がない。ねたみ、そねみ、嫉妬とあり、ほとんど嫉妬と同じ意味で使われている。ちなみに、カトリック教理では、羨望は七つの大罪の一つにあげられているが、嫉妬のほうは、それほどの栄誉に浴していない。また、これも余計なことだが、嫉妬も羨望も、女性名詞である。この分類は、男の仕わざにちがいない。

もっとくわしい伊伊辞典、これは一語の解説を文学作品の例を数多く引きながら

やっているので、米粒の四分の一ぐらいの大きさの字で一ページは優に越えるオソロシイものだが、それを引いても、意味はおおよそ同じだった。要するに、嫉妬は、もっているものを失う恐れ、であり、羨望は、もたないものをもつ人を、うらやむ気持ち、ということになるだろう。

カトリック教理が、羨望は七つの大罪の一つに加えながら、嫉妬は除外したのもわかるような気がする。嫉妬は同情できないこともないが、羨望には、同情の余地がない。オセロは自分で死ぬが、イヤゴーは処刑されるのである。

シェークスピア原作の『オセロ』は、このムーア人の武将が、夢にも見なかった幸運に恵まれたがために、それまでの男としての自信によっていた彼の神経のバランスが、狂ってしまうところに起きる悲劇である。ヴェネツィア共和国の貴族でもヴェネツィア市民でもない黒人のよそ者の、しかも年齢も相当に重ねた身の自分に、若くて美しいヴェネツィア貴族の娘デスデーモナが惚れたということは、彼でなくたって気も動転するほどの喜びだったろう。それも、デスデーモナの愛が、父親を捨ててまで彼との結婚に走るという勇気あるものだっただけに、結婚した後も信じられないくらいで、われとわが頬をつねってみては、夢ではないかと常に確かめずにはおれないほどの、幸福であったにちがいない。

夢であってくれるな、と願う気持ちは、容易に、失いたくない、という恐れにつながってくる。これは、地獄だ。イヤゴーの扇動がなくても、遅かれ早かれ、オセロはこの地獄にのめりこんでしまったであろう。まったく気の毒なのはデスデーモナで、真実の愛をいだいてしまったことが、彼女の破滅、彼女は夫のオセロに殺されるのだが、その破滅につながったのだから哀れである。

夫に殺されることだけならば、いちがいに不幸とはいえない。だが、自分の不実を疑われた末に殺されるのでは、やりきれないだけである。

イヤゴーは、オセロとちがって白人だ。当時の強国ヴェネツィアの、れっきとした市民である。しかし、地位は、オセロの副官である。いや、副官でさえない。副官になりたかったのに、キャシオに先を越されたからだ。それなのに、一方のオセロは、若く美しい貴族の娘の愛、それも真実の愛さえ獲得した。

イヤゴーは、オセロの地位を望んで果たせなかったわけではない。デスデーモナに惚れて、拒絶されたわけでもない。彼はもともと、この二つとも欲しかったわけではないのだ。頭は良いイヤゴーには、この二つを獲得するには、自分の才能がおよばないことがわかっていたにちがいない。

もしもイヤゴーが、自分にもオセロと同等の才能があると自認していたならば、彼は羨望をいだかなかったと思う。運にさえ恵まれれば自分も到達できると思う者は、この種の羨望をいだかないからだ。羨望は、到達できないとわかっていながらもいだかないではいられない、感情ではないかと思う。

オーソン・ウェルズは、イヤゴーについて、ただ一言でこう言いきっていた。

「彼は、インポテンツだったのだ」

インポテンツを辞書で引くと、こうなる。無力、無能、虚弱、無効果、空しい、不毛、そしてこうくれば当然のことながら、医学用語として、性的不能、性交不能、がある。

オーソン・ウェルズの言いたかった意味は、この全部だったと思う。つまり、イヤゴーがオセロにいだいた羨望は、インポテンツがインポテンツでない者に対して、いだいた感情なのである。

嫉妬は、インポテンツでなくともいだく。だが、羨望は、インポテンツでなければいだかない。しかし、嫉妬は、インポテンツでなかった者さえ、インポテンツにしてしまう危険を内包する。嫉妬に狂ったオセロは、精神上の虚弱児になり果てるしかなかった。

では、羨望は、インポテンツからの解放に役立つであろうか。やはり、不毛は不毛を生むしかないような気がする。無能は、羨望をいくらいだいたとて、有能には変わりえないのである。

私自身のことを言えば、私は嫉妬のかたまりである。愛する男には、あなたの周囲に出没する女たちの中で、あなたが少しでも関心を向けた女がいたら、すぐさまその女を石にしてしまう、などと言うくらいは朝飯前だ。

私には多分、愛するということはただちに、その人を失う恐れとつながってしまうのだろう。困ったことだが、ものわかりのいい女になる気は毛頭ないから、死にでもしなければ改まらないのである。

羨望のほうはどうだろう。これもあるのですね、困ったことには。ただ、私の羨望は、グループで仕事する人たちだけに向けられる。自分が孤独でなければできない仕事をしているので、皆でワイワイ一緒に仕事できる人たちが、うらやましくってしかたがないのだ。だが、これでも、七つの大罪のうちに入ってしまうのかしらん。

ちなみに、七つの大罪とは、邪淫《じゃいん》の罪、貪食の罪、貪欲の罪、怠惰の罪、憤怒の罪、高慢の罪、そして羨望の罪である。

第30章　食べ方について

これは、テーブルマナーだけにかぎらない。いや、ほんとうの意味でのテーブルマナーなのだが、日本ではこの言葉を使うと、ナイフやフォークの使い方のような狭義のマナーを思い浮かべられてしまうので、はじめに、そういうものではないと断わっておく。

ずいぶん昔の話なのだが、あるときレナウンから、広報パンフレット用かなにかのために、インタビューを申しこまれた。私はたわむれに、ダーバンの宣伝に出ているアラン・ドロンのコマーシャル・フィルムを全部見せてくれるなら引き受けてもいいと答えた。一つ二つテレビで見て、いいなと思っていたのだ。そうしたらレナウン側は真に受けて、八年間につくった全部を見られるよう、築地に移転したばかりの電通の映写室を準備してくれた。

それで見たのです。いかにコマーシャル・フィルムといったって、八年分となると大変な量になる。それを全部、ぶっとおしで見たのである。

見終わった後で感想を聞かれ、私にはひとことしか言えなかった。

「ヨーロッパにもどりたくなったわ」

アラン・ドロンは私の好きな俳優ではない。男としても、好きなタイプには入らない。鼻から下が卑《いや》しいのである。

それなのに、このコマーシャル・フィルムのアラン・ドロンはよかった。彼が主演したどんな映画よりも、素敵だった。

ヨーロッパが、漂っていたのである。フランスではない。「ヨーロッパ」を、彼は体現していた。

私は大変に感心して、同席していた制作者の古川英昭氏に、この私の想いを言わずにはいられなかった。一度会ったくらいではめったに名を覚えない私が、いまだに彼の名は忘れないのだから、あのときはほんとうに感嘆したのである。仏文出身という、私と同年代のこの電通マンに、なぜあれほども鋭く深く、ヨーロッパ的なるものを理解できたのかが不思議だった。

それでも、ひとつだけ気にかかったところがあったので、それも言った。

「あの中の一編に、食事をしているシーンがありますね。あれだけはちょっと、感心できませんでした」

古川氏は、待っていたとばかりに答えた。

「あのシーンは、何度となくやり直したんですよ。でも結局、うまくいかなかった」

アラン・ドロンは美男である。だが、あの美しさは、下層階級の男のものである。気品とか品格とかいうものとは無縁の、美男なのだ。魅力は、たしかにある。新人発掘では有名なイタリアの映画監督ラトゥアーダに言わせれば、有望な新人を見つける場合の眼のつけどころは、その新人の眼なのだという。眼がよければ、スターになる可能性も大ということなのだろう。この尺度に従えば、アラン・ドロンは、スターになること必定の眼の持ち主だと、私も思う。しかし、なぜかかもし出す雰囲気が卑しい。だからこそ、下層の男を演じたときの彼は見事なのだろう。『太陽がいっぱい』のアラン・ドロンは傑作だった。

ところが、古川氏制作のアラン・ドロンの食事のシーンは、相当に豪華な家の食堂で食べるシーンだった。それも、一人ではない。何人かの人との会食である。ここで、アラン・ドロンのボロが出てしまったのだ。

テーブルマナーが、まちがっていたわけではない。椅子にかけた背もまっすぐ伸びていたし、食卓にひじをついていたわけでもなかった。ナイフもフォークもスプーンも、使い方に誤りがあったわけではない。ガチャガチャと、下品な音をたてて使ってもいなかった。葡萄酒のグラスにくちびるをふれる前に、ナプキンで口許《くちもと》をふくことだって知っていた。口の中を食物でいっぱいにしたままでおしゃべりに熱中するという、許しがたい行為をしたわけでもない。

つまり、アラン・ドロンは、食卓のマナーというならば、なにひとつまちがいを犯さなかったのである。それでいて、印象は不自然だった。なぜかと考えた末、私はこんな結論に達した。

彼は、いわゆるテーブルマナーとされることを、あまりにもきちんと守りすぎたのだ。守るのは当たり前なのだが、それがきちんとしすぎだったのである。なにか、急に教えられたことをすぐさま忠実に実行するようなところが、彼のマナーにはあった。成りあがり者が、教則本どおりに懸命に上品に振舞っているようで、見ているほうが息がつまってしまったのである。犬のまねを懸命にする狼は、犬でもなければ狼でもない。飾りたてられた食卓にすわるアラン・ドロンは、なにものでもなくなっていたのである。なにものでもない者が、魅力をもてるはずはない。あのシーンでのアラン・ドロンには、卑しい魅力さえなくなっていたのである。

それでも、主役は彼なのである。だから困ったことに、この主役とともに食卓を囲む人たちも、彼らもシロウトではなかったと思うが、その人たちまでも、意識的にか無意識的にかしらないが、主役に同調してしまったのであった。つまり、彼らも、なにものでもなくなってしまったのである。

食事の場面は、それに参加する者がどんな人間かを説明もなしにあらわす、最も効果的な手法の一つである。それなのに、主役以下全員が無色になってしまったのだから、これは何度やり直しても解決しない問題だったろう。

私だったら、食事の場面そのものを、ガラリと変えたであろう。食事の場面というアイデア自体は正しいのだから、豪華な食堂でなく、居酒屋程度の食いもの屋の卓を囲ませるほうがよかったのではないか。

それならば、アラン・ドロンはアラン・ドロンでいられたし、他の出演者たちも、彼に引きずられる危険はなかったのである。

しかし、ここで、これがコマーシャル・フィルムであるということを、無視できなくなったのだろう。私は知らないが、ダーバンの紳士服は高級品なのだろう。鋭敏な古川氏だから完全にわかっていたろうが、かといって、食いもの屋の卓を囲むのでは、都合が悪かったにちがいない。

食事の仕方くらい、その人の子供の頃の家庭を想像させるものはない。なぜならば、あれだけは、歯並びの矯正以上に矯正のむずかしいことだからである。子供の頃の習慣が、どうしても出てしまう。大人になって、上品に振舞おうといくら努めても無駄なのだ。とくに、マナーどおりにしようとするから、もっといけない。自信のなさが、あらゆる手の動き口の動きにあらわれてしまう。そして、自然にあらわれるからこそすばらしい自信は、どうしたって子供の頃からつちかわれたものでなくてはホンモノでない。

フォークの選び方がまちがったって、どうってことはないのである。給仕に、まちがったからもう一本もってきてくれ、と頼めばすむのである。テーブルクロスをむやみに汚すのは困るが、テーブルを汚さないですむようにかけてあるのがテーブルクロスだから、汚点をつけてしまったら、それはそれで仕方がない。なにも、皿を移動してまで隠すことはないのだ。そして、ソムリエの忠告に従わずに、赤でも白でも自分の好みの葡萄酒を頼むのも、客の完全な自由である。そして、欲しくなければ、フルコースを食べる義務などまったくない。ただ、フルコースを食べると、栄養的に調和がとれることは事実である。このことを確信してか、懐石料理はこちらの腹具合など無視して、勝手に料理を出してくる。

食事の仕方に、客観的で絶対の基準は存在しないのである。他者に不快感を与える怖れのあるいくつかを除けば、基準は存在しないのである。

御飯に味噌汁をかけて食べても、いっこうにかまわない。ただ、味噌汁をかけた御飯を、どう食べるかである。それも、一口ずつ箸でとって口に運ぶのではこっけいもいいところだから、ずるずるっとすするしかないのだが、すすり方がその人のものになっていれば言うことはないのだ。その人でもなく、かといって他の誰でもないのが一番いけない。いや、一番魅力がない。

しかし、他者に不快感を与えることは、やらないのが思い遣《や》りというものである。それがなにかと問われても、自分自身で他者の身になってみて、不快感をもよおすことだけをしなければよいのだと答えるしかない。マナーとは、経験、これにつきる。そして、この種の真のマナーは、子供の頃に、母親がしつけるしかない。

文明とは、文化とちがって、生きるマナーのことである。生き方のスタイル、と言い換えてもよい。マナーの確立とは、だから、生き方のスタイルをもつということである。

少しばかり大げさに言えば、食は文化であり、食べ方は文明である。食をつくることは他人にまかせても、その食べ方は自分のものでなければならない。なにしろ、立派な文明なのだから、母親のしつけも重要な存在理由をもつのである。

昨日読み終わった小説の中に、こんな一行があって笑ってしまった。

「食卓につくときは、さあ食べるぞ、と意気ごんでいる女のほうが好きだな。メニユーを調べながら、地雷原を歩くようにびくびくしている女はごめんだ」

まったく同感である。女とあるところを男に代えても妥当なほど、この頃の男たちもだらしなくなった。

「文化」を食べるのだから、これくらいの意気ごみは必要である。そして、この種の意気ごみとは無縁の人々は、所詮、文化も創れない。

アラン・ドロン出演のコマーシャル・フィルムは、他の編ではあれほども見事にできていたのに、食事の編だけはつまらなかったのは、あれだけが文化にも文明にもなっていなかったからである。

しかし、食べる場面を描いて文化にするのは、なかなかにむずかしい。映画でも演劇でも、意外と食事の場面が少ないのは、このむずかしさのためであると思う。

第31章　不幸な男（その一）

幸福か不幸かは、個人的な問題であることには私は賛成である。自分自身がまあ幸福だ、と思っている人は幸福なのだし、反対に不幸と思う人は、不幸なのだから。

それでいままで、幸福論なるものに興味をもったことはなかった。よく言うではないか、不幸せな女は、百メートル先からでもわかる、と。これには私は賛成だ。女というものは、幸福であろうと不幸であろうと、なぜか身体全体にかもしだす雰囲気となってあらわれてしまうものである。これはまったく、美醜も身なりの貧富もかくすことはできない。

では、男の場合も同じことは言えるであろうか。私は、半分くらいは言えると思う。なぜかというと、男は女のように正直でないから、半分はかくせるからである。しかし、あとの半分は、男といえどもかくせない。とくに、四十代に入ってからはかくせなくなる。

そんなことを思ううちに、幸福も不幸も気のもち方であります、なんていうまっとうな議論はさておいて、こういう主観的でない、客観的な分析だって可能ではないかと思いはじめた。不幸な男はなぜ不幸かを、ちょっとばかり検討してみたくなったのだ。

もちろん、筆者である私よりも、数等頭の良さでは優れていることが常の私の読者はただちに理解されたと思うが、不幸論は、裏返しにした幸福論である。また、男について話すとは言っても、女にまったく無縁な話で終始できるわけがない。なぜなら、対象はあくまでも人間だからである。

では、不幸な男は、なにが原因で不幸なのであろうか。

まず、不運であったということを、あげる人は多いであろう。たしかに、運に恵まれたか恵まれないかは、男の一生にとって大変な影響がある。しかし、運のせいにばかりはできないような気もする。とくに、四十を越した男の場合の不運は、なにかその人の性格に起因しているように思う。幸運が、その人の性格に原因があるように。

ここでは、才能とか能力とか力量とかいうものは、とりあげないことにする。なぜなら、これらのものは、発揮される分野に適応しているかどうかが非常に大きな問題になるので、いちいち各分野別に話を進めることをせず、総合的一般的な話をするのがこの文の目的である以上、ひとまず置いておくことにしたほうがよいと思うのだ。しかも、才能なるものは、もって生まれた素質に負うところが多く、ある人はあるし、ない人はない、という性格のものである。

それで、運も能力も話さないということにして、それ以外のなにが原因で不幸になるのか、に話をしぼるが、イタリア語には、「ウォーモ・ディ・プリンチーピオ」という表現がある。直訳的に訳すと、原理、原則、法則、主義などに忠実な男という意味になる。

意訳するとかえって意味がぼけてしまうので、この感じでわかってほしいのだが、まあ、原則に忠実な男、とでも思ってもらってよいだろう。

「原則に忠実な男」がどうして、不幸な男の、つまり男を不幸にする、原因になるのかと不思議に思われた人がいるにちがいない。なぜなら、原則に忠実な人、という表現なり評価なりは、普通、賞讃をふくんだ積極的な意味で使われることが多いからである。

ところが、それを私は、消極的な意味で使おうとしている。原則に忠実であることこそ、男の不幸の原因なのだ、と。いや、もっとはっきり言うと、これこそ、男の不幸の最大の原因であると断言してもよい。

例をひとつあげよう。

ある男が、職場の同僚である一人の女に、友情をいだいた。男は、完全に仕事を通じて生まれた友情と、信じて疑わない。だが、男の妻は、女の直感で、この友情が友情関係だけで終わらない危険を感じた。それで、夫に、願うような想いをこめて頼んだのだ。あの女と、せめて六カ月会わないでほしい、と。

夫は、この妻の頼みを、理屈に合わない感情的な要求と受けとった。断固、拒絶する。妻は、それならば、あの女とベッドに行ってほしい、と願った。これまた女の直感で、ベッドをともにしさえすれば、相手の女をほんとうにわかるようになるだろう、と思ったからである。

夫は、これには怒りと軽蔑さえこめて、断然ノー、と答えた。夫にしてみれば、立派な友情なのである。そのようなことに、妻たりとも口をはさむ権利はないというのが、彼の言い分だった。また、その美しい友情を、妻は、普通の男女の仲としか見ていない、とも思ったのであろう。

結果は、どうであったか。それまで夫に全幅の信頼をいだいていた妻の心は、このエピソードを機にして完全にゆらいでしまったのである。妻は、夫をその女に盗られる怖れに駆られたのではない。理屈は、少なくともこの段階では、完全に夫の側にあることは知っていた。ただ、理屈が自分の側にあることで押し通そうとする夫の態度に、理屈だけでは処理不可能なことが多い対人関係を無視した、エゴイズムを発見したのである。

対人関係とは、相手があることなのだ。それなのに、男のほうには、相手がどう受けとるかを思い遣る心情がない。原則に忠実に、理屈にさえ合っていれば自分の行為は正しく、まったくそれを変える必要を認めないのが男の考えであったのだ。妻はこの夫を、以前には思いもしなかった離れた視点から見るようになったのだった。

では、夫のほうの結果はどうであったろう。

清らかな友情の相手であったはずの女は、それだからこそベッドをともにするなど考えもしなかったのだが、一年もしないうちに、その女の本質が、馬鹿ではない男にはわかってしまったのである。資質でも性格でも、友情の相手にするほどのものでもないとわかったとき、男に残った感情は、肉体としての女だけだった。ベッドをともにしたいと、このときになって思ったのだ。

だが、こういうことは、それこそ「機」が重要になる。とくに、比較的にしても知的水準の高い男女ともなると、チャンスをのがすと永久に実現しなくなる性質のものである。というわけで、なんとなく機を逸したこの男女は、お互いがどう思うかに関係なく、友情のままでつづくことになってしまったのである。と言っても、やはり男女の仲である。一方が肉体関係を求めている以上、普通の友情でつづくはずはない。やはり変な関係で、友情でもなく恋情でもないこの種の関係は、プラトニックなくされ縁、とでも呼ぶしかないだろう。

つまり、男が、妻を失ってまでして得たものは、このプラトニックなくされ縁だけだったのである。その後しばらくして、男は、他にいろいろ理由はあったにしても、妻の側からの要求で離婚した。だが、プラトニックなくされ縁だけは、今でもつづいているとのことである。これが、原則に忠実であろうとしたあまりに、不幸に終わった男の話である。

原則に忠実であろうとする考えは、それ自体では大変に立派な生き方である。だが、人間社会では、相手が存在する。相手がどう感ずるかには関係なく、自分の立派な考えを押し通そうとしても、なかなかスムーズにいかないのが人間の社会なのだ。原則主義者が、しばしば、家庭でも職場でも不運に泣くことが多いのは、この種の、思い遣りというかセンシビリティーというか、そういう種類の感情に欠けているからである。これは、頭の良し悪しにはまったく関係のない性質である。先天的なものも多少はあるかと思うが、私の考えでは、両親の教育の仕方に影響されること多き問題ではないかと思う。

他人の立場になって考える、とは、だから、不幸になりたくない男にとっては、良書を熟読するよりも、心しなければならない課題ではなかろうか。妥協をすすめているのではない。それにこれは、妥協ではない。人間という存在を、優しく見るか見ないかの問題である。

ヨーロッパでは、自由党の勢力が減退して久しい。ドイツでもイギリスでもフランスでも、先頭に立って政権をとるなどもはや夢、という状態である。

この原因は、政治学者たちに言わせればいくらでもあるだろうが、その面ではシロウトの私も、彼らの何人かと会って話してみて、なんとなく私なりに納得できたような気がした。つまり、自由党は、原則に忠実な男たちの集まりなのである。

彼らはいちように、頭の良い男たちである。知的水準も高いし、生まれも概して良いから、立居振舞いもジェントルマンそのものだ。

しかも、彼らの考えていることは、正しいのである。政策を聴いているかぎりは、なるほどとうなずくくらいに、正論の連続なのである。だが、それでいて、有権者の支持は得られない。得はしても、少なすぎる。

これは、この人たちの態度に原因があるのだ。彼らは、自分たちは正しいことを主張していると信じているから、それが支持されないのは、有権者が悪いのだと思っている。正論を主張することで、彼らにしてみれば、自分たちの責任は立派に果たしたことになるのだ。だから、なにかの手段を通じて、それをわからせようと努力する行為を軽蔑する。なにしろ悪いのは、わからない有権者のほうなのだから、そうまでする必要を認めないのだ。

まったく、これこそ原則主義者の典型である。個人の場合ならば、不幸は女や職場の支持を失うが、組織となると、存亡にかかわってくる。私には、西欧の自由党に、将来はないと断言できる。正論を吐きながら、先細りの一方だろう。

反対に、自由という言葉をかぶせることでは同じの日本の自由民主党が、三十年以上も政権を維持できたのは、原則に忠実であろうとなど、まったく考えなかったからだと思う。

あれぐらい、奇妙な政党もない。政党は主義主張を同じくする政治家の集まりと思う人が見れば、なにやらわけのわからない政党である。あるとき、西欧の自由党の一幹部が、私にこう言った。

「ボクたちの自由党は、日本の自民党とは大変にちがうのです」

私は、笑いだしそうなのをこらえながら答えた。

「だからこそ、日本の自由民主党は長らく政権担当の党でいられるのです」

第32章　不幸な男（その二）

あらゆることに完璧を期す完全主義者もまた、常に不幸であることを宿命づけられた男である。

完璧を期したいとする、心がまえは悪くない。ただ、すべてのことがそれで通せると思いはじめると、不幸をまぬがれなくなる。

完全主義者は、なぜか、自分に対してそれを要求するだけではすまず、他人にも要求するものなのだ。ところが、完璧を期す、ということ自体は、意外と主観的な基準によって決められることなのである。なぜなら、「完璧」そのものが人によってちがうからで、Aは完璧をこの程度と思うが、Bにとっては、それでは満足できないことだってある。

このように、「完璧」そのものが客観的基準をもたない以上、完璧を期す、ということだって、千差万別にならざるをえない。そして、その千差万別なるものをいちように他人にも強いるという行為は、それこそ、傲岸不遜、人間性の多種多様を無視した、はっきり言うと無知なる行為、ということになってしまう。

人間性を無視したことを望む者は、人間社会に生きる身である以上、不幸にならずにはすまない。この点ではまったく、完全主義者は、原則に忠実なる男が不幸にならずにはすまないと同じ理由で、不幸を宿命づけられた存在なのである。

そこで、前章と同じく男女関係から例をひくことにするが、男の対人関係は、なにも男女の間だけにはかぎらない、と思う人がいるだろう。

たしかに、そうではある。しかし、男女関係が、対人関係の基本であることも事実なのだ。対人関係にかぎらず、対他国との関係にだってあてはまる場合も少なくない。

国際政治を研究する国際関係論の学者の永井陽之助氏が、いつかこんなことを言ったのが忘れられない。

「国際政治の分析も、男女関係の分析をすることでやれると思う」

国際政治でさえこれならば、日本の中の、いやもっと小さい組織の中の対人関係だって、男女関係を押さえながら話せるはずではないか。

しかし、この点だけははっきりしておきたいのだが、男女関係はあくまでも対人関係の基本であって、すべてではないということである。

だから、男女関係で失敗した男が、必ずしも対人関係で失敗するとはかぎらない。なぜなら、男女関係での「失敗」なるものは、関係が一対一であるため、相手の考え方ややり方に影響を受けないではすまないからだ。もしも相手が、大酒飲みであったり麻薬中毒患者であったり、それほどでもなくても、なにか根本的に欠陥のある人間の場合だと、関係はいかに一方の努力があっても成功するはずがない。

この種の失敗は、「失敗」とカッコでくくる必要があるくらいで、まったくケース・バイ・ケースだから、失敗として、一刀両断してすむ問題ではない。だが、それでもなお、男女関係は総じて、対人関係の基本にはなりえると思う。

ある男が、一人の女に恋をした。男の年齢は大学を卒業したかしないかぐらいで、女のほうはもう少し年上だった。

男、というよりその当時は若者だったが、彼は女の中に、自分の知っている女たちとはちがうものを発見し、それがために愛するようになったのである。とくに、男の母親とは、女はまったくちがった。

男の母親は、典型的な家庭婦人で、清掃感覚は異常といってもよいほどに鋭く、応接間の大理石の床は、いつも光り輝いている。ヨーロッパの主婦には大切な仕事とされているアイロンかけも上手《うま》く、洗濯屋にもっていったものは着れないぐらいに、男は、完璧にアイロンをかけられたワイシャツに慣れて育った。料理の腕は、ひどく巧みというわけではなかったが、いちおうの家庭料理はこなす。ただ、きれい好きであるため、料理に熱中して台所の中が戦場のようになる、というようなことはまず起こらない。

だが、イタリアやフランスでは普通の、最初はスープかスパゲッティではじまり、主皿は肉、それに野菜料理とつづき、チーズに果物で終わる家庭料理のフルコースを、必ず一日に二食きちんと提供する主婦だった。なにか一皿をサボっちゃう、なんてことはまずないのだ。ほとんど儀式かなにかのような感じで、三百六十五日、たいして変わりばえのしないフルコースを料理するのが、主婦の義務とでも考えているかのようだった。変化こそ、彼女の最も嫌ったものだった。

彼女にとっての愉しみは、毎朝、市場が開くと同時にする買物だった。市場ならば、新鮮なものが安く買えるからだ。あ、忘れないうちに言っておかねばならないが、彼女が最高の美徳と信じていることは、倹約だった。これに無関心な同性は、彼女にとっては、全員敵だったのだ。許せない、のである。

このような性格ならば、あらためて書く必要もないと思うが、社交性豊かな女であるはずがない。客をよぶということは、まず家が汚れるし、お金もかかるからだ。他人と興味ある話をするほどの好奇心の持ち主でもない彼女は、社交とは、しないですめばそれにこしたことなし、なのであった。

こういう母親をもった男の愛した女は、まるで反対だった。まず、職業をもっていて、しかもそれに情熱を燃やしていたから、専業主婦になるなど考えもしない。

そのうえ、ごく自然に社交的だった。ごく自然と書いたのは、客をよぶとなるとレースのテーブルクロスに銀の食器でなくてはと大騒ぎし、それでついつい社交がおっくうになってしまった男の母親に比べて、男の愛人のほうは、まったくちがったからだ。

あるとき、男は女の一人住む家に、夕食を招かれていた。ところがその直前まで仕事上の話が同僚と終わらず、この同僚と夕食をともにしながら話のつづきができたらどんなによかろうと思った男は、愛人の家に電話した。いかに愛人の仲でも、友達を連れていくのに事前の承諾ぐらいは得るのは礼儀と思ったからである。ところが、彼女はまだ家にもどっていないのか、電話には誰も答えない。かといって、約束の時刻は迫る一方だ。それで、男は、断わりもなしに友達を同行することにしたのである。

予定外の一人を迎えた女は、顔色ひとつ変えなかった。二人用に用意した夕食の料理は、ごく自然に三人前に分けられ、あと一皿、台所でコトコトさせた後であらわれた料理を追加しただけで、夕食は、三人ではじまり終わったのである。

あの瞬間、この女を妻にしよう、と男は決心したという。そして、結婚式にまでもちこんだ。

女が、掃除と名のつくことは大嫌いで、かといって部屋の汚れに無関心でいられるほどではないから、これはお手伝いに頼まねばならないことも、アイロンかけにいたってはハンカチーフぐらいしかかけられず、これもまたお手伝いが不可欠であることも、男には問題ではなかった。倹約家とはとうてい言えないにしても、浪費家ではないし、料理のほうはなぜか大好きで上手いのだが、そのたびに台所は戦場と化す始末で、これまた誰かに始末を頼まねばならないのだが、男には、これさえ新鮮にうつったのである。

新婚時代は、まさしく男にとっては新鮮に、女にとってはごく自然に愉しく過ぎた。子供も産まれ、健康に育っていく。若い新婚夫婦ならば当然のことにしても貧しく、しかし、精神的には豊かな数年がたっていった。

だが、職業的には成熟し、当たり前のことだが年齢も重ね、四十にして惑《まど》わず、のはずの四十代に入った頃から、男はなぜか不満をいだくようになったのである。

職場での問題は別として、家庭にだけ話をしぼると、不満の第一は、妻の仕事だった。

妻が仕事をもっているということは、結婚前からわかっていたことである。しかも男は、結婚後もしばらくは、妻の仕事が成果をあげていくのを自分も嬉しいと思い、友人や同僚たちには、誇りの感情さえまじえて自慢していたくらいなのだ。妻の仕事というのが、普通のオフィス仕事ではなくて、責任ある決断をたびたび要求されるキャリア官僚だったから、自らも知的職業をもつ男は、仕事の質への理解はあったのである。

だから、男の不満は、妻の仕事そのものに向けられたわけではなかった。妻が仕事をすることはかまわないのだが、それに情熱を燃やしすぎるというのが、彼の不満なのである。いつか、男は、料理中の妻にこんなことを言った。

「キミは、じゃがいもを揚げている最中でも仕事の話をする」

妻は笑いだしながら、答えた。

「じゃがいもは揚げているんだから、まあいいじゃない？」

この程度ならば笑い話ですんだのだが、男の不満は、妻の成功と比例する感じで強まったあげく、あるとき、妻の母親に向かってこう言ったのだ。

「ボクと仕事と、どっちが彼女にとって大切なのかと、考えてしまいますよ」

ウィットのある母親は、笑いながら言った。

「そういうことは、普通は妻が言うことではないかしら？」

男の不満は、増す一方になった。こうなると、なにもかもが不満の種になる。子育てにかまけて、夫の自分をないがしろにしている。お手伝いの監督がなってない。時間のないのをよいことに、家の近くの高い店で買物するから、家計費が上がるばかりだ……ｅｔｃ。

かつてあれほど嫌っていた自分の母親のやり方を、妻に要求しはじめたのである。それでいて、妻の社交好きは彼にも不都合でなかったから、これだけは文句をまぬがれたが、あとはもう、母親に学べ、の一方となった。

男の要望すべてを満足させうる女であったならば、妻はまさに、完璧な女であったろう。だが、そんなことがこの世の中に、なかなか起こりうるはずがない。妻は母親とちがう性格だったから、男をこれまで満足させてこられたのだ。それなのに今、プラス母親であれ、と要求されている。

これは、平たく言えば、ないものねだり、なのである。しかし、完璧を期す性質《たち》の男にすれば、要求に応えないのは、妻の自分への愛が欠けている証拠、ということになるのだった。

この夫婦はまだ離婚していないが、早晩、離婚に到達するだろう。男が、人間性の現実に目覚め、あたたかくそれに対しようとしないかぎり。不幸なのは、この場合、女ではない。男のほうなのである。

第33章　不幸な男（その三）

男の厄年《やくどし》は、四十二歳だそうである。私には、この年頃が、男の人生の節目《ふしめ》であるように思えてならない。

数年前、高校時代の同期生名簿というのが送られてきた。高校を卒業して三十年も経って、ようやく第一回の同期会を開いたというのだから、わが同期生たちは、こういうことにずっと無関心であったのだろう。第一回の同期会を開くのを機に、同期生名簿もはじめてできたというわけである。

私の卒業した高校は都立日比谷高校で、私の在学していた当時は、受験勉強もまりしなかったのに東大への入学率がナンバー・ワンで、同期生たちの半分は東大、あとは慶大と早大という感じで、学習院大に行った私などは、完全な落ちこぼれだった。こういう状態では、高校の友だちは大学時代の同期になるのが大半だったから、あらためて高校の同期会など開く必要もなかったのだろう。

送られてきた名簿を見ながら、というのは日本にいなかった私は初回というのに同期会に出席できなかったからだが、さまざまなことが頭に浮かんできた。

名簿は、横に、氏名、現住所、自宅電話番号、勤務先、勤務先電話番号の順に書かれ、それがクラス別に、日比谷高校ではルームと言ったが、縦に名がアイウエオ順に並んだものである。クラスは一学年に八つあり、一クラスの構成員は、当時だから五十名を越えた。

秀才学校だっただけに、勤務先とあるところには、官庁、有名大学、大企業がずらりと並ぶ。それでも、ところどころ、空白になっている人がいる。私はと見ると、私のところも空白なのだ。たしかに、作家には勤務先なんてない。だが、同じ自由業でも、弁護士や医者はちゃんと書いてある。秀才学校卒の作家なんてのは、こぼれちゃう人種なのだろうと思って笑ってしまった。

三十年も会っていないと、名前を見ても思い出せない人のほうが多い。会えば、幼な顔がどこかに残っているものだから、あら、〇〇君なんてすぐに思い出すのだが、名前だけではだめなのだ。これは、私自身もまた、この三十年もの間、かつての同期生たちを忘れて過ごしてきた証拠である。

しかし、名簿となればこの程度のことを記すのが当たり前なのだろうが、これだけでは、三十年の人生がまったくわからないのも事実である。大企業に勤めているとはいっても、窓ぎわ族になっている人だっているにちがいない。中学校の先生をしている人でも、生き生きと愉しく充実した人生を過ごしていることだって充分ありうる。ましてや、ところどころにある空白は、なにを意味するのであろう。ただ単に、連絡不可能であったのだろうか。そういう人には、現住所からして空白が多いし、私のように、勤務先と勤務先の電話番号だけ、空白の人もいる。ただ、すさまじい金持ちだけはいないようだ、というのが私の想像だった。当時のナンバー・ワン高校を卒業したわが幼な友達は、ほとんどが有名大学に進み、そしてまたそのほとんどが、中央官庁とか有名大学とか大企業に就職したからだろう。こういう人種からは、けたはずれの大金持ちは生まれない。

ひとつだけ、この名簿を見ながら愕然としたことがあった。それは、五十人の一クラスに平均二人の割で、死去、とあったからである。

まだ、五十代に入ったばかりだ。それで、この死亡率なのだろうか。病死か事故死か知らないが、この年での死は、不慮の死であることには変わりはない。親よりも先立つ死、であったにちがいない。これは、まちがいなく不幸である。

このまちがいない不幸の他に、この名簿は、つまり同じような状態でスタートした男たちの三十年後を並べたこの名簿は、どれほど多様な幸福と不幸を裏に秘めているのだろうかと、私は考えてしまったのである。

同期生のことを話して、同期の男子学生のことばかり話すようだが、都立日比谷高校はもともと旧制の男子中学から高校になった学校で、自然、男子学生の比率が断然高かったからである。建前は、男三、女一の割合だが、実際は、四対一か、ときには五対一のクラスもあった。当時は東大入学率全国一をつづけていたこの学校に、別にそれを目的として入ってきたわけでもない私は、入学式で校長が、キミたちは将来の日本の背骨《バックボーン》にならねばならない、と言うのを聴いて、ヤレヤレ、ひどいところに来てしまったと、びっくり仰天したことを覚えている。びっくり仰天して過ごしているまに、落ちこぼれになっていたというわけだった。

四十にして惑わず、という言葉がある。男の厄年は四十二だ。別にこれらに影響されなくても、四十という年齢は、男の人生にとって、幸、不幸を決める節目であると思えてならない。

まず、その前の三十代という年代はどうだろう。私は前に、

——三十代の男は、相手次第で、二十代にもどったり、四十代の男のような成熟さを示したりするものである——

と書いた。そうしたら、三十代の一読者から、全面的に賛成、と書いた手紙がきたから、まあまちがってはいなかったのだろう。

三十代の男は、三十にして立つ、という言葉もあるくらいだから、十代、二十代

で貯えた蓄積をもとにして、立つ、ぐらいはしなくてはならない。つまり、なにかをはじめる年代ということである。しかし、惑わず、は四十代に入ってからやればいいことだから、立ちはしても、迷うのはかまわないのだ。かまわないどころか、そのほうが自然なのである。

ところが、四十代に入ってもなお迷っているのは、いけないことだと古人は言っている。四十にして惑わず、なのである。

それで私は、四十以上の男の不幸の最大要因は、迷うことにあると判断した。古人の言葉もあって、倫理的にいけない、と言っているのではない。現実的に見てもしないほうが得策という視点から、迷わない人こそ幸福を呼ぶのではないか、と言いたいだけである。

では、四十代に入ってもなお男が迷うということは、どういうことであろうか。

まず、自分の進む道を見つけていないことである。いや見つけはしたのだが、それを進むことによって自分の能力が充分に発揮され、他からも認められるという確たる自信がもてないものだから、迷わずに進む勇気が生まれてこないのである。

イタリア語に、レアリッヅァーレ、という言葉がある。レアルが前についていることからもわかるように、現実に移す、つまり実現する、という意味である。

四十代の男が、もし不幸であるとすれば、それは自分が意図してきたことが、四十代に入っても実現しないからである。世間でいう、成功者不成功者の分類とはちがう。職業や地位がどうあろうと、幸、不幸には関係ない。自分がしたいと思ってきたことを、満足いく状態でしつづける立場をもてた男は、世間の評価にかかわりなく幸福であるはずだ。

家庭の中で自分の意志の有無が大きく影響する主婦とちがって、社会的人間である男の場合は、思うことをできる立場につくことは、大変に重要な問題になってくる。これがもてない男は、趣味や副業に熱心になる人が多いが、それでもかまわない。週末だけの幸福も、立派な幸福である。

困るのは、好きで選んだ道で、このような立場をもてなかった男である。この種の男の四十代は、それこそ厄代である。知的職業人にこの種の不幸な人が多いのは、彼らに、仕事は自分の意志で選んだという自負があり、これがまた不幸に輪をかけるからである。

そして、なぜか、四十代でこの立場をもてなかった男は、五十代や六十代になったら希望がもてるかというと、まったくそうではないところが悲しい。不幸は不幸を呼ぶというが、四十代で望みのかなえられなかった男は、そのほとんどがもうオシマイなのである。そして反対に、四十代でそれを得た男は、五十代も六十代も、その勢いで押していくことになるから、幸せな男と不幸な男の差は、ますます開くことになる。

なぜ、四十代を境にして、このような現象が起こるのであろう。ローマは一日にしてならず、ではないが、男の四十代も、一日にしてならずなのである。三十代をどう過ごしたかが、おおいに影響してくる。三十代に、迷いはしてもなにをどのようにして過ごしてきたかが問題なのだ。その蓄積が充分であったからこそ、四十にして惑わず、で直進することもできるのである。要は、自分がなにを望んでいるかを、三十代ですでに、確信とまではいかなくても決めることである。それで古人も、三十にして立つ、と言ったのではないだろうか。

立つ、とは決めることであり、惑わず、とは、ただ単にそれを進めることである。男の多い高校で学んだためとは思わないが、私の仕事の性質上、付き合う人は男が多い。二十代だと、なにかをやりそうかどうかはほとんどわからない。彼ら自身が、模索の年代だからであろう。それで私も、三十までは親のスネを堂々とかじれとか、二十代にどれだけ無駄をしたかによって将来がちがってくるとか言っては、けしかけることにしている。また、そのほうが愉しい。だが、三十代の男たちとなると、彼らのその後の見当がだいたいはつくようになる。なにかやれそうか否かが、ほとんどわかるようになってくるのだ。それが四十代ともなると、もう明白である。話を少ししただけで、これは幸福な人生を歩むかそれとも不幸で終わるかが、相当に高い確率で予測できるくらいだ。そして、十年経つと、私の予測はだいたい当たっている。これは、顔にもでてくるからである。いくつだったろうか、男は自分の顔にも責任をもてという年は。

美醜ではない。はっきりとは言葉で言いあらわせないが、一種の空気である。その人が自然にかもしだす、雰囲気のようなものである。

これは、私にもわかるくらいだから、他人には感じられるものであるにちがいない。また、他の人間だけでなく、神さまにもわかるのではないか。なぜというと、四十以後は、幸せな人はますます幸せになるのだし、不幸な人は、ますます不幸になるのだから。

神さまに抵抗を感ずる人も、こう言えば賛成してくれるであろう。人は、不幸な人には同情はしても、愛し、協力を惜しまないのは、幸運に恵まれた人に対してである、ということには。

第34章　執事という種族について

ロンドンにある、駐英日本大使のお宅にうかがった折の話だ。私に忘れがたい印象を残したのは、マーガレット王女の宮殿もあるという、いかにもイギリス風に典雅な周辺の環境ではなく、これまたイギリス風にがっしりと風格のある邸宅でもなかった。玄関に出迎えてくれ、その午後中なにかと世話をしてくれ、そして、帰る時には玄関の扉を開けてくれた、大使公邸つきの執事だったのである。

名は知らない。年の頃は、六十は相当前に越したというところか。中背の少し痩せた体が、存在を主張しすぎては失格という執事にぴったりだった。身体つきはどちらかといえば華奢《きやしや》のほうだったから、背は意外と、イギリス男にしてみれば低い部類に属したかもしれない。こういう男は、警察の捜査の協力を求められて、背丈は何センチぐらい、年の頃はいくつなどと、はっきり思い出せるタイプではないなというのが、私の第一印象だった。スコットランド・ヤードのおひざもとにいると思うと、人の印象さえも推理小説風に眺めてしまうのは、私おとくいの悪い癖である。ちなみに、エジプトにいけば、街中ですれちがう人でも、ファラオの親衛隊でも見るように眺めてしまう。

要するに、駐英日本大使邸の執事を長くつとめたX氏は、会ったとたんにきっかりした印象を人に残すタイプの男ではなかったのである。

長くつとめた、と過去形で書いたのは、その後、数年して退職したからだ。他に職を求めてというのではなく、引退して年金生活に入ったのだという。今の大使公邸の執事がどんな男か、それは私は知らない。

大使公邸に働く男や女の召使は、用事のあるときにしか姿をあらわさなかったが、執事のX氏は、いつもそばにいた。少なくとも、そういう印象を与えた。他の召使が食事の給仕をしている間ずっと、執事がそばにひかえているわけではない。料理場と食堂の間を往復してはいるのだが、彼の眼がいつでも光っているという安心感を、主人である大使夫妻にも客である私たちにも、そして、その場で働く他の召使たちにも感じさせるのだ。それも、なに気なく自然に振舞っての結果なのだから、彼の存在を誰も気にする必要はない。気になるのはおそらく、彼の監督下にある召使たちだけだったにちがいない。執事のX氏は、すべてがスムーズに運ぶための、潤滑油のような役目をしているのである。

この人が、私たち客の眼を直視しないのがまた、興味深かった。

仕える側が主人の客に対して、その顔に視線を向けるのは礼を失する行為であることを、この執事は知っていたのであろう。それでいて私たちの一挙一動に注意を払っているから、私たちの要望に、それが口で言われる前にすでに応ずる用意ができている。ひかえめに振舞う、という形容が、日本からは遠いロンドンで思いだされるのが、私にはおかしかった。

そばにいられても、気にならない。それでいて、なにもかもがうまくいく。まったく、理想的な使用人ではないか。私は、イギリス小説などで知識としては知っていた執事を、はじめて眼の前にする想いだった。こういう執事がいてくれて、夫の身のまわりをなにくれとなく世話をやいてくれるのであったら、妻にすればどれほど気楽なことだろう。カシミヤのセーターにタータン・チェックのスカートでもはいて、暖炉の前に椅子を引きよせ、スパイ小説を読みふける優雅さも味わえるというものである。イギリスの上流階級に属すご婦人たちの立居振舞いがこせこせしていないのも、執事の存在が効あるにちがいない。それでなければ、ワイシャツのボタンがとれているとかなんとかいわれて、右往左往するのが普通の主婦なのだから。

以前に、大使という職をうらやましいと思った理由がひとつあった。それは、大使ともなると、日本から料理人を連れてくる権利があることだ。外国にいて好きなときに日本料理を食べられるということだけならば、この頃ではたくさんある日本料理店にいけばよいが、自分の家でそれができるのは別である。それで、大使というのもいいな、と思っていたのだが、あのときから、理由がもうひとつ増えた。執事を使える、ということだった。とくに、あのX氏のようにすばらしい執事を。

お手伝い（女中）ならば、私にだって使うことはできる。しかし、男である執事と、女であるお手伝いとは、なにか根本のところでちがうように思う。それは、男と女のちがいだけでなく、執事と、お手伝いなり乳母なりという、職種のちがいからもくるのではないかと思う。

私にも、お手伝いさんは一人いる。もう九年も働いてくれている人で、年齢は五十半ばという感じだ。一度も正確な年齢をきいたことはない。住み込みではなく、朝の九時に来て、午後の一時に帰る。仕事の量によってのびるときもあるが、この就業時間が減ることはない。夜も必要なときは頼めば来てくれるし、私が旅行などで家を外にするときは、泊まりこんでもらうほど信用できる女だ。仕事はてきぱきというわけにはいかないが、鍵も預けてあるし、お金も渡していけるほど信用できる人はめったにいないので、不満はない。

ただ、面白いのは、彼女のお節介の質である。私がきれいに飾りたてて外出したりするのを、ひどく喜ぶ。彼女の仕事時間は私の仕事時間と一致しているので、セーターにタイツかロングスカートという気楽な服装で、化粧もしないで、原稿を書いたり史料を読んだりしている私を見るほうが多い。それが、夜に音楽会に行く私を見ると、ひどく満足するのだ。

「奥さん《シニョーラ》、仕事も大切だけど、マダムなんだからきれいにしなくちゃいけません」

などと、まるで私を子供の頃から育てた乳母みたいな口調で感想をのべる。だから、ミラノのスカラ座の初日に行くとか、ローマで人と会うために旅行するとかして、彼女にその間の留守宅をまかせると、嬉々として引き受けてくれる。家のことは心配しないで、おおいに愉しんでいらっしゃい、なんてことも言う。

お手伝いも同性の女なのだから、主人の華やかな様子を眼にするのは、この人たちの嫉妬の感情を刺激するのではないかと思ったこともあったが、彼女に関しては少なくとも、この種の心配をする必要はない。

ただ、この傾向が発揮されすぎると、困ったことが起こる。私がバーゲン・セールでなにかを買ってきて得々としていると、

「バーゲンで買うのも悪くはないけど、得々としているのは、シニョーラにふさわしくない」

などと説教する。私は、彼女に言わせれば、駐日イタリア大使まで手紙をよこすような、たいした女流作家なのだから、トルナヴォーニ通りの店で買い物すべきなんだそうだ。ちなみにトルナヴォーニ通りとは、グッチやフェラガモの店が並んで

いる通りで、フィレンツェでは最もシックな通りということになっている。

私にはもともとブランド志向がまったくないから、こんなふうな説教はされても影響はないのである。でも向こうは親切心で言っているのだから、また女主人として敬意を少しは払われたほうが、彼女のような使用人を使うのに有利でもあるところから、無下に彼女の忠告をしりぞけたりはしない。笑うことによって、ウヤムヤにしてしまうことが多い。

だが、このようなとき、女はなんとお節介かと痛感する。そして、イギリスで見たあのような執事がいたら、さぞかし対し方を知っていてわずらわしくないにちがいない、と思ってしまう。

大使公邸や大金持ちの場合は、執事は使用人たちの取り締まり役しか務めないのだろうが、このようなおおぎょうなお屋敷でなくても、執事とよばれる男の使用人は、ヨーロッパでは少なくない。そういう場合の執事は、なんでもする。使用人は彼一人なのだからするしかないのだが、掃除もするし洗濯もするし（ただし、これは乾燥機つきの全自動洗濯機を使用する）、もちろんアイロンかけもし、料理までやる。このような場合の主人は、たいていが男一人で、だから一人でなんでもやれるのだろう。私の知っている優雅な独身者の二人とも、この種の執事を使っている。

男の手にかかると、なぜか不思議にも、掃除も静かに終わっているし、台所も足の踏み場もないという惨状にならない。アイロンかけもほんわりとした仕上がりだし、花の生け方だって、生け花をならってもいないのにサマになる。ただ、料理だけは、少々淡白なものになる傾向が強いようだ。

そして、この種の男たちは、実にひかえめに主人に対する。けっして、お節介にもならず、押しつけがましい親切も発揮せず、親しさも表面に出さず、それでいて、電話の応対などもきちんとしていて、女のお手伝いのように、名を書き忘れるということもない、もちろん、主人がバーゲンで買い物しようが、そんなまねはよせ、などとは言わない。主人のほうも、得々とするなんていう品のない振舞いはしないのだろうけれど。

私はときどき、あのような適当な距離をおいて付きあえる使用人が欲しいと、痛切に思うときがある。外国女の親しさの発揮ぶりときたら、ときにはわずらわしくなるほどしつこいのだから。

第35章　『風と共に去りぬ』に見る男の形

この映画は、今までに何度観たであろうか。はじめて観たのは、中学生の頃ではなかったかと思う。その後観たのを合計すれば、この大作を、少なくとも五回は観たにちがいない。小説のほうは、高校時代にすでに読んでいる。それなのに、またも最近観たのだ。今度は、イタリアの国営テレビが夜の八時半からぶっつづけに放映したのを、観たのだった。

この映画には、主人公格で、二人の男が登場する。レット・バトラーとアシュレイ・ウィルクス。女主人公がはっきりとスカーレット・オハラなら、二人の男の登場人物のうちでの主人公は、やはり、クラーク・ゲーブル演ずるレット・バトラーだろう。実際、レットのほうが、クラーク・ゲーブルという適役の俳優を得て、観る者に強烈な印象を与える。なんとなく、男の形は彼にあり、という感じだ。

ところが、私ときたら、最初に観た中学生の昔から、レット・バトラーよりもアシュレイ・ウィルクスのほうが好きだった。時代の波に流されないたくましい男レットよりも、時代の波の間に消えていくような繊細な神経の持ち主の、アシュレイのほうが好きだった。

だが、それはなぜか大声で言えないような想いを、いつも持ってきたのである。弱い男が好きなんて、いかにも私自身が強い女のようではないか。それに、繊細な神経の持ち主を好むのは、なんとも少女趣味的ではないかと、気恥ずかしい想いがあったこともある。なにしろ、この映画の、いや小説でもだが、ずっとアシュレイを愛しつづけてきたスカーレットが、最後にレットの良さをわかって彼にすがったときはすでに遅く、レットは彼女を捨てて去ってしまうのだ。少なくとも一般の評は、スカーレットに男をわかる能力がなく、わかったときはすでに遅かった、ということになっていた。

こうなると、若い頃の私の心の中はいつも、自分には真の男を理解する能力がないのではないだろうか、という疑問を捨てきれなかったのである。レットの良さが、どうしても納得できなかったからだ。反対に、アシュレイの良さは、はっきりとはわからなかったにしろ、納得をもって感ずることができた。

私が、誰はばからずアシュレイが好きだと言えなかったのは、この一種の劣等感のためである。他の人が皆いいと言っているのに、それに抗する想いをもつ自分に、ほんとうを言うと自信がもてなかったのである。

それが、テレビにしろじっくりと観た今回、はじめて、確信をもって公言することができると感じた。やはり、アシュレイ・ウィルクスのほうが好きだ、と。

クラーク・ゲーブル演ずるレット・バトラーという男は、一言で言えばイイ男である。さらにもう一言で言えば、オトナである。

生まれはどの程度か知らないし、受けた教育も特筆する程度と思わないが、まあそんなことはあまり関係のない、たくましい一匹狼というタイプだ。それに、なぜか金《かね》を稼ぐ能力に秀でていて、貧乏な彼などは、想像することさえできない。いつも金のかかった豪華な身なりをしていて、またそれが不思議とよく似合う。

南北戦争での南と北の争いを非建設的と断じたことにも示されるように、醒めた現実主義者でもある。だから、これに便乗して利をむさぼることも平気なのだし、それはそれで彼の視点が正しいのだから（少なくとも現実的なのだから）、これを非難することは私だってしない。そういうピューリタン的な倫理観には、私もまた無縁である。ただ、私もまた彼と同じに行動したかどうかは、疑わしいにしても。

一方のアシュレイ・ウィルクスは、これまた彼を演じたレスリー・ハワードは適役だと思うが、レットとは反対の極に立つ男である。

生まれは、大農場主の出だ。育ちもおそらく、一時期のイギリスの貴族に似た育て方をされたのではないかと思う。階級のはっきりした社会の中で、それの良い面は享受しながら、下の者にも人間的に対するのを忘れない、といった風な。

　レット・バトラーも頭の悪くない男だが、アシュレイ・ウィルクスも、この面ではまったく劣っていない。衆に優れた、というほうに属すだろう。実際、立場はちがっても、レットの判断を誰よりも理解したのは、この、彼とは反対の性格をもったアシュレイだった。

　この二人の、ほとんど同年輩と思われる二人の男のちがいの第一は、次のことではなかったかと思う。

　つまり、一匹狼と、そうでない男のちがいだ。レットには、故郷などないも同然という印象がつきまとう。「帰る」という表現が、彼にはなんともふさわしくない。「いる」という表現しか、彼には使えない。だからこそ彼は、いつでもどこでも「いる」ことができたのだろう。

　反対に、アシュレイの場合は、明確な故郷がある。帰っていける、場所がある。彼が生まれ育ち属す社会が存在するのである。たとえ南北戦争という時代の波を真っ向からかぶって、完璧なまでに崩壊してしまったにせよ、だからもはや精神的にしか存在しなくなったにせよ、帰っていける場所があるのである。このような男に、いつでもどこでも「いる」ことを要求することはできない。そして彼も、「いる」

ことがついにできなかった。

これを、時代の流れを見通す眼がなかったといって非難するのは、簡単すぎることである。そして、人の生き方は、時代の流れに乗ることばかりであろうか。

二人の男のちがいの第二は、女主人公スカーレットに対する態度にあると思う。普通、スカーレットを愛したのはレットのほうで、アシュレイは、スカーレットがあれほども愛しつづけたのに、ついにそれに応えなかった、ということになっている。

私も、この一般的見方の後半は賛成だ。だが前半は、スカーレットを愛したのはレットだというところは、なんとも納得できないのである。

私には、レットがスカーレットをほんとうに愛していたとは、どうしても思えないのだ。いや、レットはスカーレットだけではなくて、誰も愛さなかったのではないかとさえ思う。娘に対する愛だって、実にエゴイスティックだ。

男が心から女を愛していたら、レットがスカーレットに対してした数々の「仕打ち」は絶対にできるわけがないと私は確信する。

「仕打ち」と、私ははっきりと言う。なぜならそのすべてが、無神経で思い遣りがなくて酷だからなのだ。

まず、最も有名な場面から話すと、妊娠中のメラニーも乗せた馬車で、というより荷車で、炎上するアトランタの街から逃げ出す場面である。男の力で無事逃げ出せたまではまさにレットの功績だが、その後彼は、瓦解寸前の南軍に加わると言って、馬車を降りてしまう。スカーレットに、家までは自力で帰れというわけだ。

彼のような男がこの機になってセンティメンタルになることからして首尾一貫していないが、家までたどり着くのは女の力ひとつでは大変なこと、後の場面が強調してくれる。私はこの場面のレットに、スカーレットの力を信頼する男というよりも、自らのオセンチぶりを大切にするエゴイストしか見なかった。

そして、もう一つ、一家を背おって断崖絶壁に立った状態のスカーレットが、意を決して、彼に金を借りにいく場面がある。貸そうと思えばレットは、スカーレットが必要とした額を貸せたのだ。それなのに彼は、彼女の神経を逆なでするようなことを言い、スカーレットの誇りを踏みにじってしまう。彼女には、やむなく間近にいた男と結婚でもして道を切り開くしかなかった。いかにレットが、後で貸す用意をしたからとて遅い。彼には、女にも誇りがあることがわからなかったのであろうか。

また、幼い娘をめぐっての、彼女への仕打ちもひどすぎる。スカーレットだって、わが子は可愛いのだ。それなのに、娘に適した母親でないとか言って、娘を連れて旅に出てしまう。その後も、娘が小馬から落ちて死ねば、嘆きは自分だけの権利であって、母親にはそれさえもないようだ。また、しばらくぶりに寝床をともにした翌日、スカーレットが女にもどって幸福感にひたっているのを見るや、それを打ちこわすことしか考えない。

つまり、レットにスカーレットへの愛があったとしても、それはいつも最後までつづかないのである。まるで、人参を鼻先に突きつけられたのに、食べさせてくれない扱いと似ている。これが、愛だろうか。私には、感受性に欠けた男の、一人よがりの思いこみとしか思えない。趣味の悪い冗談と言ってもよい。

スカーレットには、それがわかっていたのではないだろうか。レットが、ほんとうのところは自分を愛してなんかいないということを。だから、彼女も彼を愛せなかったのである。自分のことを面白がっているだけの男を、誰が愛せよう。

もちろん、アシュレイだって、スカーレットを愛してはいない。彼が心から愛したのは、醜いが聖女のような心の持ち主のメラニーと、そして、彼の属した社会だけだった。この男をどれだけスカーレットが愛そうと、所詮は報われない愛に終わるしかなかったのである。

しかし、スカーレットも、アシュレイの愛した南部アメリカ社会に属している。だから、スカーレットを見るアシュレイの眼差しには、彼女への好意だけでなく、彼女を通して見る南部社会があった。アシュレイの眼差しが、常に優しかったのも当たり前だ。それを、教養のあまりないスカーレットは、自分へのものと誤解してしまったところに悲劇があった。

だが、アシュレイが理解したように、彼とスカーレットの間には共通した何かがある。帰っていく場所、と呼んでもよいものがある。愛し返してはくれなくても、アシュレイの眼差しに接するだけで、スカーレットは生きていけるのではないだろうか。レットなんていなくても。

餓死は、なかなかむずかしいものである。スカーレットほどの力があれば、そのなかなかむずかしい過程の途中で、なんとか好転させるくらいのことはできるだろう。その彼女が手を差しのべたときに、それをただちに受け、凍った手を温めてくれない男なんて必要ではない。自分を理解してくれる、優しい眼差しさえあれば。

スカーレットにタ―ラの土を握らせ、その意味を教えたのは、父親のほかにはアシュレイ・ウィルクスだけだったのである。

第36章　ウィンザー公夫人の宝石

先日、ウィンザー公夫人がパリで亡くなったという新聞記事を、特別な関心もなく読みはじめたのだが、記事の終わりに近づいたとき、にわかに私の頭の中のアンテナがまわりはじめたのを感じた。

ウィンザー公と呼ばれていた元英国国王エドワード八世と、アメリカ人の人妻シンプソン夫人の恋愛には、一度も興味をひかれたことがない。私が生まれる前の話ではないかと思うし、王冠をかけた恋、などといわれても、いかに魅力的でもアメリカの女ではイギリス王妃としては具合悪かろうし、その彼女との愛を陽光のもとでまっとうしたかったら、王冠を捨てるしかなかっただろうというのが、私の思いであったからだ。

二十世紀の王様は、立憲君主制下の君主なので、十九世紀を最後としたヨーロッパの王様たちとはちがう。君臨すれども統治せず、なのだから、統治に必要な衆に優れた能力は要求されなくても、君臨するに必要な、衆に優れた義務感は要求される。

この場合の義務とは、国民の大多数が望まないことはしてはならないということであり、国民の一人一人が、彼らのレベルならばやってもかまわないことも、上に立つ者には許されない場合もあるということを、熟知することである。「君臨代」は、国民の税金から出ているのが、二十世紀なのだ。

イギリス国民は、アメリカ女を母親にもつチャーチルの首相就任を、さまたげはしなかった。だが、アメリカ女がイギリス王妃になるのは、反対したのである。それは、「統治」しなければならない首相には、衆に優れた能力があれば充分と思ったからであろう。一方、「君臨」する王様には、一般市民、つまり、「衆」よりは優れたモラルを要求したのである。私は、イギリス国民のあの場合の要求は、二十世紀の人間として、正しかったと思う。

だから、シンプソン夫人を愛してしまったエドワード八世は、はじめから次のような態度をとるべきだったのだ。

わたしは彼女を愛しているから、彼女と結婚する。しかし、これでは王冠とは相容れないから、王冠は弟のジョージにゆずる、と。

これならば、自らの義務を怠ったことにはならない。男の人生は、イコール仕事とはかぎらないのだ。一人の女を心から愛することも、立派な人生の一つの型である。問題は、どちらを選択したか、であるにすぎない。

エドワード八世は、結果としては、後者の生き方を選んだ。ウィンザー公の称号を与えられ、臣下に降ったのだから。ただ、はじめの頃は、シンプソン夫人もほしいし王冠もほしい式でいき、結局、つめ腹を切らされたような感じで、王冠を捨てる決断をくだしたのである。これが私に、男としての興味をいだかせなかった理由だった。

ただし、女のほうには昔から、興味が少しはあった。前シンプソン夫人つまりウィンザー公夫人は、きっとすばらしい女であったのだろうと思ったからだ。美人ではない。それに恋の相手に出会った当時は、もはや若さで勝負できる年齢ではなかった。それでも、エドワード八世に、王冠を捨てさせたのである。おそらく、大変に生き生きした知性の持ち主だったのだろう。彼女があらわれると、その場がたちまち、ふりそそぐ陽光でつつまれるような。

人間の器としてならば、このカップルは、女のほうが格段に優れていたのではないかと思う。古代や中世や近世ならば、彼女はまちがいなく、王妃にでも皇后にもなれたにちがいない。古代や中世や近世の王様たちは、君臨もしていたが、統治もしていたのだから。ということは、自分が好きならば、たとえ離婚したアメリカ女であろうとも、強引に妻にできる時代であったということである。

もしかしたら、ウィンザー公夫人も、踊り子からユスティニアヌス帝の妃になり、衆よりは優れた能力の持ち主であった皇帝さえときにはリードしたといわれる、ビザンチン帝国の皇后テオドラと並び称される存在になっていたかもしれない。

まったく、二十世紀という時代は、優れた女は王妃を狙うよりも、首相を狙うようにできている時代なのである。

しかし、王妃にも首相にもなれなかったシンプソン夫人は、少なくとも、彼女を心から愛した男は得たのだった。

エドワード八世からシンプソン夫人にあてた恋文でも読んで、こういう結論に達したのではない。二、三、夫人の死を機に発表されたものを読んではみたが、ごく普通の、恋愛中の男女ならば誰でも書きそうな内容で、特別な興味は刺激されなかった。私の頭の中のアンテナを刺激したのは、やはり、あの新聞記事の数行だったのである。

――ウィンザー公は、夫人と結婚した後も見事な宝飾品を贈りつづけたので、公夫人の宝飾品のコレクションは、たちまち、ヨーロッパ社交界の女人の所有するものの中でも、指おりのすばらしいものになった。

ウィンザー公は、これらをすべて、夫人個人の所有であることと、自分が買って贈ったもの以外の品（つまり、英王室の誰かからウィンザー公がすでにゆずり受けていた品）でも、夫人の所有となることを、遺言書に明記していたことが、公の死を機におおやけにされたのである。

ただし、これほどの寛大にも、条件が一つあった。それは、これらの宝飾品はすべて、ウィンザー公夫人以外の女人を絶対に飾ってはならない、という一項である

——

なんという、男のわがままであろう。しかし、なんという、官能的なわがままであろう。これでは、たとえ公夫人が貧困に苦しむことになったとて、売るわけにはいかない。カルティエだってどこだって、買ってはくれなかったであろう。公夫人が友人の金持ちの女に売ろうとしたって、誰が買うだろうか。公夫人以外の女を飾ることはあいならぬ、とされた宝飾品なのだから。

ウィンザー公夫人の遺言書では、これらのすばらしい宝飾品のコレクションすべては、パリのパストゥール研究所に寄贈されると、遺言してあったそうである。

だが、パストゥール研究所だって、こんな品をもらってどうするのであろう。恋文の掲載料ならばお金なのだから、立派な業績で知られるパストゥール研究所なら

ば、いくらもらっても使い道に困ることもないだろうが、買い手がつかないことがわかっている宝飾品のコレクションではどうするのだろうと、他人事ながら気になってしまう。担保にして銀行からお金を借りることもできないし、研究所内に、トプカピ宮殿のような、宝飾品展示コーナーでもつくるのかしらん。でも、こんなことをしたら、今まではまじめな研究者と心配気な病人しかいなかった研究所内が、物見高い観光客やカメラマンで、大騒ぎになってしまう危険だってある。ウィンザー公夫妻とは、死んだ後も人騒がせが好きな二人だったらしい。

しかし、人騒がせだったことを別にすれば、近来にないステキなエピソードだと、私には思えた。

見事な宝飾品のコレクションが散り散りになるのは残念と思っていたが、これでそれも避けられた、などというまっとうな気持ちは、私には無縁である。それよりも、ウィンザー公という男は、男の器量としてはたいしたことない男だったかもしれないが、殺し文句を言う才能はあったらしいというのが、私の感想だった。それも、女の全身を金しばりにしてしまうような、官能的でセクシーな殺し文句を。

宝飾品というものは、そのほとんどが、女の肌に直接にふれるものなのである。

ネックレスでもブレスレットでも、指輪でもイヤリングでも、女の肌にふれないでは、活用することは不可能になる。

要するに、ウィンザー公は、愛する女に惜しみなく宝飾品を買い与えながら、しかし、これらはすべて、お前以外の女の肌にふれることはあいならぬ、と言ったのだった。

公夫人が、これにヤラレタかどうかまでは知らない。だが、ヤラレル型の女だったとしたら、つまり、このような官能的な振舞いに、的確に反応を返す感情の持ち主であったとしたら、ウィンザー公夫妻の夫婦仲のむつまじさは、ほんものであったろうと思われる。男女の仲も、所詮は、お互いの感性が呼応しあうところにホンモノが生まれるのだから。

男たちは、女というものは愛されることしか頭にない、とよく苦情をいう。だが、こういうことをいう男は、このような文句は腹の中にしまっておくことをすすめたい。なぜなら、彼らは、少ししか愛されないから自分も同じくらいしか男を愛さない女しか知らない、ということを公言しているようなものだからである。

女は、ほんとうに愛されるならば、自分もほんとうに愛し返すことは知っている。ただし、ほんとうに愛されることが、いかにまれにしか起こらない幸運であるかも、知っているのである。なんだか、タヌキとキツネの化かし合いみたいだけど、相手を化かすことを断念したほうが、恋愛の真の勝利者になれるのではないだろうか。

無条件降伏ぐらい、真の意味で強いものはない。それでいて、官能的でセクシーな条件をつけるではないかと反論されそうだが、この種の条件ならば、無条件降伏のときの純白な白旗に似て清々しい。

追伸

一言、頭のあまりシャープでない殿方に誤解のないようにつけ加えておく。

いかに、

「これはお前以外の女の肌を、絶対に飾ってはならぬ」

などという見事な殺し文句とともに贈る宝飾品といえども、たかだか一万円程度の品では、官能的でセクシーどころかこっけいになってしまうから御注意を。

やはり、こういう殺し文句を言う資格は、せめて百万円の贈物を下限としましょうよ。そして、ブラウスやセーターの上につけるのは、宝飾品のつけ方としてはツマラナイということを知っている女にしか、この種の殺し文句は効果なきことも、お忘れなく。

追追伸

この小文が発表されて一年も経たない頃、ヨーロッパの各新聞は、ウィンザー公夫人の宝飾品のコレクションすべてが、競売に付されると報じた。私はびっくりして、前の記事を書いたイタリア紙の記者に電話をかけ、なぜ競売が可能になったのかと聞いたのである。その記者は、問い合わせは読者からたくさんあったと言いながら、こう答えたのだ。

「はっきりした理由は、われわれにもわからないのです。どうやらパストゥール研究所の弁護士が、亡き公夫人の遺言書中の一句から、競売可能の線を引きだしたらしい。弁護士というのは、火のないところにも煙を出す人種ですからね」

というわけで、競売は、その後まもなく実施されたのである。日本人も一人、なにかを購入したらしい。まあ、いいでしょう。エイズの研究でも最先端を行くパストゥール研究所のお役に立ったのだから。しかし、ほんの少しならば、残念でないこともない。ウィンザー公が生前になした、ほとんど唯一のステキなことであったのに、と思うと。

第37章　銀器をめぐるお話

この頃、銀食器に凝っている。

凝るのだから、銀の食器ならばなんでもすぐさま買いこむなどという、簡単なことではない。また、なんでもすぐさま買いこむほど経済的に恵まれていないこともあって、凝るという行為も、実に複雑に、しかし愉しい行為になるわけだ。

まず第一に、じっくりと眺める。

フィレンツェでは、私の興味にあうものを置いている店が二つあり、この頃の午後の散歩の時間は、この二つの店のどちらかで過ごすことが多くなった。

二つの店とも、新品は置いていない。いってみれば、アンティークの銀食器をあつかうのが専門の店だ。つまり、私の銀食器に関しての好みは、モダーンではなくてクラシックというところである。

この種の店で、店主をインタビューしながら、じっくりと眺める。インタビューでは、ずいぶん多くのことを学んだ。この頃では、小さく刻まれている印を見ただけで、イギリス産かフランスのものか、それともイタリアかウィーン製かまでわかるようになった。

もちろん、私の関心は純銀製の品で、銀メッキや合金には興味がない。なぜなら、後者に属す品は、一見して固いからで、舌ざわりも、固いのではないかと思う。

さて、じっくり眺め勉強もした後にくる第二の作業は、同じくじっくりでも、今度は考える作業である。これは、家にもどってきてからやる。やはり、眼の前に品があっては、ゆっくりと落ちついて考えるには、なんとなく支障を感じるからだろう。

考える作業は、まあこんな具合に進む。

あれを買えば、今もっているお皿に似合うだろうか。テーブルクロスとの関係は、どうだろう。それから、使う本人である私の気分とは、どうつながりそうか。

なぜなら、私の気分がモダーンならば、器《うつわ》もモダーンなほうがよろしいし、反対にクラシックならばクラシックでまとめる、なんていう一見くだらない考察だが、これが意外と重要なのである。スプーン一つだって、あだやおろそかには選べない。

第三の作業は、この後にはじまる。

再び店に出向き、店主とのインタビューを再開する。ただし、今度のインタビューは、前回のような文化文明的なものではなくて、実に現実的な問題を問うインタビューになる。

なんのことはない、値段についてなのだが、銀食器となると、いかにアンティークものでも重さが値の土台となるから、金と同じで、ほんとうを言うと毎日値が変わるのだ。でも、金ほどは高価でないこともあって、ロンドン市場の値の動きにそれほど神経質になる必要もない。だが、銀が今、いくらするかぐらいは知っていると、アンティークものでも、それにつけられた値が正当か不当かの見当はつく。

もちろん、市場の相場は純銀一グラムの値であって、加工の費用はそれに上のせされる。普通、新品ならば四十パーセント。アンティークとなると、百パーセントが下限、ということになる。

ならば、値さえ折りあえばそれで買うのか、と言われると、ノーと答えるしかない。

なにしろ、私の家はフィレンツェの都心も都心にあって、一つの店には一分、二つ目の店でも五、六分で行けてしまうのである。こうなると、なにも急いで決めることはないのだ。もう一度家に帰り、二、三日は考えをもてあそぶという、第四の作業に移る。そして、再度店に行き、最終決定をくだすということになる。

最終決定も、買う、買わない、と二分されるとはかぎらない。買う、はよいのだが、買わない、も、今のところは買わない、という程度だから、愉しみは以後もつづく可能性をふくむ選択なのだ。

こんなめんどうな手順をふむのは、値を引かせるためかと思われそうだが、私は、値引きのための交渉というのが大嫌いなのである。

気取っているからやらないというのではなく、値の交渉が文明の一部になっている、アラブ商人が相手ではない。イタリアでは、きちんとした店は西欧式に正札主義を固持している。

また、宝石とか毛皮とか、金や銀の製品を買うのは、信用も同時に買うもので、その場合、少額の値引きをさせるよりも、友好関係を樹立したほうがよい。売り手はなんといってもその方面のエキスパートなのだから、その気になりさえすれば、私あたりにヘンなものをつかませるくらい、朝飯前のはずだからである。

こういう理由で、あちらが提示した金額が納得いかなければ、頭をたてに振らなければよい。もしも売り手に値を引くつもりがあれば、なにも駆け引きなどしなくても、向こうのほうから提示してくる。あちらが、

「もう少しはお引きしてもいいですが」

とでも言えば、

「どのくらい？」

と問うぐらいにとどめるほうがエレガントだ。

優雅なマダムでいたければ、やはり、いくつかのことは犠牲にしなければならない。イタリア語で庶民階級の主婦を意味する言葉には、主婦の他にもう一つ、抜け目のない女、という意味がある。これは、ヨーロッパ的に意味深長だ。

こんなことを、ゴチャゴチャ迷っているのか愉しんでいるのか自分でも判然としない私だが、その私の頭を占領している銀器を紹介したい。

まず、六人用の銀食器一そろえ。

百年ほど前にパリでつくられた品で、現代では滅びてしまった、オーストリア・ハンガリア帝国のある侯爵が注文したのであろう。その家の家紋が彫られている。大さじ、六個。ナイフ、六本。フォーク、十二本（これは、前菜用と肉用のため）。デザート用の、といっても昔のものは現代物の大さじとして充分に使えるほど大ぶりだが、そのスプーン、六個。ナイフ、六本。フォーク、六本。この他に、とりわけ用の大さじが二個。サラダ用のスプーンとフォーク一そろえ。バター・ナイフ、一本。オードブル用のフォーク一本。これで全部だ。

パリ製のためか、非常にシンプルで、大変に優雅な形で、前に書いたように、すべてに紋章が彫られている。おそらく、シンプルな作りであることと六人用であることから、この侯爵家の日常用の食器であったと思ってよいだろう。

私がなぜ現代物を好まずアンティークものを好むかの理由は、すべてが大ぶりなところにある。懐石料理風のフランス料理でよく見かける、小柄なものではない。食をほんとうに愉しむにはこれでなくてはと思うくらい、たっぷりした料理を味わうに適した、たっぷりした作りになっている。

それからもう一つ、ナイフの刃が、現代物のようにステンレス製でない。放って置くと錆びてしまう、鋼鉄製である。切れ味というならば、これに優るものはない。ただ、銀器の欠点とされているのは、手入れのめんどうなことだろう。鋼鉄製の刃は錆びてしまうし、銀の部分も、黒味がかって汚れてしまう。

まあ、手入れは必要なのです。だが、美しいモノを愉しむには、なににしたって、手入れの手間を惜しんでいるようではそれを享受する資格がないと、私などは思っている。

もう一つ、私の心を占めて離れないのは、先にあげた銀食器のように器としての美しさによるというよりも、心だての美しさで私の心を捕えて離さない銀器なのだ。こちらは、十九世紀後半につくられた、イギリス製である。

これを見せられたとき、私はちょっと驚いてしまった。なぜなら、普通ならば十二人用、日常用でも六人用が銀食器の決まりなのに、これだけは二人用なのである。

スープやスパゲッティなどを食べるための底の深い皿二つ。肉や魚用の底の浅い、しかし大型の皿二枚。デザート用の小皿二枚。サービス用の大皿二枚。これしかないのである。これだけでは、どうしたって二人で食べるときにしか使えない。

作りというのなら、大皿ならば七百グラムもあるくらいだから、洗練の極致という感じはしない。まったく、日々の食事のためというのが明白で、ちょっとぐらい曲げてもびくともしないがんじょうな作りだ。肉皿だって、鋼鉄製の刃をもつナイフで切っても、傷さえつかないのではないかと思う。

ただ、この不思議な二人用の銀器の由来を聴いた私の心は、なんというか、実に優しく暖かい感情であふれそうになったのだった。

これは、十九世紀後半に生きたあるイギリス人の外交官が、妻と食事をするために作らせた品なのである。あの時代の大英帝国は世界中に植民地をもっていたから、外交官も、世界のあちこちをまわらされたのであろう。そのたびに、中国では中国製の、オランダへ行けばオランダ製の、陶器の二十四人用を買いそろえたという。だが、これらは所詮、お客用なのである。あくまでもイギリス的なこのイギリス人は、妻との日常の食事には、イギリス風に少しばかりゴツイ、しかし銀製の、だから豪華で優しいこれらの皿を、使うほうを好んだのだった。きっと、彼の任地替えのたびに、これらの銀皿も世界中を旅したのにちがいない。

しかし、栄華も昔の夢となった現代ヨーロッパ人は、銀製の物こそ毎日の食事で使うという「気概」まで、失ってしまったようである。

銀の食器も皿も、今では完全にお客用になっている。だが、それとは反対に考えていたヨーロッパ人のほうが、私は好きなのだ。

六人用の銀食器は、転居の記念に買った。手入れ役のお手伝いのしぶい顔など気にせず、お客がなくても、週に二回は使っている。だが、二人用の銀皿は、いまだ考慮中というところだ。

もしかしたら、新興経済大国日本人である私には、金や銀こそ日常用にという「気概」が、まだ持てないのかもしれない。

追伸
この二人用の銀皿のセット、私の「考慮中」に売れてしまいました。誰が買ったのであろう。「気概」をいまだもつヨーロッパ人か、それとも、私とちがって、見るやただちに「気概」に目覚め、買うと即決した日本人か。それとも、それとも、単なる財テクか。

第38章　仕事は生きがい、子供は命、男は？

仕事は生きがい子供は命、とは、かの麗人ツレちゃんの言葉であるらしい。日本にいない私には正確なところはわからないが、もしもこれがほんとうならば、宝塚出身のこの大型麗人は、見事な一句をモノする才能でも大型のようである。彼女の離婚に際しての一句らしいが、

仕事は生きがい、子供は命、亭主は？

なんて感じてチョンとは、離婚も、オトナになったものだと感心した。

感心したまま日本に帰国したら、おしゃべり相手の妹がこんなことを言う。

「でもね、ホントかもしれないけど、こんなふうに言われたんでは亭主も気の毒。やっぱり、亭主並びに亭主予備軍である男たちは、自分たちだって、生きがいとか命とか言われたいんじゃないかしら」

あらまあと私は驚いてしまった。ちなみにわが妹は、生きがいと言ってもよいものを持っているが、それは趣味で、職業ではない優雅な生き方をしている。

反対に生きがいがイコール仕事になってしまった優雅でない姉の私は、少しばかり反論を試みた。

「仕事は生きがい子供は命、につづく亭主は、拠《よ》りどころ、では男は不足なのかしら」

妹は言う。

「拠りどころ、じゃあねえ。生きがいや命に比べると、やっぱり軽いんじゃない？　だから、不満になってくるんではないかしら」

なに、これは女二人の会話なのである。当の男、ないし男たちの考えは参考にしていない。いや、こんな馬鹿馬鹿しい（少なくとも私の思うには馬鹿馬鹿しい）ことを、世の男たちに問うことはしなかったので、彼らがどう思っているか私は知らない。

しかし、と私は、知らないままに考える。

男は、情熱を傾ける仕事をもっている女にとって、支柱、拠りどころ、であっては不満なのかしらん、と。

それで、少しばかり意地悪な私は、男がこの種の女たちにとって、生きがい、になったり、命、になった場合は、どういうことになるかを「考察」してみる気になった。ただ、まじめに受けとってもらっては困る。浅薄でふざけた話なのだから。

女にとって、相手の男が生きがいである場合。

これは、言葉を聴いているかぎりは、すばらしく美しくひびく。亭主はわが生きがい、なんて言う女は、男にとって夢なのかもしれない。しかし、実際にそれを実行されたら、どういう結果になりそうであろうか。

生きがい、というからには、多くの男にとってそれは仕事だろう。そうなると、女の考えを建前から言うと、自分の男が望んでいることを、実現させてやりたい、という、美しい心根になる。

しかし、男の仕事というのは、実に皮肉なことに、彼らの望みの実現は、彼らの地位の上昇と正比例の関係にあることが多い。多いと言っているのであってすべてがそうではないが、一般的に話をすると、望みの実現イコール出世、という式で解決される人が多いのではないかと思う。

となると、わが男の望みの実現という美しい想いも、わが亭主の出世という、なんとも俗っぽい願望とつながってしまうことになる。

これは、男も女も、俗っぽい人にだけ起こる現象ではないのだ。誰にでも起こる。なぜなら、願望の実現という一見いかにも精神的に高尚な想いも、現実の中でそれを果たすとなると、俗的になるのを避けられない宿命をもつからである。良い悪いの問題ではない。人間社会の中を通らねばならないすべての事柄は、同じ宿命を背負っているのだから。

では、情熱を傾ける仕事をもつ女、まあ簡単にひとまとめにすればキャリア・ウーマンと呼んでもよいが、そういう種の女が、自分の亭主の出世に積極的に介入しはじめたら、どういうことになるだろうか。

この種の女は、まず第一に、頭は悪くはない。そのうえ、人間社会というものを熟知している。しかもそのうえ、人間への判断力もあるにちがいない。

こんな女が、亭主の夢実現、つまり出世に全力を投入したら、と考えるだけで頭が痛くなるのは、当の御亭主自身ではないだろうか。なにもかも事情に通じている者の忠告や助言は、ほんとうのところは実に有効なのだが、それが有効であるだけになお、与えられる側は悲鳴をあげるにきまっている。嘘だと思ったら、一度試してみたらよい。

なぜ悲鳴をあげる結果に終わるかという理由は、まったく簡単である。

というのは、その程度のことは、当の亭主自身がすでにわかっていることというのが、まず第一の理由。わかっていることを、あらためて他の人物、しかも最も心を許せる相手であるはずの妻の口から聴こうと思う男がいるであろうか。

もしもいるとすれば、それはただ単に、自分自身で考えていたことを、他の人の同意見を聴くことによって確認する、という行為にすぎない。

これも、一種の内助の功と言えなくもないが、これほど高度な助言を与えることのできる女ならば、生きがいは亭主にかぎらず、他のことからも得られるにちがいない。

悲鳴をあげるであろう第二の理由は、助言や忠告が有効であればあるほど、それに影響される恐れを、並の男ならばもってしまう危険にある。危険を感じた男は、はじめのうちは悲鳴をあげるに留まるが、まもなく、その見事な妻から離れていくだろう。

そして、不幸なことに現実は、第二の理由によって起こる結果のほうが圧倒的に多いであろうと思う。

つまり、結論を言えば、なかなかの出来の女が亭主を生きがいと思っても、ロクな結果にはならないということである。


では、次のケースに移るが、女にとって、相手の男が命である場合、はどうだろう。

原題名はたしか、直訳すれば『見知らぬ男とのダンス』とかいうのであった。英国製の映画である。日本でも上映されたのではないかと思う。一言で評すればスゴイ映画で、イタリアでそれを観た夜は興奮して、眠れなかったのをおぼえている。スゴイのは出来栄えで、それに興奮させられたので、話の筋がショックだったのではない。出来栄えさえ良ければストーリーなんてどうでもよいという、見本のような作品だった。

だが、ここでは映画の批評をしているのではないから、ストーリーが問題になってくる。

子供連れで離婚した一人の女が若い男を愛した結果、その男を殺し、イギリスでは最後の死刑囚になったというのが、簡単にすませばこの映画のストーリーである。

この映画を観た私は、おかしなことに感心したのだが、それは、わが子を忘れることのできない女は、この映画のヒロインのような運命的な恋愛はできない、ということだったのである。

映画の中に、こんな一シーンがある。

若い恋人を引き入れて寝ているところに、翌朝だろうが、息子が入ってくる。十一、二歳の男の子だ。息子は、まだ眠りこんでいる母親をゆり起こして、お腹がすいた、と言う。それに女は、冷蔵庫の中に昨日の残り物でもあるだろうからそれをお食べ、と答えるのだ。答えた後で、また眠りこんでしまう。幼い息子がどんなふうに空腹を処理するかには、少しも関心がないとでもいうように。

至極まっとうにできている私などは、もうもう感心してしまった。

私にはとてもできない、と痛感したのだ。

まずもって、息子もともにいる家に、男を引き入れるなんてとてもできない。第二に、空腹の息子を、こんなふうに放っておくことはできない。

しかし、こうでないと、男は命にはならないのだ。つまり、至極まっとうな感性の持ち主である私には、こういう感じの運命的な恋愛もできなく、結果として、気の変わった男を殺すなどという、ラディカルな行為はしないということになる。

そんな私自身のことはどうでもよいのだが、男は命、と言われたい男たちは、言われ思われた結果がどうなる恐れがあるかを知っていて、そう言われたいと思っているのであろうか。

子供はいいですよ、いずれは成長するのだから。成長すれば、母親の保護や気配りなんて必要ではなくなるだろう。

しかし、女は残るのだ。その女の部分が純粋に発揮されたあげく、他の女に心移りしたり、またただ単に恋情が薄れただけの男に対し、ピストルでバン、とか、刃物でグサリ、とかなるかもしれない危険があっても、男は、女の「命」でありたいと思っているのであろうか。

仕事は、男にとって生きがいであるならば、女にとっても立派に生きがいになりうるのである。

そして、子供は、生まれてくる前に母親がキャリア・ウーマンとわかっていて生まれてくるわけでもないのだから、仕事をもっていようが専業主婦であろうが、母親の責任にはまったく変わりはない。仕事もちの母親が、まるで綱わたりのような想いで仕事と育児の両立に苦労するのも、その辺の事情がわかっているからである。生まれてくる前に母親を選べるとすれば、多くの子は専業主婦の母親を選ぶにちがいないのだから。

こうなれば、もうしようがない。子供はやはり、命なのである。

そして男は?

支柱とか拠りどころであってもかまわないと思うほどの、度量をもってもらえないものであろうか。また、そのほうが、理《ことわり》で迫ってくる出世主義の女や、死刑ももののともしない激情で迫られるよりも、安全と思うがどうだろう。

第39章　スタイルの有無について

ある人にすすめられて、タキという名のギリシア人のお金持ちのプレイボーイの書いた、『ハイ・ライフ』という作品を読んだ。井上一馬訳で、河出書房新社より翻訳も出ている。

表題どおりのハイ・ソサエティーのエピソード集だが、イタリア語をゴシップ雑誌と推理小説でモノにした私にとっては、とくに目新しい話はなく、まあ粋なゴシップ集という感じの本だった。

なにしろ著者と私の年齢が同じくらいということは、彼が経験し私が読んだゴシップも同じということで、私個人としてはもう知っちゃったことばかり、という感じだが、語学習得にゴシップ雑誌を活用するなどということをしないまじめな人には、相当に面白く、しかもしゃれた一冊だろう。

余談だが、私の語学習得法は、前述のとおりの推理小説とゴシップ雑誌にもっぱら負っている。推理小説やスパイ小説は、終わりまで読まないと愉しさ半減ということもあって、言葉のわからない箇所も、辞書を引いていては興味が薄れるので、そんなところは読みとばす勢いで読み進む。それを何百冊と重ねれば、いくらなんでも慣れるというもので、知らない間に勉強していることになる。

もう一方のゴシップ雑誌は、たいていの場合は写真がついている。それを見ながら、この場合は一語一語ていねいに読む。わからない言葉なども、ちゃんと辞書を引く。どうしてこうなるかというと、ゴシップ記事は一語一語が大切であるという理由と、写真つきの記事だから短く、ていねいに読んでもさして時間はかからないからだ。

こういう具合で、一九六〇年代と七〇年代の推理小説やスパイ小説の傑作と、同じ時代の欧米のハイ・ソサエティーのゴシップに、私はひどく精通してしまったというわけであった。

話をタキ氏の書物にもどすが、このギリシア人のプレイボーイの作品は、右に述べた理由によって私には少しも目新しくはなかったのだが、一つのことだけは心に留まった。それは、「スタイルとはなにか」と題された一章である。

副題風に、こんなことも書きそえられている。

——だれも知らない。が、見ればそれとわかるのがスタイルだ——

この一章だけは気に入った。なぜなら、私自身が、自分に最も強く要求しているものがこれだからである。

また、自分自身に最も強くそれを要求しているということは、物書きでもある私としては、私が書く歴史上の人物たちを、まずこの視点から見、判断して書く、ということにもなるのである。つまり、個人としての塩野七生にとっても、作家としての塩野七生にとっても、最大の関心事は、この「スタイル」なるものにあるというわけだ。

ギリシア生まれのこの本の作者は、彼が使うことのできた財産のすべてが無駄に使われたわけではないことを示して、なかなか真髄を突いた話を展開しているので、ここで少し、井上一馬氏の訳で紹介したいと思う。

――スタイルという言葉は、英語の中で最も濫用されている言葉である。だいたい無意識な人間は、〝ファッショナブル・ピープル〟がスタイルをもっているのだと考えている。

だが、スタイルとは捕えどころのない資質であって、上流社会の人間やトレンディの大半は、本物のスタイルなどまったくと言っていいほどもち合わせていないのだ。

スタイルは、金で買うことはできない。

コンサイス・オクスフォード辞典は、このスタイルを、きわめて優れた資質として定義しているが、要は抽象的な性格のもので、もっている人はもっているし、もっていない人はもっていない。ただ、それだけのことなのだ。

とはいえ、今日くらいスタイルが欠如している時代も珍しい。とりわけ、人の上に立つ層にそれが著しい。世界最強の国の大統領ジミー・カーターが、選挙用の自己のイメージ作りに世論調査機関やイメージ・メーカーたちの助言にすがる有様など、まさに現在のスタイルのない世界を象徴する出来事といえるだろう。

社会学やPR活動の専門家がこれほどまでに当てにされるということは、自己の内部に信念《コミットメント》がないことを如実に物語っている。

つまりは、スタイルがないということだ。

スタイルとは、見せかけの反対である。

強い信念のことである。

ひっきりなしに葉巻を喫い、痛飲を重ね、意地の悪いことで有名だったウィンストン・チャーチルは、本来的には下品な男だった。にもかかわらず、その実行力と強い信念が、彼を確固としたスタイルの持ち主にしていた。今日ではスタイルをもつ政治家は皆無に等しい。少しはスタイルをもっていた最後の政治家は、ジョン・F・ケネディだろう。

スタイルの特徴（のひとつ）は、深みのある人格が知らず知らずのうちににじみ出て、なにもしなくてもいつの間にか、まわりの人間の関心を集めている、という点にある。……

皮肉なことに、王族の大半はスタイルをもっていない。（貴族もまた同じ）……

要するに、本物《オーセンティック》たらんと意識的に努力しなくても本物たりえている人間は、だれでもスタイルをもっているということだ。

さらに、家柄などどうでもよく（財産も）、個々人の生きるスタイルこそ重大なのだと信じている人間がいる。彼らもまた、スタイルをもっている――

タキ氏の文章からの抜粋はこれでやめる。だが、彼の言わんとしたところは、これで充分理解されたろうと思う。

私も先だって、ある短い文章の中で、チャーチルには、英語でいうスタイルがあった、と書いたが、それは、このタキ氏の文章を読む前であった。ということは、チャーチルにかぎれば、洋の東西で少なくとも二人は、彼にはスタイルがあるということでは一致したことになる。

ところが日本でスタイルと言うと、あの人はスタイルがいい、とか、スタイルが悪い、とか使われることが多い。いや、多いどころか全部と言ったってまちがいはないだろう。この場合、スタイルという言葉は、肉体的にスマートかどうか、ということしか意味しない。肉体的にスマートであったとはお世辞にも言えないウィンストン・チャーチルは、スタイルの意味を日本的に解されると、まったく救われないことになってしまう。

つまり、タキ氏並びに私の考えるスタイルは、スタイルがあるか、またはないか、の問題なのである。

それが「彼、スタイルいいわね」と言う場合となると、あるか、ないか、ではなくて、いいか、悪いか、になってしまうのだ。

どちらの用法が、英語のスタイルという言葉の用法の主なるものに近いかというと、残念ながら、前者に軍配をあげるしかない。

また、そのほうが、ずっとステキだ。若い女の子も、あの人、スタイルがある、なんて言ってみてはいかが？　そうでないとタキ氏あたりから、だいたい無意識な人間は、〝ファッショナブル・ピープル〟がスタイルをもっているのだと考えている、などと言われてしまいますよ。

それにしてもタキ氏は、相当に抽象的な論の進め方をしているように思えるが、それは私が、日本人にはあまりなじみのないハイ・ライフの欧米人の例を、引用する段階でカットしてしまったからである。だから、その辺をくわしく知りたい人には、訳書を読んでもらうしかないが、私は私なりに頭に浮かんできたままに、少しばかり具体的に書いて終わりにしたい。もちろん、スタイルがある、とはどういうことか、という例だ。

一、年齢、性別、社会的地位、経済状態などから、完全に自由な人であるということ。

私自身が感心させられた人の一人は、川喜多かしこ女史であった。ヴェネツィアで開かれた映画祭で知り合ったのが、はじめてでしかも唯一の機会だったが、スタイルの有無については相当に点のからい私でも、満点に近い点をつけざるをえない思いだった。見事な女《ひと》、と言うしかない。

男のほうの好例は、ここでは書かない。やはりちょっと、さしさわりがあるのです。

二、倫理、常識などからも自由であること。

これはなんのことはない、独自で偏見に捕われない考えの持ち主、ということである。

言うはやさしい感じだが、実際にすべてをこれで通すとなると、そうは簡単な生き方ではないのだ。真の勇気の持ち主、と言い換えてもよい。

三、貧相でないこと。

肉体的にステキでなくともいっこうにかまわないが、ミゼラブルな印象を与える人はやはり困る。また、その人がキンキンギラギラであったりすると、もう同席さえ拒否したくなる。

四、深いところでは、人間性に優しい眼を向けることのできる人。俗にいう、ヒューマンな人間ではない。ほんとうにヒューマンな人間のことである。

タキ氏の書物の他の部分に、面白い一行があった。

――男であろうと女であろうと、だれもがファースト・ネームで呼び合う社会を私は信用しない。そういうなれなれしい人間に限って、暗い廊下で人を撃ったりする――

これには私も、思わず微笑してしまった。このギリシアのプレイボーイ氏は、人間性のまことに深いところを突いているからである。本当に、なれなれしい人間社会のほうが要心ものなのだ。ファースト・ネームで呼びあうのを好むのはアメリカでの話と思うが、左翼の人々の間でも同じである。ヨーロッパ式で古風かもしれないが、第三人称単数を使って話すほうが、私には合っている。

五、ステキな人。

やはり、ステキだ、と思わせる人が結局は、スタイルをもつ人ということになろう。

しかし、スタイルという言葉の真の意味をわかる人が、ステキだ、と思った場合に限る。

第40章　セクシーでない男についての考察

雨夜の品さだめとはまったく反対に、今日のフィレンツェは秋晴れもよいところの快晴だ。しかし、今日これを書き、明日速達で出さなければ、航空便で一週間かかるとして、しめ切りに間に合わなくなる。電話の向こうで、担当編集者のU君の、遠慮はしているらしいけれど死にそうな「原稿まだでしょうか」という声を聴きたくなければ、秋晴れも忘れて机に向かわなければならない。

それで、二十世紀版雨夜の品さだめ、をする気になった。ただ、『源氏物語』ではイイ女の品さだめだったが、雨夜とは反対の快晴ゆえ、ここではイイ女とは反対の、セクシーでない男たちの品さだめをすることにする。とはいえ、窓から眺めれるフィレンツェの旧市街独得の赤いレンガ色の屋根の波を見ながら、それが秋の陽光をいっぱいに吸いこんでいる様《さま》を恨めし気に見ながらだから、これから書くことがまじめで建設的な意味をもつとはとうてい保証できないのである。

一、部厚いマンガ雑誌を電車の中で読んでいる男

現代はマンガの時代だと言う人は、言うがよい。マンガがわからなければ、若者だか新人類だか知らないが、若い世代を理解できないと言いたいならば、言うがよい。

私は、電車の中でマンガ雑誌を読んでいる男は大嫌いだ。いや、大キライというのは、少なくとも対象と認めての評価なのだから、キライとするにも値いしない。私だったら、男として認めない。

なぜなら、解説の要もないことだが、部厚いことおびただしいマンガ雑誌は、けっこう重いのである。あの重いものをわざわざもち歩くという熱意を、マンガ雑誌にそそぐという心情が理解できない。重量あるものをもち歩くのならば、せめてその対象はもうちょっと程度の高いものに向けられてこそ、その熱意も報われるというものではないか。

しかも、これほどの熱意の対象であるマンガ雑誌に載っている連載マンガの大部分たるや、ワー！　ヤッ！　グワッ！　程度の感嘆詞で表現される、大味もよいところの内容である。大写しさえすれば迫力が出てくると思っているらしい、安手のテレビ・ドラマと同じである。しかも、絵まで下手ときている。

私は、マンガならばすべてキライ、と言っているのではない。手塚治虫のマンガ

とディズニーのアニメで育った世代だから、マンガとなればなにもかにも拒絶反応を起こすわけではない。今のものでも『ルパン三世』は好きだし（これはアニメで見たのだけど）、他のものでも、マンガでなければ表現不可能な作品にぶつかると、文章で勝負する者としては、感心せざるをえない場合がある。とくに、アニメは、表現の可能性を無限に広げてくれるから、自分でもいつか、アニメの原作を書いてみたいと思うほどである。

しかし、単純素朴どころか単純バカ的なマンガを嫌うのは、恥ずかしいとは思わない。そして、マンガ雑誌のほとんどは、単純バカ的な内容を画にしただけのものである。ファンタジーの貧弱さを、おおげさに表現することでごまかしているのだ。こんなものが満載されているマンガ雑誌を、しかも重いそれを、後生大事にもち歩く男と、寝たいと思うであろうか。ベッドの上でも、グァーッ！　とか、ガツーン！　的な表現で迫られたら、と考えるだけで、ぬれる肉体も涸《か》れてしまう。蛇足だが、少女マンガをもっぱら読むという女も、単純バカ以外のなにものでもない。

私も自分の書いた短編の一つが少女マンガになったことがあって、原作者なのに、少女マンガに変形したそれを読みながら、苦笑せざるをえなかった。中年の抑えた恋愛を書いたつもりのものが、例の巻き毛と顔半分もありそうなパッチリ眼に変わった結果、紅茶カップに半分もお砂糖を入れたような内容に変化し、原作者としては困惑するしかなかったのである。

こういうものを読む女も女だが、書く人も、その性格の成熟度は、紅茶カップの半分もお砂糖を入れた程度でとどまるのではなかろうか、と思ったら気の毒になった。

男もだが、女も仕事をもった以上、その仕事をどのようにしつづけていくかが、その人の成熟に多大な影響を与えるものなのである。

二、ロリコン趣味の男

ロリコンを好むのも趣味の一つだから、同性愛的趣味、SM趣味と同じく、本来は各人の勝手で、他人のとやかく言うべきことではないのである。

ただ、これが、いかにも市民権を得たごとく大手をふって歩くという感じで声高に主張されはじめると、個人の自由尊重にかけては一歩もゆずらないリベラルな私でも、カチンとこざるをえなくなる。

なに、ロリコン趣味の男は、所詮は自分に自信のないことを示しているにすぎないのだ。セーラー服好み、お嬢様ブーム、ニャンニャン好み、すべては、自分を精神肉体ともに裸にされたら真青《まつさお》になるしかない、哀れな男たちの逃げ道でしかないのである。でなければ、変態だ。これが病的になると、小学生の女の子を犯して殺す、ということになる。

お嬢様ブームとかニャンニャン好みに関係する、誘発側のマスコミ関係者、そして、それを恥じる気もなく見たり読む男たちは、自分たちを、成人男子としての自信のない男として認めているのか、それとも単なる変態か、一度自らに問うてみるとよい。

自信がなくても変態でも、それはそれでけっこうである。ただ、陽の当たる道を歩く感じで、存在理由を主張するのだけはやめてほしいものである。

同性愛的趣味も、かつては一度、陽の当たる道に出たつもりになった時期があった。だが、彼らにとっては幸いにも、エイズ騒動が起こって、もとの裏街道にもどって現在にいたっている。このほうが健全だ。趣味を趣味としてつらぬくためにも。

SM趣味も、芸術っぽい衣をまとった気分になったあげく、表街道に出るような愚策を冒さなければ、人間の精神構造の一種として、健全に生きつづけるであろう。

お嬢様好みもニャンニャン好みも、本来の姿にもどってみてはいかが?

三、不安を知らない男

自信をもつことと不安を知ることとは、成熟した男として、矛盾することではまったくない。矛盾どころか、不安を知らないほうがおかしいのだ。

幼い頃の試験の前の悪夢からはじまって、叱られただけで母親の愛を疑うとか、人間には常に不安がかたわらによりそってきた。なにかを怖れる気持ちがなければ、いかに自信のある男でも、精巧なコンピューターつきのロボットでしかない。

人類は、いつの日か、愛撫の仕方を精密にインプットしたロボットさえも、つくれるようになるであろう。ただ、その不眠不休の、女の側からすればいかにも理想的なベッドのパートナーが、故障を起こして、止まってしまうならまだしも、止まらなくなってしまったらどうなるのだろうと、私などは今から心配している。このテーマで、SFの短編を書こうと思ったことがあったが、SFでもポルノグラフィックにならざるをえなくて、このお遊びにはまだ手をつけていない。

やはり、ストレスがたまりすぎてかんじんな時にできなくなっちゃった、なんていうほうが人間的である。不安は、人間の男とロボットの男を分ける、唯一のものでありつづけるような気がする。人類はいつの日か、人間並みの頭脳をもったロボットはつくれるようになるにちがいないが、人間並みの不安をもつロボットは、つくれないと思うからである。

四、見ぐるしい男

見ぐるしいまねをする男となれば、枚挙にいとまがないほどあげることはできるが、ここでは、最大最高の男の見ぐるしさについてのみ書くことにする。

一八二三年、七十四歳になっていたゲーテは、十九歳のウルリーケ・フォン・レヴェツォフ嬢に恋をした。湯治に行っていたカルルスバートで、一年以上もこの文豪を苦しめていた病気は治ったのだが、恋の病いにかかってしまったのである。

ゲーテは、十五年前にウルリーケの母のほうを愛したことがあったが、今度は娘の番になったらしい。当時のゲーテは、湯治宿の客名簿がうやうやしくも誇らし気に記したように、「ザクセン・ヴァイマール大公国の枢密顧問官フォン・ゲーテ閣下」であった。

ひとまずの別れを惜しんで発った（少なくともゲーテはひとまずと信じていた）、カルルスバートからヴァイマールまでの馬車の中で、有名な『マリエンバードの悲歌』は、事実上つくられたといわれる。ウルリーケへの恋がなかったら、生まれなかった作品であった。

七十四歳の文豪ゲーテは、若い娘に恋しただけではあきたらず、厳正なドイツ男そのままに、結婚を申しこんだのである。まずはじめに、なぜだか知らないが主治医に相談し、次いで、主君でも友人でもあるヴァイマールの大公に、レヴェツォフ夫人のところへ出向いて娘に求婚する代役を頼んだ。同年輩の大公は、微笑したではあろうが、数々の勲章をつけた正装姿で、七十四歳の男のために十九歳の娘をもらい受けに行く役を引き受ける。夫人の大公への返答については、正確なことは知られていない。御返事は前向きに考慮させていただいた後で、というようなものだったかもしれない。

結論を書くと、しばらくしてゲーテは、もはやマリエンバードへもカルルスバートへも決して行くまい、と決めたのだった。恋からの別れでもあった。

この事件は、文豪ゲーテだから許されるのである。誰一人、見ぐるしいなどとは、思っても公言しない。それに『マリエンバードの悲歌』という傑作まで生まれる温床になった。

とはいえ、同じようなことを、詩の傑作など産みようもない普通の男がやっては、文豪ゲーテのようにはいかないことは明らかだ。ゲーテだって、誰一人公言はしないが、周囲がなにも思わなかったという保証はない。

老年は、そして老醜は、誰にも必ず訪れるのである。不安は、この場合、恐怖に近い形をとって老いた人を苦しめる。しかし、見ぐるしいまねをしはじめたらキリがないのだ。そして、幸か不幸か、われわれの多くは天才ではない。

第41章　男と女の関係

はじめに断わっておくが、男と女の関係といっても、精神的なものはここではとりあげない。あくまでも「形」としての関係だけだ。

ヨーロッパで長くくらしていてときどき日本に帰る私にとって、帰国のたびに、慣れないはじめの数日にかぎったとしても、女だけでお酒を飲んだり話しこんだりしている東京の夜の光景は、どうしても奇妙に映ってしかたがないのである。

ただ、これは、私自身が日本の生活に慣れてくるにしたがって、違和感のほうも薄れてくる。日本では、生活の単位が必ずしも、男と女の関係に拠《よ》っていないのだと、思い出すからである。

反対に、ヨーロッパでは、仕事以外はなにもかも、男と女のカップルが社会生活の単位になっている。

ただ、私には、このどちらが良いか、ほんとうのところ判然としない。女にとって都合が良いということならば、意外と日本型のほうが、めんどうがなくていいんではないかとさえ、感じてきたのであった。

そんなことを考えるとき、いつも思い出すのは、おひな様の様式なのです。

私のもっていたおひな様は、両親が初のひなの節句に贈ってくれたもので、それはもう、クラシックそのもののおひな様だった。

緋のもうせんを敷きつめた最上段には、男女のひなが、それぞれ平安朝式の、なんというか知らないけれどお座ぶとんのようなものに坐っている。その下の段には三人官女がいて、その次には五人ばやしが並んでいて、とまあ普通の伝統様式のおひな様であったのだが、重要なのは、この式のおひな様の場合、最上段の男びなも女びなも、平行に並んでいるということである。もちろん、段のちがいなんてまったくない。同じ段での並び方も、女びなのほうが一歩さがって、なんていうこともない。それこそ、文字どおりの男女平等なのである。クラシックなおひな様の場合だと、どれでもこの式の男女平等スタイルで、例外はなかったと思う。

それが、新式びな、とか、現代びな、とかになると変わってきたのだ。

言い換えれば「省略びな」なのだから、これらのおひな様たちはもう、召使でもあった三人官女や、おかかえの楽師の五人ばやしや、雑役夫でもあった三人の男びななど従えていない。右近のタチバナ左近のサクラという庭木もないし、精巧な食ぜんも小物入れも衣裳かけも、ましてやマイ・カーであった牛車にいたっては、望むべくもないシンプル・ライフだ。

ところで、新婚当初の生活を思いださせるこの男女びな二人だけしかいないおひな様の、男女の位置が平等でないのである。折り紙でつくられたかわいらしいものでも同じだが、女びなのほんの少し後に、ほとんど背後からささえるかのように立つのが、この種のおひな様では、男びなの通常の位置である。

どうしてこうなっちゃったのかは知らないが、この形は、ヨーロッパでの男と女の形と同じである。つまり「現代びな」では、女びなは常に、男びなにエスコートされているのである。

そして、クラシックびなよりも現代びなのほうがもっと、女びな一人ではなんともサマにならない。クラシックびなのほうなら、女びな一人でも、それほど違和感はない。あれは、当時では男のほうが、女の家に通っていたという事情によるのであろうか。

エスコートと一言で言うが、思うほどには簡単なことではない。

ごくごく日常の振舞いだけとりあげても、次のような具合になる。

エレベーターは、女を先にのせ女を先におろす。

エスカレーターは、これは階段の昇り降りと同じなのだが、昇りの場合は女を先に、降りの場合は、男が先に行く。理由は、なにかのひょうしに女がよろめいてころがり落ちでもしたら、ただちに男がささえられるように、というためだ。

レストランのようなパブリックな場所に入る時も、先に入るのは男のほうだ。男は先に入って、大丈夫となったときはじめて女を入れる。扉を押して入ったとたんにこん棒でガツンとくるような時代は終わっても、この様式だけは残ったようである。

自動車にのる場合も、タクシー、自家用のちがいなく運転手がいるときは、運転手のすぐ後ろには男が坐る。だから、運転席が左側にあるヨーロッパ車の場合と、右にある日本車、イギリス車の場合はちがってくるのだ。常に女を先にのせると、決まっているわけではない。男が先にのったほうが合理的な場合もあるのです。

また、パーティーのような席では、それこそ「現代びな」式にすべきなのだ。女の左うしろに男が立つ式である。いつでもきき手の右腕で、いざとなれば女を守ってあげられるようにである。

男の正装は、まあ普通は黒、ときに白と決まっている。反対に女の正装は色彩さまざまであるほうが普通だ。これもまた、エスコートの真意と通ずることによって生まれ発展した、キマリである。黒や白はあくまでも背景や地であって、色彩を生かす役なのだから。いかに女が黒の夜会服をまとっていても、生かされる対象が女であることには変わりはない。

ところで、日本では、この式の男女関係が、いとも奇妙に発揮されるのである。

まずもって、なんでもレディー・ファーストであればよいと思っているらしく、エスコートの真の意味を問うこともなく、どこでもいつでも女は先をゆずられる。ゆずられないとすれば、男が一種のＶＩＰで、カバンもちでも従えて先に行くことに慣れた男たちだ。それとも、こういうことには無関心をきめこんだ、「日本男子」だけである。

ただ、パーティーの席あたりでは、これが崩れる。日本で行なわれる通常のこのような席では、平安朝式も現代びな式も踏襲されない。とくに、男女が夫婦でもあったりすると、もう「日本式」そのものになるのである。

つまり、背景や地でありエスコートする役であるはずの男が前面に出、女は、なにも師弟の関係ではないのだが、三歩はさがらなくても、一歩は確実にさがって応対するというのが、ごく一般的な現象になる。

こういうおひな様を私は見たことはないのだが、日本では、偉い人の妻ともなれば、亭主が偉くなるのに比例して頭《こうべ》も下げるのが美徳とされるからだろう。

これはこれで、日本式であろうがなんであろうが、美徳なのだからかまわない。

ただ、和服の場合だとこれをしてもサマになるけれど、華麗なるロングドレスの場合、やはりなんとも奇異に映るのはしかたがない。

夜会服は、胸を張り背をシャンとしてこそ着こなせるものなのである。それが、一歩さがって肩をすぼめ両手を前でおとなしく、となると、夜会服のデザイナーならば彼しかないと私が思う、ヴァレンティーノのすばらしいドレスでも死んでしまう。

ヨーロッパ式がすべて良し、と言いたいのではない。ヨーロッパの男と女の関係の「形」は一種の文化なのであって、文化が輸入される場合は、心まで輸入しないとおかしなことになる、と言いたいだけである。ざるそばをフォークで食べることを、私は、ヨーロッパ人である息子に厳禁している。ラーメンだって、同じことだ。

こういう具合に、エスコートの概念ひとつとっても、文化の移入はしちめんどうなことなのである。

イヤだ、となったらさっさとイヤで一貫したほうがすっきりしている。その場合はやはり、ロングドレスなんていうおかねをかけても効果が薄く、また何度も同じものを着ていけないという不便なものはやめて、帯ひとつで印象が変わり、流行もなく年齢のちがいもあまり気にしないですむ、和服を重用すべきだろう。とくに日本には、家族伝来の宝飾品をもつという習慣がないために、その点ではいたく不利なわれわれ日本の女には、着物のもつ便利さは計りしれない。

ましてや、「現代びな」式はおろか、平安びな式さえ踏襲してくれない男が大部分では、ロングドレスにかける投資は生きてこないのが普通なのだから。

しかし、こういう男どもには関係なく、女びなだけで花園のように花咲かすのも、エスコートの男を見つくろう手間ひまがかからなくていいんではないかと、イタリアの女友だちに言ったことがある。なぜなら、こちらは音楽会やオペラに行きたくとも、亭主でさえ同調してくれるとはかぎらないからで、私個人としては、一人で華やかに着飾り、オペラ劇場や夕食会に出かけるのが、ちっとも苦にならないと思うからだ。

ところが、あらゆる意味で独立したキャリア・ウーマンの彼女は、こう答えたのだった。

「花園は、蜂がとんでいなくては花園ではないのよ」

これには、うなってしまった。蜂がブンブンしていることではじめて、花園を構成する美しい花々も、花は美しく香りも高いということになるのだ。これはもう、女の自主独立作戦には関係なく、真実である。やはり、美しく着飾る気持ちを捨てでもしないかぎり、女びなには、男びながつきものであるらしい。

それに、エスコートしてもらう、つまりささえられている心境は、気分がいいものなんですねえ、やっぱり。心の奥底では、並の男以上に独立しているとの確信はあっても、だからこそなお、「形」の上の非独立は心地良いものなのである。ヨーロッパ式男女関係が文化にまでなってしまったのには、女の側の支持があったからこそという気がしてならないのだが。

第42章　働きバチなる概念について

ゲーテは、かの有名な『イタリア紀行』の中で、次のように書いている。

——そうなのだ。運命の書物のわたしのページのところには、このように書いてあったのだ。

一七八六年九月二十八日夕刻、ドイツ時間では五時、ブレンタ川を後にして潟《ラグーナ》に入ったわたしは、生まれてはじめてヴェネツィアを見るのだ、と。そして、それからほどなくしてその地表に立ち、このすばらしい島の都、この海狸の共和国を観てまわることができるのだ——

この一文を『続海の都の物語』の中で引用した私は、そのすぐ後につづけて、次の一行を書いた。

——ビーバーの共和国とは、さすがはゲーテ、言い得て妙である——

おしゃべりは、作品の中ではなかなかむずかしい。作品中におしゃべりをはさむ妙手は司馬遼太郎先生だが、どうも作家としての成熟度はいまだ道遠しの私では、良い結果だと簡潔、悪い結果だと説明足らず、ということになる。それで、『海の都の物語』ではできなかったおしゃべりをすることから、この一文をはじめようと思うのだ。

海狸、というのを国語辞典で引くと、次のように説明されている。

河や湖にすむほにゅう動物。形はらっこに似て小さく、あしと尾とで泳ぐ。毛皮は貴重。ビーバー（英）。

私は、えりは狐で他は海狸でできたコートを愛用しているが、そんなことはどうでもよい。重要なのは、ここでは説明されていないが、ビーバーという動物は実に働き者だということだ。この動物の生態映画でも見た人ならばたちまち同調してくれると思うが、まあよくもと感心するほど小さいくせによく動き、木の枝やなにかを口でくわえて泳ぎまわっては、見るまに小川などはせきとめて「ダム」をつくってしまう。つまり、海狸といえば、毛皮のコートを思い出すよりもまず、働き者を連想させる動物なのである。

そして、ヴェネツィアは、海の水をたたえた潟の上に人工的に築かれた都市である。まるで、ビーバーが、せっせと働いたあげくにつくりあげた巣《ねぐら》のように。

だからこそ、文豪ゲーテの言葉は意味深長なのである。ヴェネツィアを、海狸の共和国と呼んだ彼の用語は、事実を巧みに表現しながらも、なおに真実に迫っている点において。

しかし、ここから先がほんとうは私の言いたいことなのだが、ゲーテがヴェネツィアを、ビーバーの共和国と書いたのは、一七八六年のことである。初代元首の演出によってヴェネツィア共和国が国家らしい形をととのえたのは西暦六九七年だから、一千一百年の歴史はもっていたということになる。そして、ナポレオンに攻められての滅亡は、一七九七年。ゲーテの訪問から十一年後のことだった。つまり、ゲーテは、ビーバーたちがとっくの昔に築きあげてしまった、海の上に浮かぶということでは世界唯一の都市を見たのだ。

とっくの昔とは、十五、六世紀と思ってよいから、ゲーテが、働き者ビーバーの都、と呼んだのは、三百年も過ぎた頃ということになる。三百年過ぎてもなお、ヴェネツィア人の働き者という評判は、ヨーロッパの北のドイツ人まで忘れなかったというわけだ。

ここ二、三十年働きバチなんて言われたからといって、われわれ日本人は、恐縮することなどないのである。それが二、三百年も後になると、良いように解釈してくれる人が出てくるかもしれないのだから。まして、ゲーテのように影響力大の人だったりすると、後世の名声は確保されたも同じである。

あるとき、外国人のほうが多いシンポジウムの席で、日本人の働き好きを弁明する羽目になった。私はまず、こう言うことからはじめた。

「日本での挨拶の仕方の中で、最も普通なものにこういうのがあります。お忙しいですか、というのですが、そう挨拶されたら、あなた方だったらどう答えますか」

会場にいた外国人は、異口同音どころか同口同音という感じで、こう答えたのである。

「不幸にして」

私は、心中だけでなくてもニヤリとしながらつづけた。

「ところが、日本ではちがうのです。日本人は、こう答えます。おかげさまで、と。つまり、幸いにして、という意味をこめて」

会場にいた外国人のほとんど全員が、これには口をポカンと開けたのでありました。

その口がまだ閉まらないうちに、追い討ちをかけるのを忘れなかったのはもちろんだ。私は、さらにつづけた。

「あなた方キリスト教徒にとって、労働は、神が人間に与えた罰なのです。イブがりんごを食べちゃったために、神さまはアダムとイブを楽園から追放し、おかげで人間は働かなくてはならなくなったのですから。そういうあなた方にとって、労働とは、可能ならば逃げたい避けたいものになってしまったのも、当然です。だからこそ、日曜日のような休日も、単なる休日ではない。安息日と呼ばれる意味もあるのです。

反対に、アダムとイブの子孫でないわれわれ日本人は、労働を、神から与えられた罰と考える理由をもちません。罰という、マイナス・イメージはないのです。もちろん、労働というものは、重く、つらく、耐えがたきを耐える、という感じはもっています。でも、神罰というほどの、絶対的な悪ではないのです。ために、可能なかぎりそれから逃げ、それを避ける、という確固たる大義名分も、もてない事情もおわかりでしょう。

それからもう一つ、キリスト教徒にしてみれば感じるのは当然の、労働につきまとう忌わしいイメージについても、お話しする必要があるように思います。

アウシュヴィッツの強制収容所の鉄門の上には、ドイツ語で、労働は精神を自由にする、と彫《きざ》まれていました。ヨーロッパ人ならば知っている事実です。

ただ、これは、ナチの独創でないこともご存じでしょう。

キリスト教では、とくに中世のキリスト教では、奴隷貿易を認めていました。売り買いする奴隷が、キリスト教徒でなければよいという条件つきでしたが。それは、キリスト教の信仰者でない者を、肉体的な労働できたえなおすことによって、異教徒である、またはいまだキリスト教を知らないこれらの人々に、精神の自由を与え、最終的にはキリスト教徒として救ってやるという、彼らなりに論理的な帰結だったのです。だから、奴隷貿易は悪ではなかった。そのちゃんとした大義名分が二十世紀まで生き残ったのが、アウシュヴィッツの鉄門上の文句ということです。

こう並べてくると、労働というものに対してのマイナス・イメージが、日本よりも西欧に多く深いのもおわかりいただけたと思います。そういう日本人が、あなた方からすれば、嬉々として働いちゃう、と見えるのにも、文化文明的には種々の原因と理由があるということでしょう」

シンポジウムでの私のペーパーを、ここで全部紹介する気はないのだけど、非難されて恐縮するばかりが能でない、ということも言いたかったのである。ときには、ケンカしたっていいのだ。ただし、ケンカは巧みにする必要はある。なるべく、いや必ず、相手方の土俵にあがって、相手方の手法にのっとってケンカする必要があると思う。そうすれば、ケンカがケンカに終わらない。

対話とは、相手と話し合うものではない。対話の源流をたどれば、相手を言い負かすことと言ったほうが適切と思う。相手が、なるほど、と思えばいいのだ。ソクラテスの対話法なんて、へとつくほうが妥当なような、理屈の集大成なのだから。

しかし、あの席では言わなかったが、なぜならあの席での私の目的は弁明だったからだが、働きバチとビーバーとは、似ているようでいて似ていないのである。

蜂のほうは、花々を忙しくまわって貯めた蜜を、女王蜂を養うか、熊か人間になめられてしまう宿命をもつ。自分用には使わない。

一方、海狸となると、忙しさは同じでも、出来あがったダムの内部は、彼だけの巣になる。巣ができるとそこに安住して働かなくなるということも起こらないのがいかにもビーバー的だが、少なくとも巣は彼だけのものだ。

日本人も、住がととのい街づくりも美しくなると、働きバチではなく、ビーバーと呼ばれるようになるのかもしれない。

このあたりのちがいは意外と大切で、日本が、他国に影響を与える文化文明を創造するか否か、の問題にもつながってくる。

私は息子に、こう教えることにしている。

「ギリシアもローマも、そしてルネサンス文明の花フィレンツェもヴェネツィアも、まずはじめにお金をもうけたのよ。文化文明を創造したのは、その後の話。お金がなければ、なにもできない。スペインだって、ウィーンを中心としたオーストリア帝国だって、フランスだってイギリスだって、そして最近のアメリカだって、まず最初にお金持ちになったのです。

ただ、忘れないでほしいのだけど、いままでにお金持ちになった民族がみな他国に影響を与えるほどの文化文明を創造したかというとそれがそうじゃないのね。大帝国であったモンゴルもトルコも、たいしたもの残していないのよ。どうして、こういうちがいが生まれるのでしょうね」

歴史物語を書いている私にも、はっきりした理由はまだわかっていない。どうやら、その民族に美的センスがあるか否かにかかっているのか、とも思っている。または、その民族が、絶えざる好奇心の持ち主であったか否か、も関係あるかもしれない。

友人のウィーン大学で教える未来学の学者に、日本が文化国家になるのはいつかときいたら、二〇五〇年という答が返ってきた。

となれば、日本人はいまだ労働中なのだ。それはけっこうでも、せめて、働きバチではなくビーバーにはなりたいものである。

第43章　男が上手に年をとるために

戦術一。まず、自分の年齢を、いつも頭の中に刻みこんでおくこと。

自分の年を忘れるというのは、私には利口なやり方とは思えない。

なぜなら、忘れる、という作業が、実にむずかしい作業だからである。忘れることがやさしいのは、心底では忘れたいと思っていることであるのはたしかだが、実際は、忘れたってたいして不都合でない、と思っていることなら、人間は容易に忘れられるのだ。

それが、忘れっきりにしてはどうも都合悪い、と思っていることは、なかなか忘れきれないものである。

男でも女でも、自らの年齢は、これにあたる。とくに、四十歳を越えれば、なおのことだ。だから、はじめから無駄とわかっているこのようなことは、やらないほうがいいのである。反対に、忘れない、としたほうがいいのだ。

戦術二。そして、自分の年齢と、共存共栄の方法を考え、実行する。

映画監督のフェデリコ・フェッリーニは、前にも書いたが、こんなことを言っている。

「わたしは、若者には興味がない。わたし自身があの年齢に、良い意味でも悪い意味でも若者らしいことを十二分にやったから、今他人の彼らがなにをしようと、それは彼らの勝手と思う。わたしは、今のわたしを十二分に生きることしか、興味がないのです」

こういう心境に達すれば理想的だが、これも神より才能を恵まれた人だから言えることで、そうそう誰にでも適用可能というわけにはいかないだろう。

しかし、誰にとっても、若い時代はあったのだ。そして、若い時代があれば、その後にくる成熟、老成の時代が、ないほうがおかしい。

戦術三。強いて、若づくりをしないこと。

ほんとうは、若づくりすること自体が、強いて、つまり無理した結果なのである。だが、ときには、気分が高揚することもあろう。若々しい活気にあふれるときだって、あるにちがいない。そういうときに、ジーンズにTシャツ着たって、かまわないのだ。内側がちゃんとサマになっていれば、外側だって自然にサマになる。

しかし、みっともないかっこう、というものは、厳として存在する。なにしろ、自分の年齢は忘れてはいけないのだから、普通の状態ならば、それに似合う身なりは自然に生まれてくると思うのだ。

戦術四。居なおること。つまり、自然体であること。

私は、テレビ・ニュースを見ているとき、アメリカとソ連の戦力削減交渉の場が写し出されると、ひどく熱心に見たものだった。といっても、ついこの間までは、だったが。

それは、このようなことに特別関心があったから、というわけではない。その場にいたアメリカの首席代表の、エミッツだったか、まあそんなふうな名の男だったが、ついこの間まで首席をつとめていたその男が、大好きだったからである。

年齢は、八十歳を越えているのだそうだ。だけど、ステキな男だった。眼がいい。じっと相手の眼をみつめて、動かない。

また、話し方がいい。静かで落ちついた話し方をする。それも、抑えた声で。

そして、最もイイ点は、笑い顔を安売りしないことだった。笑い顔を安売りする男には、政治家であろうと財界人であろうと、また俳優であろうと、私は食傷気味なのです。

この人を笑わせてみたい、と私などは思う。八十歳であろうが、そんなことはまったく関係ない。

戦術五。一カ所、どこかに派手な色を使うこと。

八十歳の彼のような魅力的な男なら、彼がどんな服装をしているかなどはかまっちゃいないのだが、これほどイイ男もそうそう簡単にはいないところから、普通の男も念頭におくとなると、この戦術も有効だと思うのである。

胸ポケットに無造作につっこんだミッドナイト・ブルーの絹のハンカチーフだけで、その男がいかに映えてくるか。

ネクタイの柄と色が、イタリアの色という印象をまず与えるほど華やかなのに、それをポケットのふくらんだ形もちょっと崩れた、イギリス男のような背広につけている面白さ。

派手さ華やかさの使い方は、その人の遊びの精神の有無をはかる物差しになる。そして、遊びの精神のあるなしは、この精神の発揮の仕方は、その男の頭の良し悪しにつながってくる。

戦術六。恋をすること。

不倫とか愛人関係とか、昨今バーゲン・セールもよいところという感じでウンヌンされているようなものは、私にはまったく興味がない。あそこには、なにもかもあるが、恋愛だけは不在である。

キャリア・ウーマンともなれば愛人の一人でもいなくてはもう、なんて感じで生まれる関係は、所詮、男がいないのではみっともないというわけで手近な相手とできちゃう、というものだから、そこには、燃えるような喜びは生まれえない。ウーマンの話をしたけれど、マンになってもこれは同じである。

私のすすめたいのは、ほんとうの恋なのだ。そのような恋に出会わなければ、出会うまで、読書したり音楽を聴いたりして一人で夜をすごすほうが、ずっと美しい人生のおくり方だと思う。そうしていると、いつか出会う。生きているすばらしさを心の底から味わわせてくれる、ほんとうの恋に出会う。

いのち短し、恋せよ乙女
紅きくちびる、あせぬまに
熱き血潮の、冷めぬまに
明日の月日は、ないものを

われわれは知っている、紅きくちびるの乙女時代に、なんという馬鹿気た恋しかしなかったかということを。

恋は、明日の月日はないものを、がわかる年頃になって、はじめてできるものではないだろうか。恋する喜びが、どれほど生に生彩を与えてくれるかがわかる時代になって。

戦術七。優しくあること。

優しい若者を、私は若者だと思わない。立居振舞いのやさしさを、言っているのではない。心のやさしさ、とでもいうものだ。

若者が、優しくあれるはずはないのである。すべてのことが可能だと思っている年頃は、高慢で不遜であるほうが似つかわしい。

優しくあれるようになるのは、人生には不可能なこともある、とわかった年からである。自分でも他者でも、限界があることを知り、それでもなお全力をつくすのが人間とわかれば、人は自然に優しくなる。

優しさは、哀しさでもあるのだ。これにいたったとき、人間は成熟したといえる。そして、忍耐をもって、他者に対することができるようになる。

戦術八。清潔であること。

清潔感あふれる男であれ、などと言っているのではない。衛生上、清潔を保つべし、と言っているのである。

二十代の若者ならば、汚れには無頓着、という弁解もできようが、年を重ねると、そんなことは言ってはいられない。

不潔はただ単に不潔であり、汚れでしかない汚れというものに弁解しようもない年代に入った、と覚悟するしかない。

無精ひげなんぞは、よほどすばらしい男でもないかぎり、決して許されるものではないのである。

戦術九。疲労を見せるのを、怖れないこと。

無理に元気をよそおう男がいるが、あれも上手に年をとっていない証拠である。疲労の原因がどのようなことにあるかをわからないほど、われわれ女は馬鹿ではない。それがすばらしいことをした後の疲労ならば、許すだけでなく、疲れをいやすことに全力も投入するだろう。

だが、もしもくだらないことの結果の疲労ならば、その男に対しての認識も変えてしまうであろう。つまり、そんな奴は捨てちゃうということになる。

もの書きとしての私は、いまだ成熟の域にも達しないのではないかと思う。それでも、いつかは書いてみたい。成熟に達した頃には、書けるのではないかと思う。すばらしい独創的な大事業をした後の、疲労こんぱいの状態の男を。満身創痍で刀折れ矢つきという状態で、やつれ果て消耗しきった、しかしそれでいて官能的な男を書いてみたい。

一人、候補者はもう、頭の中にあるのです。

戦術十。セックスは、九十歳になっても可能だと思うこと。

ここ近年はエイズ騒動などで、もうもうこういうことはオソロシイ、となっているらしいが、私にしてみれば、今こそ完全なるセックス謳歌の時代が来たのではないかと思う。

これまでが、手軽すぎたのだ。手軽に満足できたものだから、皆が、これは女も同罪だが、怠け者になってしまっていたのである。

怠け者というのは、肉体の動きではなく、頭脳の動きのことを言っている。

手軽は、上手に年をとるには、あらゆることの敵である。

戦術の最後。利口ぶった女の書く、男性論なんぞは読まないこと。

第44章　成功する男について

ここでいう「成功者」とは、社会的地位の上下とはあまり関係ないかもしれない。なぜなら、社会的地位ならばひどく高い男たちの中にでも、もうどうしようもないほど程度の低い男たちもいて、あんなのにまでは関わってはいられないと思うからである。

やはり、ある程度の質は保証された「品」についての話でないと、男性論も香りを失う。

成功する男とは、まず第一に、身体全体からえもいわれぬ明るさを漂わせる男だ。といってもその明るさとは、ウワッハッハなんて笑うたぐいのものではない。

また、ワイワイとやたらに騒々しければ、明るいというわけでもない。静かな立居振舞いの中にも、なにか明るい雰囲気を漂わせている、そんなたぐいの明るさなのである。

明るい、という表現でははっきりしないならば、イタリア語のセレーノという言葉に助けを求めるしかないのだが、SERENOというこの表現は、なかなか味わい深いのだ。辞書には、こんな具合に説明してある。

〈静かに晴れた、澄みきった、のどかな、晴朗《せいろう》な〉

おだやかな晴天、と言う場合にも、セレーノな空、というのだ。この他にも、晴れ晴れした顔、という場合にもセレーノを使うし、落ちついた、とか、客観的な、とか言いたい場合にも使われる。

例えば、平穏無事な生活も、セレーノな生活、となるし、客観的な判断も、セレーノな判断、というわけだ。

こう並べてくると、だいたいのことはわかってもらえると思うが、要は、成功する男の第一条件は、私に言わせれば「セレーノ」な男ということになる。

では、なぜこの種の「明るさ」が必須条件かという理由だが、ひらたく言えば、ひまわりが太陽に向かって花を咲かせ、虫が灯のまわりに集まってくるようなものですね。

人の一生には、多くの苦しみと悩みがないではすまないのが普通だ。たとえ他人には打ちあけなくても、胸の中にしまっておくだけでも、たいていの人はなにかしら苦悩をかかえて生きている。その人々にとって、明るさをもつ人は、それ自体ですでに救いなのである。

自分と同じ苦悩をかかえる者同士が、集まってともにそれを分かちあうべきなのかもしれないが、そうなると精神療法の一つである集団療法みたいで、効用はあってもなんとも味気ない。それにこれは、ほんとうに心の病気をもつ人ならば効果は期待できても、われわれその他大勢は、それほどの「病人」ではない。通常の感受性をもつ者ならば、誰でもいくらかはかかえている程度の「病い」であって、ドラスティックな療法を受けたとて、もともと全治は見こみ薄なのだ。

このような普通人にとって、明るい人にひかれるのは、ひまわりが太陽のほうに顔を向けるようなものである。つまり、ごく自然な願望なのである。

世の中には、この種の「明るい人」の数は相対的に少なく、なぜなら、常に静かで晴朗であるなんて、立派に器量と名づけてよいものだからだが、それに比べてこの種の器量の持ち主でない普通人の方が絶対的に多い現状下では、「セレーノ」な男が成功者になるのは当然ではないだろうか。

灯には、常に虫が群れるものである。灯の近くでは死んじゃう宿命しかないと知っていながら、なお群れつづけるのだから、明るさとは、抗しがたい魅力であるのかもしれない。

第二、暗黒面にばかり眼がいく人、ではない男。

これも結局は第一の条件とつながってしまうことでもあるのだが、なにもかも暗く見てしまう性質の人は、周囲の者に耐えがたい思いをさせないではおかないものである。

黒澤明監督の『羅生門』の終わりのほうで、印象深い台詞があった。真実とは、所詮、その人が真実と思いたいものにすぎないのではないか、という一句である。

この考え方を応用すれば、人生の暗黒面にばかり眼がいく人は、人生というものを暗く思いたいからにすぎない、と言えないであろうか。

同じものでも、光のあて方によってちがって見えてくるものである。当然、はじめから光をあてる気もない人には、いつまでたっても暗くしか見えない。これでは、まわりの人にとってはたまったものではないのだ。

『羅生門』とは比べようもないほど身近な例だが、あるとき私の友人の一人が、ローマに数日滞在した後でフィレンツェにやってきた。

なにしろ高校時代からの仲だから、私も、その人が泊まるホテルまで出向く。そうしたら、もう世も末という感じで落ちこんでいるではないか。またまたどうしちゃったんですかというわけで理由をたずねたら、返ってきた答は次のようなものだった。

つまり、ローマ滞在中に乗ったタクシーの運転手という運転手がみな、ワルもワルで、この人を騙しに騙したあげく、いつもまわり道をしては法外な料金をふんだくった、というわけである。これがためにその人は大変に気分を害し、食べる料理は不味《まず》くなり、古代ローマの遺跡を見れば腹が立つ、という結果になったらしい。もちろん、現代イタリア人については最低の評で、こんな奴らに金《かね》を落としていくこと自体が悪である、という結論にまで達したのである。

こうまでウツの状態におちいった人には、ルネサンス芸術であふれる花の都フィレンツェも、できるかぎり早く逃げだしたい街にすぎなくなってしまう。一刻も早く、日本に帰りたくてしかたがない彼にとっては、社命でもなければ、こんな不愉快な旅はさっさときりあげていたであろう。

これでは気の毒だと思った私は、ローマではどのあたりの道をタクシーでまわったのか、とたずねた。その人があの辺と答えるだけでも、フィレンツェに移る前の五、六年をローマですごした私には見当がつく。それで私は、不愉快一掃作戦を試みることにした。

「あの辺は旧市街なんです。中世時代めぐっていた城壁の中にふくまれる地域の中でも、都心にあたる。だから道路は狭くて、一方通行しか許されません。それで、まわり道をするつもりがなくても、結果としては大きく迂回することになってしまうんです」

これで、わが旧友の心境が一変したと書きたいところだが、残念ながらそうではなかった。この人は、頭では理解できるのである。ただ、なにもかもネガティブに見てしまう性向は、頭での理解を越えたものだから、理《ことわり》をもっての説得に成功しても、それはたいした効果をもたらさない。この人にとってのイタリアは、それこそ耐えがたい、もう二度と足をふみ入れたくない土地になってしまったであろう。

おそらく、この人の中では、イタリアに到着する前からすでに、イタリアをどう見るということがきまっていたにちがいない。ローマの街中の一方通行は、格好な理由を与えたにすぎないのである。

第三、自らの仕事に、九十パーセントの満足と、十パーセントの不満をもっている男。

百パーセントの満足をもつなんて、やはり自然ではない。天地創造主の神さまだって、いくぶんかの不満足はもったにちがいないのだ。ほんとうの仕事とは、こんな具合で、少々の不満足を内包してこそ、実のあるものになるのだと思う。

かといって、満足、不満足の比率が五分五分というのも、成功にはつながらないのではないか。なぜなら、若いうちは、この五分五分の比率という緊張関係に耐えていけると思うが、年とってくると、つまり四十代に入ると、この種の緊張関係は重くのしかかるだけだと思う。

人生やはりいくぶんかの楽観主義は必要で、そうでないと、自分自身が耐えていけないだけでなく、周囲の人まで巻きぞえにしかねないのだ。いつもいつも緊張している人のまわりには、人は喜んでは集まらないものである。

ただし、十パーセント程度の不満はあったほうがよい。そうしないと、いかに楽観主義者が好ましかろうと、それは楽観した人でなくて、単なるアホになってしまう。また、十パーセント程度ならば、刺激になり、ために向上心につながってくる。要するに、若さの源になりえるのだ。人は、このようなことに、意外と敏感に反応するものである。そして、その結果として、その人物のまわりは常に人でにぎわうことになる。

要するに、成功する者の条件のうちでも欠くことのできない一つは、どれだけの人を周囲に集められるか、ではないだろうか。

第四、ごくごく普通の常識を尊重すること。

これは、尊重することであって、自ら守れと言っているのではない。人々が拠って立つところの常識は、尊重はしなければならないが、自分自身では守らなくてもよい。ただし、守らない場合は、それを周囲の人々が納得するようにはしてやらねばならない。例えば、あの人は守らないが、それはあの人が特別だからだ、と周囲が思えば作戦は成功である。

では、なぜ普通人の常識は尊重しなければならないかということだが、それは、人には誰にも、存在理由をもつ権利があるからである。そして、しばしば、普通人が自らの存在理由を見出すのは、世間並の常識の中でしかないのだ。もしも、人生の成功者になりたければ、どんなに平凡な人間にも、五分《ごぶ》の魂があることを忘れるわけにはいかない。

これは、人間性というものをあたたかく見る、ということでもある。真にヒューマンな人のまわりには、灯をしたうかのように、人は自然に集まってくるものである。

追伸

こんなに完璧な人って何人いる？　なんて言われそうだから、あらかじめ予防線を張っておきます。

なに、四六時中そうでなければ成功しないと言っているのではないのです。まあ、一日に十時間この調子でいられる人なら、ということにしましょう。八時間でも無理、なんていう私のような者もいるけれど、私は男ではありませんから。

第45章　地中海的中庸について

つい先頃、『眺めのいい部屋』と題した、イギリス映画を観た。なにしろ、傑作『プラトーン』に抗してなにかしらの部門のアカデミー賞を三つももらった作品ということで、まあそんなに悪いこともないだろうと観にいったわけです。

ところが、喜劇でもないのに、映画がはじまってから終わるまで笑ってしまったのだ。

二十世紀のはじめの頃を舞台にした、イギリス人の原作を映画にしたのだという。同じ原作者の作品の映画化という『インドへの道』も観ていたから、私は考えこんでしまった。喜劇でもないのに、なぜ笑っちゃうのか。私のような映画狂でない人のほうが多いと思うので、まず『インドへの道』の簡単なストーリーを書く。

今世紀のはじめ頃と思うが、一人のイギリス人の若い女性が、まだ植民地だったインドに着くところから話ははじまる。この女は、グリーンの芝生に代表される秩序とはまったく反対の、インド人の雑踏と亜熱帯特有の湿気と暑さにまず参っちゃうわけだが、そこでヘンな気分にもなってしまうのだ。このヘンな気分は、ヒンズー教のエロティックな浮き彫りを偶然に見てしまったことで、爆発寸前までいってしまう。

爆発したのは、知りあったインド人の医師も同行してピクニックにいった折だが、この医師が、言い寄ってでもくれていたらヘンな気分も爆発しないですんだのだろうが、この大変にジェントルマンなインド人は、イギリス女に対しては、そんないかがわしいまねはしなかった。

それで、彼女は、ヘンな気分の爆発を、私などには夢にも考えられない方法でやってしまったのだ。この医師が、レイプしたと訴えたのだった。

なにしろ当時のインドは、大英帝国の植民地である。その大英帝国の女性に対してのいかがわしい振舞いとなると、もう完全に罪になってしまうらしく、裁判が行なわれた。大問題になったわけである。もちろん、世界の一級民族と信じている、インド在住のイギリス人たちは、この野蛮な医師をケモノのごとくに見る。

そこで裁判は人々の注目のうちにはじまったのだが、頭の良い弁護士によって、彼女の嘘は次々にあばかれていくという、イギリス人たちにとっては意外な結果となった。最後に、追いつめられて、イギリスの女性は、あれは全部ウソでした、と告白することになる。人道的にも、目覚めたというわけだろう。

この映画を観ながら、私はこんなふうに思っていた。私は、インドという国に行ったことがない。だから、私だって、自分の生まれ育った文明とはまったく別の文明の世界では、ヘンな気分になっちゃうかもしれない、と思ったのだ。エロティックな神々の交合の浮き彫りも、見る環境によっては、ヘンな気分になるのを助けるかもしれない、と。

もちろん、されもしないのにされた、とは、公言する勇気はもてないだろうと思うけれど。

ところが、『眺めのいい部屋』では、イギリス人をヘンな気分にさせちゃった舞台は、私の知らないインドではなく、私の住んでいるイタリアのフィレンツェである。これはもう、私は行ったことはないから、もしかしたらそんなものかもしれない、などとは言ってはいられないではないか。

それで、『眺めのいい部屋』のストーリーだが、こちらのほうは、フィレンツェを訪れて偶然に知りあった、イギリス上流階級に属すらしい若い男女の、ヘンな気分、のオハナシである。

この原作者は、海外に行ったイギリス人のヘンな気分、に特別な興味をいだいていたのかしらんと、妙なところで感心した。

まず、当時のイギリスの上流の人たちにとっては教養の一つであったらしいイタリア旅行にきたまではよかったが、典型的なるイギリスのオールド・ミスの伯母さんと一緒のこの若い女は、ジョットーの絵など観ているうちはよかったのだが、フィレンツェの街の中心にいやというほどある、裸体の男の彫像がいけなかったらしい。

そのうえ、フィレンツェの郊外のキャンティ地方へのピクニック（イギリス人とピクニックは切り離せないものらしい）がまた、いけなかったようである。馬車を御す若いイタリアの男ときたら、同道した恋人とイチャツイて、ヴィクトリア時代の道徳のかたまりみたいなイギリスの上流人種のひんしゅくを買う。

ただ、眉をひそめたのは年齢が上の男女で、若い男と女はこれにもショックをうけ、だんだんとヘンな気分になってしまうのだ。

裸体の彫像だろうが、イタリアの下層階級の男女の人眼も気にしないイチャツキだろうが、こんなことには慣れてしまっている私などは、もうこの辺で笑いをかみ殺すしかなかったのだが、この映画では、舞台はイギリスにもどるのである。

そのイギリスの地で、まあいろいろあった後にしてもめでたく〝ヘンな気分〟を認めあった二人は結婚し、新婚旅行は再びフィレンツェにきてオシマイ、というストーリーである。ヘンな気分にしてくれた地への再訪、ということなのだろう。

彫像ぐらいでセックスを刺激されるなんてこれは今世紀はじめの、つまりヴィクトリア朝時代の厳しくて偽善的な道徳が支配していた時代だからだ、と人はいうかもしれない。

しかし、原作はその時代を舞台にしていようと、この原作をもとにしてつくられた映画は、つい最近に製作されたのである。しかもこのわずか二、三年前には、同じようなことをテーマにした『インドへの道』を、巨匠デヴィッド・リーン監督につくらせたイギリスだ。イギリス人には、いまだにこの種のヘンな気分になる要素があると思うほうが、当然ではないだろうか。

そのうえ、この二作とも、アカデミー作品賞にノミネートされただけでなく、ひょっとしたらもらえそうなくらいの評価を受けたのである。

たしかに二作とも、出来はそんなに悪くはなかった。だが、作品のテーマが、審査員たちの失笑を買うようなものならば、いかに出来はよかろうと、これほどの高い評価は与えられなかったのではないだろうか。

つまり、この種のテーマを描いた映画作品を、現在でもイギリス人はつくることを望み、アメリカ人も、笑いとばすどころか認めたということである。

ずいぶん昔の話だが、私がイタリアをはじめて訪れた頃に、イギリス人のつくった、『セックスは無関心、われわれはイギリス人』と題した喜劇が評判を呼んでいたことがあった。

もちろん、パロディー好きでは人後におちないイタリア人は、この現象を放っておかない。たちまち『セックスだけが関心事、われわれはイタリア人』という、喜劇をつくって上演したのだった。

このエピソードは、酔っ払いがどちらの国に多いか、ということにもつながってくる。

昼食でも夕食でも葡萄酒を飲む習慣のあるイタリアでは、めったに酔っ払った男に出会わない。酔っ払いを見るとすれば、焼酎《しょうちゅう》にも比べられる強い酒を産する北イタリアの話で、中伊から南伊にかけてはほとんどいない。

なにしろ、毎日飲んでいるのだ。葡萄酒のアルコール度は日本酒に比べても低いが、それでも毎日飲んでいると、自然に強くなるのかもしれない。私も、この面ではイタリア的になったのか、日本酒のちょっとやそっとでは酔っ払わないようになってしまった。

そして、イタリアでは、ウイスキーというものを飲まないようにもなるんですね。わが家でも来客用においてあるけれど、私自身はほとんど飲まない。それが、日本にもどると、飲めるようになるから不思議だ。もちろん、イギリスにいけば、イギリス人並みに飲む。

話がヘンなほうにそれてしまったが、セックスも、酒を飲むのと同じなのかもしれない。場所に影響され、人にも影響されるという具合に。

わざわざ布切れなど上から描いて隠してある裸体画や、イチジクの葉をつけさせられた裸体の彫像のほうが、私には不自然で、かえって注目してしまうのである。古代文明の都ローマに長くいたし、その後はルネサンス文明の都フィレンツェに移り住むというわけで、私はもう、このようなものには免疫になってしまっているのかもしれない。毎日飲む葡萄酒によって、アルコール飲料にはめったに酔っ払わなくなったのと同じに。

ただ、個人的な趣味からいえば、道を歩いているだけなのに、少しにしても常にセックスを思わせるイタリア男よりは、そんなことは思うほうがいけないという感じのイギリスの男のほうが、この頃では好ましく見えるようになっている。一分《いちぶ》のスキのない身なりのジェントルマンが、スキのないその身なりを捨てたらどのように変わるか、つまり、落差の愉しさなんですね。

地中海世界では古代ギリシアの昔から、中庸、ということが徳の第一とされてきた。

中庸という言葉を辞書でひくと、こんなふうに書いてある。

どちらにもかたよらず、中ほどであること。過不足のないこと。ものごとの過大、過小両極端の正しい中間を求めることによって得られるもの。

誰かは、英語のグッド・センスにあたる表現、とも書いていた。

なるほど、とは思った私だが、笑わないではいられなかった。イギリス人はよほど中庸に達するのがむずかしいと思ったからこそ、good《グッド》という形容詞をわざわざつけたのではないかと思ったからである。他の面では相当に〝中庸《ほどほど》〟でありえるイギリスの紳士淑女も、ことセックスとなると……。

とはいえ、ここが重要だ。過不足のないこと、とは、過であってもいけないが不足もいけないと言っているのですよ。

第46章　自殺の復権について

老人ボケは、気をつけていれば避けられるものだと、私は思っていた。よく、識者と称する人たちが言っているではないか。生きがいをもちなさい、とか、なにか熱中できるものをもつべきだ、とか。また、老人ボケの最良の防止法は、外国語を読むことと、日本語でいいから書くことだ、と誰かが言っていたのを思い出す。

そういうのをききながら、私の場合は大丈夫だと安心していたのである。生きがいは、ある。まだあと十年は、息子を育てあげるのに必要なのだから。熱中するものも、ある。仕事は愉しい。もう少し売れ行きのほうが伸びてくれれば言うことはないのだが、良くいえばロング・セラー、悪くいっても、少しずつにしても二十年は売れるのだから、苦情は言えまい。

そのうえ、私の仕事ときたら、外国語で書かれた史料を読まないことには話にならないのだから、やむをえずにしても、毎日外国語を読んでいる結果になる。しかも、さらに、仕事というのが原稿書きなのだ。書くことは、私の一部のようになってしまった。これでは、老人ボケになりようがないではないか。というわけで、その点に関しては、私は今まで、大安心していたのである。

それが、あるテレビ映画を見て、変わってしまったのだ。テレビ番組ぐらいで心の平静をおびやかされたことのない私にしては、前代未聞の出来事であった。

それは、アルツハイマーという、老人性の認知症をあつかった映画だった。正確な題名は忘れてしまったが、『愛を覚えてますか』とかなんとか、そんなものだったような気がする。ポール・ニューマンの奥さんのジョアン・ウッドワードが主演した作品だった。

主人公のこの女性は、詩人で、大学では英文学を教えている。アメリカ人の彼女には英語は外国語ではないにしても、相当に程度の高いシェークスピアを講義している場面もあったから、それほど程度の高い英語を読むのが、彼女の日常なのだ。また、詩人なのだから、書くことも仕事なのである。そして、息子の年齢から推測しても、五十代か、もしかしたらまだ四十代かも、という年代に属す。母親も健在。この、シェークスピアを勉強しているわけでもない、また詩も書いていない、ごく普通の女のような母親がボケないのに、英文学者で詩人、しかも相当に認められている詩人の彼女が、ボケちゃったのだから深刻だった。少なくとも、私には大変なショックだったのである。どうやら、アルツハイマー病とか症とかは、ウイルスに原因があるらしく、これはまさしく、病気以外のなにものでもない、とわかったからだ。話に聞くと、三十代でもかかる人がいるらしい。

これはもはや、ボケなんて症状ではないと思わなければならない。「病気」なのである。

病気ならば、いかに生きがいをもとうと、熱中するものがあろうと、まして外国語など始終読んでいようと、そのうえ原稿書きにあけくれる毎日であろうと、この病気の防止には、まったく関係ないということになる。

これはもう、ジタバタしたってしょうがない、と私は覚悟したのであります。

病気だから、かかる人はかかるので、ガンと同じようなものである。いや、交通事故のほうに似ている。

なぜならば、ガンにはまだ、早期発見という防止策がいくらか効くようだが、アルツハイマーとやらには、それもない。まったく、交通事故みたい、とでも思うしかないのである。

私の見たこのテレビ映画では、日一日と子供に逆もどりしていく女主人公を、こんな上出来な亭主はいるのかと驚くほど、優しくて責任感あふれる夫と、息子と息子の嫁さんと、もう相当に老齢な母親までが協力して、静かに死まで見守っていくという、物語であった。

パトロジックな病気なのだから、見守るという表現ならば美しくても、実際は認知症の人の看護である。そうするときめたのだから、夫をはじめとして彼女の周囲の人々には、無限の愛があるということなのだろう。

愛が、終極的には唯一頼れるもの、という、実にキリスト教的なエンディングであった。

自分にこれと同じ症状が起きたら、と、このテレビ番組を見た人ならば誰もが思ったであろうが、私も思ったのである。交通事故みたいなものなのだから、私に起こっても不思議はない。

ただ、私は、他者の愛にすべてをまかせる気持ちにはなれなかった。キリスト者でないためかもしれない。

それで、こうなったら最後、自殺しかないな、と思ったのである。アルツハイマーであろうが日一日とボケていって、奇妙な言動をしたり突然暴力的になったりする自分を、他人に対して恥ずかしいと思う気持ちはない。

一応、知的女流作家ということになっているらしい私が、日一日と非知的になっていくのを他人の眼にさらすのを、耐えがたい屈辱とも考えなかった。ただただ、本も読めなくなり、書くとなれば支離滅裂なことを書くようになってしまっては、私の存在理由がなくなる、と思っただけである。それに、お金もない。

それで、そうなる前にしちゃう自殺だが、この自殺ということが、ずいぶんと否定的に話されて久しいのではないか、と思う。

まず、キリスト教は、自殺を否定している。それに、儒教でもたしか、身体は親にもらったものゆえ、勝手にすることはならじ、とかなんとか言っていたのではないだろうか。

だから、キリスト教徒が、自殺しないのは彼らの勝手である。

だが、身体は親にもらったものゆえ、という立場も、二十代までは正しいと思うが、頭の中身に責任をもたないといけなくなるその後や、とくに顔まで責任をもたされそうな四十、五十代にまでも、通用しなければならない教えであろうか。

頭の中身や顔に自ら責任をもつ年代になれば、肉体をどうしようということだって、自らの責任のもとに、自ら決定する権利があるのではないかと、私ならば思う。

キリスト教が世界をおおうまでは、自殺はけっして、悪ではなかった。

古代ギリシアでも自殺は珍しくなかったが、ローマ時代に入っても、クレオパトラは自殺組である。シーザーを倒したブルータスも、自殺だった。ソクラテスだって、あれも一種の自殺である。逃げようと思えば逃げられたのに、悪法といえども法である、とかいう名言を残して、毒杯を自らあおったのだ。

キリストの死もまた、私にすれば自殺である。ピラトとイエスの間に交わされたという対話を読むと、このローマ総督が、いかにガリラヤの若者を救おうとしていたかがわかる。それなのにイエスは、わが道を行くのだ。救いを拒絶して、十字架に向かって行く。私には、エルサレムに行くと決めた当初から、キリストは、自らの死をどのようにして実現するかを、考えていたとしか思われない。

このイエスとは思想的には反対の極にいても、ローマの貴族ペトロニウスも、精神上の基盤ならば、同じであったと思う。

シェンキェヴィッチ作の『クォヴァディス』にあったエピソードと思うが、ローマに布教に訪れた聖ペテロが、ローマ一の教養人と評判だった、ペトロニウスのところに説教に出向く。そしておそらく、人間は無類に良いが少しばかり愚直という感じの聖ペテロは、ペトロニウスに向かって、キリストの教えを説きまくったのであろう。それに、ソフィスティケートな教養人ペトロニウスは、こう答えるのである。

「あなたの言うことは、おそらく、正しいことなのでしょう。しかし、わたしのことならば、放っておいてください。なぜならば、わたしは、必要あると思ったときは、自ら毒杯をあおることができますから」

私の、なぜにキリスト者にならざりしか、への答は、これにつきる。ならば、その私には、自殺に拒絶反応を起こす理由もないということになる。

それで、自殺の現実的方法だが、ビルの屋上からとびおりる、というのはダメである。高所恐怖症なもので、そんなところにあがっただけで、自殺という冷静で客観的決断を必要とする行為をできるような精神状態でなくなってしまうからだ。

列車とびこみも刃物もピストルも、いけない。どうも私は、肉体的苦痛にやたらと弱いらしく、これではスパイにもなれないや、と常々思っているくらいなのです。

冬山登山もダメ。寒がりで、遊学先も南国ということでイタリアを選んだほどの私では、ふもとの山小屋のこたつに入ったきり、出る気もしなくなるのは眼に見えている。

睡眠薬も、不適当なようだ。あれは掌いっぱいぐらいの分量を飲まなければ効果はないんだそうで、そんなことをしては、もともと薬というものにアレルギーの私は、一粒ものどを通らないうちに吐き出しているにちがいない。

やれやれ自殺するのも楽ではないと話していたら、ある人が、やはり青酸カリですね、と言った。

なるほど、青酸カリ入りのカプセルならば、口の中が薬でいっぱいになる不快を感ずる前に、のどもとを通ってくれることだろう。それならば、いざというときのために青酸カリ入りのカプセルを用意すればいいのだと思ったら、気が楽になったが、これを一人で飲むのもネクラだな、とも感じたのでありました。

ペトロニウスのように、友人知己を全員招待した席で血管を切る、なんていうネアカはしなくてもよいが、一人で旅立ちというのもなさけない。誰か、ウイルスでも侵入して、もはや日一日と子供に逆もどりするしかなくなった私の掌に、カプセルをそっとのせてくれる男はいないであろうか。

やはり、いかに親友でも女では面白くない。異性で、しかもステキな男ときめよう。こんなふうな旅立ちならば、私だって、微笑をたたえながら、ペトロニウスでい、きるような気がする。

ここまで愉しく空想してきて、大変なことに気がついた。自殺幇助《ほうじょ》罪なる、不粋な法があるのではないかということに気がついたのである。何年くらうのかしらね、これだと。

第47章　外国語を話すこと、など

先日、帰国の折、ホテルのエレベーターの中で、二人の若い女性が話しているのが耳に入った。帰国なのだから、場所は日本で、女性たちも日本人だ。その彼女たちが、こんな話をしていたのである。一見、企業主催の報告会あたりで、受付かなにかをさせられての帰りらしかった。

「○○さんて、いやらしいわねえ。英語を話すのがあの人、流暢すぎるのよ」

「ほんと、外国語を流暢に話す日本の男って、なんだか知らないけど軽薄って感じねえ」

私は、これを聞き流しながら思ったのだ。

外国語を流暢に話す男が軽薄な印象を与えるのではなくて、もともと軽薄な男が、たまたま外国語を流暢に話していたのではないか、と。

その男はきっと、日本語を話していたって、軽薄な印象を与えるはずである。英語をはじめとする、外国語のせいではないのだ。所詮は、母国語・外国語を問わず、話し方の問題なのだと私は思う。

そして、もう一つ、この二人の若い、しかし絶対にミーハー的でないきちんとしたOLの心の奥底には、外国語を流暢に話すということに対して、いくばくかの嫉妬の感情があるのではないかとも思った。

自分ができないことをできる人に対しての、ほとんど意識しない、彼女たちに言ったら怒られそうなくらいに小さい、劣等感もあるのではないかと思ったのである。


外国語を話せることを自慢するような人は、救いようもないバカである。

だが、外国語を話せることを軽蔑する人もまた、同じくらいバカである。

語学とは、自分たちとはちがう文明をもっている民族を理解するためには、説明の必要もないくらいに自明な、基本的なアプローチの方法にすぎないのだ。

だが、私は、誰もが外国語の達人でなければならない、などという不可能事は説くつもりはない。

すべての技能に、向き不向きがあると同様、外国語習得にも、向いている人と、向いていない人がいる。

別の言い方をすると、外国語に対しての「耳」をもっている人と、もっていない人のちがいだ。私自身がそれをもっていないので、この種の「耳」をもつことの有利さと、もたない人の不利さを、痛切に実感できるのかもしれない。

「耳」をもっている幸運なる人については、言うことはなにもない。一週間滞在したくらいで一応のことならば全部話せちゃうという人を、なんどうらやましい思いで眺めたことか。こういう人たちにとっては、学校とか家庭とかの環境は、無関係なのである。われわれならばなん年勉強してもだめな、かの悪名高い学校語学でさえ、彼らならばわずかの期間でモノにしてしまう。

それで、「耳」をもっているかもっていないかを、どうやって見分けるかだが、それは至極簡単だ。

相手の話を、もちろん外国人だが、その相手の言っている文章を、ただちに使って答えることのできる人が、語学の「耳」をもっている人と言ってよいだろう。反対に〝独創的〟なる文章を苦労して作って話す人は、もっていない人である。

外国語習得が、子供のうちになされねばならないという理由の第一は、ここにある。頭を使うことに慣れてしまってからでは、もう遅いのだ。まねすることを恥じるようになったり、まちがって言うのを恐れるようになってから勉強したのでは、上達はなかなか思うようにいかなくなる。

しかし、不幸にして、外国語習得の必要性を痛感するようになる年頃は、頭を使って考えることに慣れた年代と一致するのだから困る。しかも、生来の「耳」さえもっていない人は、どうしたらよいのだろう、というのが、現在のアダルト日本人の多くが直面している問題ではないだろうか。

これはもう、私の体験からも言えることなのだが、所詮は、慣れ、と、必要に迫られて、の二つしか方策はないのである。

英語を例にとれば、英語圏のどれかの国、あわよくばイギリスかアメリカのどちらかで、しかも日本語を話す可能性のなるべく少ない場所に放り出す。有効なる方策となれば、ほんとうはこれしかない。

わが身の、おおげさに言えば存亡にかかわるのだから、誰だって話せるようになる。

ということは、いくら日本で英語の放送を聴いても、日本にいるかぎり「存亡」の危機に瀕しているわけでないので、真剣味がちがってくるのは当たり前だからだ。

それから、語学というのは、技能の一種であるにすぎないということを、頭にたたきこんでおくことが大切だと思う。過度の思い入れは、技能習得には大敵だ。しかし、それをしないと、多くのことがわからないというたぐいの技能であることも、頭にたたきこんでおくこと。

しばしば耳にする意見だが、日本語は特殊な言語ゆえに、国際化時代の昨今、大変に不利だと言う人が多い。

これも私には、おかしな考えのように思える。日本語しか話せないというのは、やはり不利で不便であろう。しかし、日本語を話す人間が多くないという現状は、発想法さえ変えれば有利な条件に変わりうるということを、考えたことがあるだろうか。

というのは、古代ローマ帝国衰亡の原因の一つか、といわれていることに、こんなことがあるのだ。

古代ローマ世界では、ローマ人の言語であるラテン語でなにもかも用が足りるようになって、ローマ人は、他民族の言語の習得を怠ってしまったのだという。

文化的に高いとされていたギリシアの言葉であるギリシア語は、教養ということで習得する人は少なくなかったが、ローマ世界の周辺の国々の言葉、例えば現在のイギリスであるブリタニア、現在のフランスのガリア、そして、当時は国境を接していた、現在ならばドイツのゲルマニア、それに、北アフリカの諸言語あたりになると、それを読み話せるローマ人は少なくなってしまったのである。

この現象は、実際生活では大変に困る結果を産むことになった。

なぜなら、これら周辺諸国の統治や治安は、現地の人々にまかせるのが、古代ローマ帝国のやり方だったからである。最高位者は、もちろん、首都ローマから派遣される。しかし、その下で働く役人や武将たちは、現地の人間だ。

つまり、軍隊に例をとれば、最高司令官はラテン語しか話さないローマ人で、その下で働く隊長たちは、ラテン語も話し、かつ現地の言葉も話せるバイリンガルの集団、という現象が定着してしまったわけである。部下たちは、ボスの命令もわかれば自分たちの間でも話せたのに、ボスときたら、部下たちの私語さえ理解できない事態が生じたことになる。これでスムーズに機能すると思うほうが、まちがっていはしないだろうか。

古代の最強最大の文明であった古代ローマ文明崩壊の原因が、外国語習得を怠ったことにあり、とする議論は、ばかばかしそうだけど、ほんとうはばかばかしくないことかもしれない。

英語が国際語になり、英語を母国語としない民族の英語習得はもはや必要不可欠になって久しいが、これも考えようによっては、非英語圏に生まれた人にとって、さしたる不利でもないのではないかと思う私の想いは、ここに理由がある。

日本語が国際語になる心配は、幸か不幸かあまりなさそうである。それならば、日本人のほうがバイリンガルになれば、英語しか話せないアメリカ人に対して、絶対に有利ではないか。

二カ国語ともわかるというのは、通訳を使っての公式の場での話し合いでも、無視できない有利さのあることに気づくだろう。通訳が訳している間に、こちらには答を考える暇ができるのだから。

それに、完璧にこちらの言わんとするところを訳してくれるほどの通訳は、VIPにだけ許されるぜいたくである。また、正確を期せばよい自然科学部門や経済上の話し合いならば、プロの通訳でも用は充分に足りるが、人文科学や芸術関係になると、ニュアンスはとても重要になってくる。その微妙なニュアンスまで訳してくれというのは、求めすぎというものだ。やはり、流暢でなくてもかまわないが、一対一で話せる能力は必要だろう。

一度試しに、自分の話していることの同時通訳を聴いてみることをすすめたい。マッサオになるはずだ。同時通訳する人の能力が足りないからではない。彼らの能力は、一般的にならしたものを正確に通訳するところにあるので、あなたとか私という、一つの個性を訳するところにはないからである。

所詮、外国語であろうと母国語であろうと、話し合うということは、個性のぶつかり合いなのだ。男女の間で通訳を交じえての話し合いをする図を、想像してもらえばよい。笑っちゃう、としか言いようがないではないか。

言葉は道具である。しかし、上手く使えばこれほど人生が豊かになることもない道具である。

外国語を習得する情熱とほとんど同じくらいの情熱を、母国語習得にも向けられて当然だと思う。母国語を上手《うま》く使えない人に、巧みでかつ意味深長な外国語を期待できるはずもないのだから。

なぜなら、道具とは、同じ道具さえ得られれば、結果を決めるのは、その使い方でしかないからである。

第48章　外国人と上手くケンカする法、教えます

数年前、それも相当に数年前、元お役所高官の友人A氏と大学教授の友人B氏と私の三人で、あるテレビ番組に出たときの話である。

こういう番組ならば、お固い内容でもやわらかく話したほうがいいにちがいないと、外国人と上手くケンカする方法について話そうと、友人Bと私の間では一致していた。なにしろ、この三人の共通事項といえば、対外国ならびに外国人であったからだ。

というわけで、外国人と上手くケンカする方法なんですがね、と切り出したB氏を、A氏は、次のように受けたのである。

「ぼくは、外国人とはケンカしないほうがよいと思います」

これで、B氏と私の二人は完全に調子が狂ってしまったのだ。

B氏と私の二人とて、ケンカしないほうがよい、というのが正論であるのは知っている。国際関係が、ケンカしないですめばどれほどよいかは、二人とも、なによ

りも望むところなのだ。

だが、ケンカとは、自分たちはしたくないと思ってはいても、売られたケンカというものもあるのである。B氏と私は、そういう場合はどう対処したらよいかを話したかったのだ。

しかし、友人A氏が、浅薄であったのではまったくない。彼は、誠心誠意の人なのである。外国人の中でも、A氏を高く評価し、敬意をいだいている人はいっぱいいるのだ。A氏がああ言うのだから、受けいれるしかないだろう、という外国人の声を、私でさえしばしば聞くほどである。誠心誠意は、国境を越えて通ずる、という良い例だろう。

とはいえ、ここ数年、日本はますます、外国ならびに外国人と、いかに上手くケンカをするかを求められてきているように思う。なにしろ、売られたケンカが、あまりにも多くなりつつあるのだから。ところが、ケンカを売るほうは、ついこの間までケンカを売っていたのは、おまえたち日本のほうではないか、と思っているのだから始末が悪い。それどころか、今の現在もなお、ケンカを売るのは日本だと、思っているらしいのである。A氏はこの現状を、どう見ておられるのであろう。やはりケンカは、上手くやろうがやるまいが、しないほうがよいと思っておられるのであろうか。それとも、理不尽なケンカは、敢然と受けて立つべきだと言われるのであろうか。

私の考えている想いの、結論だけ先に述べると、次のようになる。

つまり、ここはもう、二面作戦でいくしかないだろう、ということだ。

誠心誠意でいける場合は、ケチな策など弄せず、誠心誠意のみで進むべきである。しかし、それでは不可能という場合は、上手くケンカをすることも、考えに入れておくべきである、と。

私は、外国ならびに外国人と上手くケンカすることは、外国ならびに外国人と上手くつき合うことと同じである、と確信している。

それで、具体的な方法だが、第一は、なによりもまず同じ土俵にあがること、だと言ってよいだろう。

昨今の日本と外国のケンカは、あちらは土俵にあがって腕など突き出しているのに、こちら日本は、土俵下で、なにやら口々にわめいているのと似ている。これでは、上手いケンカとはいえない。まずもって、良い意味でのケンカにもなっていない。

これの欠点は、いつまでも勝負がつかないということである。ゆえに、両者ともに、後々までしこりが残るという危険をはらむ。

つまり、ケンカというのは、欲求不満のはけ口を提供することなのだから、これでは、売ったほうも売られたほうも、欲求不満が残るので始末が悪いのだ。ケンカの効用なるものを、とくと頭にたたきこんでおくべし、と思う。

では、同じ土俵にあがる、ということは、どういうことなのであろうか。一言で言えば、西欧の論理に従う、ということである。

これが正しいか否《いな》かは、別の問題である。

西欧式論理が、世界の共通の土俵でありつづけて久しいということと、これが否であったとしても、いまだこれに代わるものを世界は打ち立てていないために、同じ土俵といえば、西欧人の論理しかないのだ。

では、その一例を示そう。

牛肉の輸入の自由化を求めているのは、アメリカである。一方、求められている側の日本の言い分は、こうだ。自由化したって、安いオーストラリア肉が市場を支配するから、アメリカ肉の輸入量はたいして伸びないだろう、と。アメリカが求めているのは、それが建前であったとしても、自由化なのである。ここでの共通の土俵は、自由化である。それなのに、自由化という問題に正面から対そうとしないで、前述のように言う日本側は、アメリカからすれば、土俵にあがろうとしないで、土俵下からゴチャゴチャ言っているのと同じ、と映ったとしてもしかたがない。

では、この場合、共通の土俵にあがるとすれば、どうなるだろう。日本側は、こう対すべきなのだ。
「よろしい、完全に自由化しましょう」
自由化した後の牛肉輸入市場が、オーストラリア肉に支配され、実質的にはアメリカ肉の輸入量は増えず、なにやら、アメリカは、オーストラリアのために苦労した結果になったとしたって、そんなことは、日本の知っちゃいないことなのである。少なくとも日本は、彼らの要求どおり、同じ土俵上で相対しはしたのだから。

外国ならびに外国人と上手くケンカする法の第二だが、それはケンカに入る前に、使用する武器、この場合は言葉だが、その武器の意味づけをしっかりしておくことだろう。

これは、実に重要なことなのに、知的に上等とされている人々の間でも、しばしば無視されているのが現状である。

だが、これをきちんとしないで話に入ると、話がいつまでもかみ合わないばかりか、どちらかが機嫌を悪くして終わり、ということになりかねない。なぜなら、話、ないしケンカの途中でどちらか一方が優勢になる場合が起こるが、劣勢におちいったほうは、劣勢の原因を、もともと意味づけをしっかりしておかなかったことにあるとは考えず、力でねじ伏せられたと感じてしまうからである。これは、上手にケンカする法ではまったくない。

例をあげると、日本人の大好きらしい、価値の多様化、ということがある。これについて話し合う場合、まず必要なのは、価値と多様化という言葉を、お互いがどう考えているかを示し、その後で話し合いに入るべきなのだ。なぜなら、日本側が価値の多様化と言ったとたんに、欧米側からはただちに、価値に多様化はない、と言い返してくるはずだからである。

というのは、彼らにとってみれば、自ら信ずる価値は一つ、だからだ。これはギリシア以来の西欧の考え方なのだから、しかたがない。ゆえに、多様化できるような価値は、価値ではない、と彼らが考えたとしても、西欧式の論理からすれば当然なのである。

だから、このような場合はまず、彼らの考える「価値」、つまり多様化しようのない価値という、同じ土俵に、われわれもあがる必要がある。同時に、多様化とはなにか、も論じながら。

だが、しかし、と言って後、ケンカははじまるのである。

だが、しかし、西欧ではこう考えようと、東洋ではほとんど反対に、価値はこう考え、ゆえに多様化も可能なのだ、という具合に。

対話の前に使う言葉の定義が必要、とする私の考えは、もう一つの、これまた日本人の大好きな言葉が、証明してくれるであろう。それは、アイデンティティ、という言葉である。

これにいたっては、日本人の間で使う場合でも、実体とか本性とか、または同一性とかの日本語に訳さないで、アイデンティティという外国語を使うのだから、アイデンティティを、御本家の西欧はどう定義しているかをまず知るのは、礼儀というものだと思う。

まあ、日本人は、実体と言うよりもアイデンティティと言ったほうが、なにやら深遠な感じになるので好きなのだと思うが、このアイデンティティなる言葉の意味は、日本人の思うほどは簡単ではないのである。これまた、ギリシア以来の長い歴史が西欧にはあって、それをふまえて西欧側は言っているのに、なにやら深遠なる想いだけで、アイデンティティと簡単に口にしているだけでは、対話は成立しない。

やはり、ここは、語源までさかのぼって、アイデンティティという言葉の〝アイデンティティ〟はなにか、をわかったうえで、というのが、この場合の、同じ土俵にあがるということになると思う。

いかなる言葉も語源にさかのぼって調べるのが好きだった日本人は、森鷗外であった。だが、なぜか、その後の日本人、とくに知欧米派とされている日本人ですら、このことの重要性に目覚めた人は少ない。

第三は、これは最も簡単なことなのに、日本人にとっては最もむずかしいことだと思うが、それは、ユーモアで味つけする、ということである。

この頃では、外国人と堂々と議論を闘わすことのできる日本人も少なくない。しかし、その多くは、残念なことに相手側に、傲慢とか不遜な印象を与えてしまう結果に終わることが多い。それは、一《いっ》に、彼らの論法は論理的であっても、ユーモアに欠けるからである。

日本側の言い分が、相手側からアロガンスと受けとられないための最良の方策は、ユーモアかウイットで味つけすることなのだ。

第四の方法だが、それは、使う武器（言語）は、その独得の言いまわしを熟知して活用すべし、ということである。

この場合での例は、吉田元首相の言だ。あるとき、誰かが吉田茂に、食物ではなにが好きか、ときいた。葉巻に白足袋でも有名な老政治家は、それにこう答えたのである。

「人間さ。人を喰うのが好きなんでね」

これは、人を喰う、という日本語独得の言いまわしを知っていなければ、ユーモアにはならない。試しに、英語に訳してみてほしい。

相手側が思わずニヤリとして、アンチクショウ、ヤラレタ、と心中つぶやくようであったら、あなたはケンカを上手くできるようになったという証拠です。

第49章　あなたはパトロンになれますか？

パトロンといったって、ピンからキリまである。文明文化の保護育成に力をつくすのから芸者の旦那まで、種類はさまざまだ。

だが、私はここでは、種類の別は論じたくない。それよりも「態度」と呼んでもよい、私の語法でいえば英語の「スタイル」に当たる、対し方のようなことを話したいのだ。

それを、ピンからキリまでを一緒くたにして論ずる根拠は、対象が学問芸術であろうと芸者の踊りであろうと、いまだ成長過程にある人に対する援助、ということにおきたい。

なぜなら、私は、例をあげればゴッホの「ひまわり」を買う行為を、パトロンの行為と認めないからである。死んで、もうこれ以上どう変わるかという一種のリスクをまぬがれた芸術家の作品は、それをいかに莫大な金額を払って購入しようと、これはもう、安全このうえもない投資にすぎない。

安全このうえもない投資と、パトロンのする〝投資〟は、金を払うということでは同じでも、態度は正反対のものと思う。

つまり、私の考えるパトロンとは、リスクを甘んじて受ける行為であり、同時に、学者であろうが芸術家であろうが、対象となる相手と、運命を共同分担する行為をいう。

要するに、相手に賭けるのだ。これはモノになりそうだと思った相手を、経済面と精神面双方で、保護し育てる行為なのだから、パトロンというのは、お金を払っていればそれですむなどという、簡単な行為ではない。

とはいえ、なにかをやろうと思っている者は、個性豊かで気が強いのが普通だから、かゆいところにまで手のとどくような親切は、ありがたいどころか迷惑に思うことが多い。

それで、あなたはすばらしい、という一言を言っただけで、あとは定期的にしろ一時にどんとくれるにしろ、お金をくれるだけなのが、ほんとうをいうと、最も理想的なパトロン像なのである。なにしろ、お金を与えるということ自体が、立派な賭なのだから。

となると、お金の与え方が問題になってくるが、それが、パトロンとして一級かそれともキリかを、分かつ一線だと思う。額ではない。与え方だ。与え方しだいで、相手の成長をも左右するほど、これは意外と重大な問題なのである。

まず、与えるからには、次のような態度はやめたほうがよい。往生ぎわが悪い、と言いかえてもよいけれど。それは、与える側が与えられる側に、こういうことを言う場合だ。

「きみが必要だったら、いつでも言ってくれたまえ」

これは一見大変に紳士的に見えるが、実際はちっとも紳士的でないのである。きみが必要だったらいつでも言ってくれたまえ、などと言われたって、どう答えられよう。

「あらそう、今必要なの」

なんて答えられますか。

だから、真に紳士的な与え方は、黙って与える、につきるのである。

きみが必要だったら、いつでも言ってくれたまえ、というくらいの心情の持ち主ならば、それを〝言う〟という行為を相手にさせない程度には、人間の心理に通じていてほしいものである。

第二に心すべきことは、与えられる側の銀行の口座に振りこむとか、小切手を切るとか、というやり方はしないことですね。

これは、ビジネスのやり方である。パトロンの行為は、前にのべたような種々の理由で、ビジネスではない。ために、ビジネスならば当然でも、この支払いの方法では、艶消《つやけ》しになってしまう。ここで〝艶〟を維持しようと思うならば、現金で与えるべきだ。しかも、なるべくならば新札が望ましい。お茶の御《お》師匠さんやピアノの先生への謝礼だって、新札をそろえるのが礼儀ではないか。そして、きみの好きなように使いたまえ、ぐらいは言ってほしいですね。腹の大きいところを見せて。

どのように使われるかを心配するようでは、与えることにはならないのである。賭なのだから、相手を信用しつつも賭ける心がまえが、パトロンには要求されるのである。

それゆえ、与える側は、与えられた側からの見返りを望んではならない。ケチケチと見返りを要求するようでは、パトロンと呼べないどころか、〝旦那〟ともいえない。ヒモをもつ娼婦だって、もう少し鷹揚である。

もう一つの重要な条件は、〝助成金〟は、小出しに与えないということだ。お金の小出しは、賭の小出しと同じである。チビチビと賭けるなんて、勝負師とも呼べない。

小出しに与えればその間はつなげるなどと思うのは、横町の小店の主人が手をつけた、女中との関係に似ている。ミゼラブルでケチ臭くて、ここで論ずる価値もない。

やはり、与えるという行為を決意したからには、ある程度の金額を、堂々と賭けてほしいものである。

以上のべたほどの思い遣《や》りと紳士的な方法で与えれば、与えられた側も、充分に気持ちを汲みとるはずだ。心の底からありがたいと感ずるくらいの感受性がなかったとすれば、それは、人選を誤ったにすぎないのである。つまらない相手に賭けてしまったということに、すぎないのだ。

要するに、パトロンたらんとする者には、相当なセンスと心がまえが要求されるということになる。そうそう簡単に、パトロン面《づら》をしてほしくないと思うのは、それをする資格をもつ人が少ない現象からきているのである。

なんだ、これは男と女の関係の話ではないか、と思った人がいるかもしれないが、これまでのべてきた事柄なり条件なりは、学問芸術の保護育成でも、すべて当てはまるのである。まったく、男女の関係ほど面白いものはない。一国の外交だって、所詮はこの関係と同じものに帰着すると言ってよいくらいに、男女関係は、人間関係の基本だと私は思っている。

それなのに、愛人関係とは比べようもないくらいに高尚ということになっている学問芸術への援助という分野でさえ、われらが日本では、上等なセンスと心がまえをもった〝パトロン〟に恵まれないのが現状だ。

私がパトロンの第一条件とした、求められるのをまたずに、黙って与える、ということだが、これをしてくれる文化財団は一つもない。〝助成金申請〟なることをしないと、絶対にだめである。つまり、声を大にして要求したほうが勝ち、ということである。

しかも、個人には〝助成〟しない。団体でないと〝援助〟してもらえないのである。

文化は個人が創り出す、と私はかたく信じている。狂的といってもよいほどの個人の情熱が産み出したものと、国家なり何なり公的な組織が旗を振ったあげくに出来あがったものの質と量を比べれば、結果は歴然としているではないか。

しかし、これも、弁解しようと思えば弁解できないこともない。日本でお金をもっているのは、個人でなく企業なのだから、個人に賭けるなどという冒険は許されないということなのだ。個人が個人に賭けるのならば、人選を誤りました、ですむだろうが、団体では、誤りました、ではすまないということにちがいない。

だが、このやり方は、ある程度の文化向上には役立つだろうが、すべてを引きずっていくほど強力で独創的な文化創造には、ほとんど役立たないと思う。つまり、秀才は援助するが、天才はそれからもれる、ということなのだから。天才には、黙って与える、しかないのである。

私が第二の条件とした、現金で与えるべし、ということだが、これも、個人対個人の関係よりも、団体の関係のほうが支配的な日本では、銀行の口座に振りこむ、式しかないのであろう。

個人対個人の関係となると、所詮、ポケット・マネーということになる。だが、ポケット・マネーの比較にしても豊かなオーナー社長たちは、税金のがれのために文化財団をつくるくらいだから、ポケット・マネーで未熟な天才を育成し、大成したら団体の経済力で大きなことをやらせるという、メディチ家式のやり方とは無縁なのである。あれば、もうすでに評価の定着している、名画購入に熱心になるのが彼らの定法らしい。

これが現状では、私が第三の条件とした、見返りを望んではならぬ、などということも、絵に描いた餅でしかない。

団体が団体に〝援助〟するのが普通の日本では、評議会の決定にかける以上、見返りは、細部まできちんとした報告として求められる。

文化というものは、なんとなくぼんやりしたところに、すばらしいものが創り出される余地がかくれているのである。〝ぼんやり〟を拒絶しては、はじめる前から結果まで判明している、ケチなものしか創造できない。

そして、私が最後の条件とした援助は小出しにしてはならない、ということも、これではもう、絶望的というしかないではないか。

ある文化財団は、毎年、十人の人に百万円ずつ与える。私ももらった一人だから苦情は言えないのかもしれないが、それを与えられたときに、こんな感想をもったものだった。

十人に百万円ずつ与える余地があるのならば、なぜ一人に一千万円与えないのだろう。一千万円なら、なにかできる。でも、百万円では、できることはタカがしれているのではないか、と。日本では、個人でもらえる上限は、百万程度でしかない。団体でも、一千万にはいたらないのが現状である。

これで、ルネサンスが創り出せるものであろうか。多分、与える側も、日本では創り出せないと、心中では思っているのではないかと、この頃では私も考えるようになっている。

しかし、団体しかパトロンにならないという日本の現状は、文化創造という面から見れば、無視できない欠陥を内包している。評価の定着した、つまりリスクのないものにしか、助成金を出さないということだ。団体ゆえ、賭は許されないからである。結果として、成長中の新人にとって、実に苦しい状態になる。

私は時おり、文化助成に関心があったあまり、率いていた団体を滅ぼしてしまう結果になった安《あ》宅《たか》氏を、あたたかい想いで思い出す。規模は比較もできないくらいに大きいことをやった結果とはいえ、フィレンツェのメディチ家も、メディチ銀行を破産させてしまったのであった。

第50章　肉体讃歌

日本に帰国中、宿泊先のホテルの部屋で、放映が開始されたばかりの衛星中継番組を見ていたときのことだ。

画面にうつったのは、アメリカ国内で行なわれているらしい、陸上競技会の光景だった。観衆の顔ぶれと雰囲気で、解説がなくてもこのくらいなら私でも想像できる。

私は、オリンピックでさえも日本選手が出場しないかぎり興味をもたないというスポーツ・オンチだから、日本人の不得意な陸上競技にいたっては、もうはなから関心をもったことはないのだ。それで、衛星を使ったこの実況放送も、別に他にすることもないからというまったく消極的な態度で、ぼんやりと眼をやったというわけであった。画面は、スタート・ラインで待機中らしい、七、八人の男性選手をうつし出している。

だが、次の一瞬、ぼんやりと画面を見つめているだけだった私の視線は、突然、一点に集中した。その黒人の選手は、もうすでにランニング・シャツとパンツ姿で、スタート直前ゆえ軽く体を動かしている。その肉体に、私の注意が集中したのだ。視線をそそいだまま、思わず私は、ごく自然な感じでイタリア語を口にしていた。

「ペルフェット・コルポ！」

「スブリーメ・クレアトゥーラ！」

日本語に訳せば、

「完璧なる肉体！」

「神々《こうごう》しいまでの創造物！」

とでもいうことになる。ただ、Sublime《スブリーメ》という讃辞は、神々しいと訳してはみたが、真の意味は言葉では表わしようがないほどに深く高いのである。

モーツァルトのことを描いた映画『アマデウス』のイタリア語版を見ていたら、モーツァルトの才能に嫉妬するサリエリが、最初にモーツァルトの音楽を聴いたとき、驚嘆のあまり思わず発する讃辞を、

「スブリーメ！」

と訳していたのを思い出す。人間技《わざ》とは思えないほどにすばらしい、というほどの意味なのだから、感嘆したら何にでも発する、というたぐいのバーゲン讃辞とはちがうのである。それほどの讃辞を私にいわせたのが、その黒人選手の肉体であっ

た。

　ところが、そのとき、私のそばには十三歳になる息子がいたのである。彼も私と一緒にテレビを見ていたのだが、私の発した言葉を聴いて、こう言った。

「ママが、男のことをそんなふうに言うと、ボク心配だな」

　私は笑って、答えてやった。

「どんなに賞めようと、それが肉体についてならば心配なことはないのよ。なんて暖かい人柄の男、なんて言い出したら心配だけど」

　息子との会話は笑いで終わったのだが、ふと私は、あることに気づいた。私が思わず口にしたのは讃辞だけで、スタート・ラインに集まっている八人ばかりの男性選手の、左から四番目の男、と言ったわけではない。それなのに息子は、あたかも私の注意が集中したのと同じ男の選手に、彼の注意も集中したかのような言葉を言ったではないか。陸上競技の選手になるくらいだから、あの場にいた他の男たちも、いずれも肉体的にはたくましく美しい。それなのになぜ、あの中の一人だけを、あたかもそれが当然のように、私と息子は話題にしたのであろうか。

　それで、私は、あらためて息子にきいてみた。ママはあの中の誰と指定して言ったのではないのに、なぜあなたにはわかったの、と。そうしたら、息子はこう答えたのである。

「当たり前じゃない。ボクだって、ママと同じように思ったもの」

それからまもなくして人が訪ねてきたので、競技の結果がどうなったのかも知らない。神々しいまでに美しい肉体の持ち主の名も、知らずじまいだった。


イタリアにもどってしばらくした頃、イタリアの国営放送RAIに勤めている友人から電話がかかってきて、フィレンツェの競技場で陸上競技会が開かれるが、来ないかという。記者席にもぐりこませるというのだ。

そのときもまだ私のスポーツ・オンチはつづいていて、ほんとうのところは少しも興味がもてなかったのである。夏の暑い盛りに、なにも日の照りつけるグラウンドで陸上競技につき合うこともないと思ったが、開始時刻はイタリアのこと、午後の五時(夏時間)だという。その夏はイタリアでもひどく暑く、しかも風も吹かない暑さで少々バテていた私は、開放された場所で過ごすのも気晴らしかと思い、珍しく行くことにしたのだった。

近距離からのテレビ撮影に適した席というだけあって、観賞するには特等席であったろう。なにしろ、十メートルもない近さで、選手たちの走る姿が見られるのだから。

そのときは、もう少しまじめに観賞した。ただ、ロサンジェルスのオリンピックの結果さえも知らない私には、観衆の拍手の量の多少で、ハハア、あれは有名な選手なのだな、とわかる程度だから進歩は少しもない。

ところが、六時をまわった頃であったろうか。男子百メートル競走、というアナウンスにつられて左手のスタート地点に眼をやった私は、そこに集まっている選手の一人に視線が止まったのだ。その選手は、ちょうどそのとき、グラウンド上に立ったまま、トラック・スーツを脱いでいるところだった。

「あの肉体には、見覚えがある」

私はなぜかそのときは、日本語でつぶやいた。空色と白のトラック・スーツを脱ぎ終わったその黒人選手は、上半身をかがめて白い長ソックスを整えた後、すっくと立った。

もう疑問の余地はない。あの神々しいまでに美しい肉体は、今や私の眼前にあったのだ。

第五コースが、彼の闘いの場であるらしかった。他の選手に比べてもすらりと高い肉体が、スタートの体勢に入る。一点の欠陥もない見事な黒い肉体は、スタート線上にひざまずいたときも、ため息が出るくらい美しかった。はじめは一線であったものが、私の眼前に迫る頃には、わずかながら差がついている。そして、私のちょうど正面にきたとき、あの肉体だけが、他を引き離しはじめたのだ。

それは、美と完璧に調和しながらも、今度は、力の、パワーの爆発だった。いや、爆発という形容は適当でない。なぜなら、爆発というと、音をともなわないでは考えられない。それなのに、私の眼の前を風のように過ぎ去っていった彼のパワーは、音がなかったのだ。

それは、夜の高速道路を、背後から迫ってきて音もなく追い抜いていった、消音装置をほどこした、にぶい銀一色のフェラーリの迫力を思い出させた。

品良く静かで、無理がなくて、それでいてこちらをねじ伏せずにはおかない、圧倒的なパワー！

私は、隣席の友人にきいていた。

「あれは誰？」

友人も、男ながらも私と同じような想いだったのかもしれない。私のほうは振り向きもせずに、口だけが答えた。

「カール・リュイーズ。ロサンジェルス・オリンピックでは、金メダル四つだった男だ」

私ははじめてこのとき、日本ではカール・ルイスと呼ばれているらしいこの男の名を、知ったのである。

顔も、はじめて眺めた。しかし、顔は私に、イタリア語の言いまわしを直訳すれば、

「なにも言わなかった」

美とか醜とかの問題ではない。彼の顔は、おそらく美貌のほうに入るだろう。それでいながら、私の関心は呼ばなかったというだけである。彼の場合は、肉体のほうが多くを語る。

友人はそんな私を見て、笑いながら言った。

「今夜、夕食前に記者会見があるけど、行くかい？」

「背広であろうとブルゾンであろうと、服というものを身につけたカール・ルイスには興味ない」

「じゃあ、サインでももらってきてあげようか」

「サインにいたっては、まるっきり興味ない」

私の関心は、ちがうところにあるのである。

誰が、古代ギリシアの彫像に、背広を着せたがるものか。黒人俳優のシドニー・ポワティエも、見事な肉体の持ち主である。だが、彼の場合は、顔もなにかを「言って」いる。その彼にならば背広が似合うのも当然なのだ。

それから十日ほどして、ローマで陸上競技の世界選手権大会が開かれた。もう私は、テレビ中継の時間になると、連日テレビの前に坐るということになった。

カール・ルイスは、数あるスターたちの中でも、とびきりの大スターであるらしかった。イタリアのテレビは、自国の選手がふるわない競技でも、スター出場となればカメラが追いつづける。このイタリア人の美意識のおかげで、カール・ルイスを、グラウンドに姿を見せたときから退場の瞬間までたんのうすることができた。

百メートル競走は、ベン・ジョンソンという名のジャマイカ系のカナダ人が、姿は醜かったが馬鹿力を出したために、カール・ルイスは二着に終わったが、走り幅跳びと四百メートル・リレーでは勝者になった。とくに、四百メートル・リレーのアンカーをつとめた彼が、バトンタッチされるときの顔は、はじめて私になにかを「言う」顔であったことを思い出す。イイ顔をしていたのだ。それに、バトンタッチされたときは二番手だったのを途中で抜き去ったときの彼は、まさしく私の好きな、静かで無理のないパワーが全開された感じだったのである。

ただ、面白かったのは、メダルを首にかけてもらうときに、むくつけき男(役員)の手が一瞬彼の髪にふれたときに見せた、わずかな嫌悪の表情だった。あの男には、少しにしても女性的なところがある、と私は思った。

しかし、ギリシア彫刻がいみじくも示しているように、男の肉体であろうと、理想美というものは、それを追求していけばいくほど、わずかにしても反対の要素、つまり女性的要素が入らずにはすまないものなのだ。ここが、個の男を表現することに徹した、古代ローマの彫像とちがうところである。

ギリシアの彫像は、頭部がなくても立派に存在理由をもつ。ところが、ローマ時代の彫像は、顔がなければ、大理石の塊と同じになってしまうのだ。

顔は、男にとって大切なのか、それとも……。

第51章　続・肉体讃歌

すばらしい内容の書物は、私たちを、私たちの知らなかった別の世界に引き入れてくれる。神の御技《みわざ》と思うほどの見事な音楽は、私たちを、天上の世界に遊ばせてくれる。

美しい絵画も、身の引きしまるほどに完成された彫刻も、接する者の心を豊かさで満たしてくれるのを、私たちは知っている。

そして、完璧な美と力を示す人間の肉体も、それを見る人を幸福な想いにしてくれることでは、すぐれた芸術と同じではないだろうか。

カール・ルイスの肉体を〝発見〟したその夏、私は、正直に白状すれば、大変に幸せな気分で過ごしたのであった。

ただし、書物も音楽も、絵画も彫刻も、作品（オペラ）は後世に遺《のこ》る。すぐれていればいるほど、後の世に遺る可能性は高くなり、より多くの人々を幸福にしてくれることになるのだ。人はそれを、「古典」と呼ぶ。

しかし、肉体だけは遺らない。残すことはできない。

あれが神の創造物ならば、神の存在を認めてもいい、とまで私に思わせるカール・ルイスの肉体でさえも、あと三、四年すれば衰えがはじまり、十年もたてば、崩れは人の眼をあざむくことができなくなるであろう。

あまりに完璧なために、百グラムの脂肪がついてさえも、美的調和を失うぐらいの、肉体であるからだ。

ローマで開かれた陸上競技の世界選手権大会のテレビ中継を見ていたとき、アナウンサーが、日本のスポーツ用品の会社「ミズノ」が、百万ドルでカール・ルイスのスポンサーになった、と報じていた。

私は、美津濃も粋《いき》なことをする、と思ったのであった。いずれ衰え崩れることが明らかなオペラ（作品）にお金をかけるなんて、粋以外のなにものでもない。

もしも、現代に、フィディアスやリシッポスのような古代ギリシアの彫刻家が生きていたら、必ずやカール・ルイスの肉体を永遠に遺すことを考えたであろうと、私は確信する。

ローマをはじめとする西欧各地の美術館に散らばって遺っている、あの時代のすばらしい彫像を前にすれば、彫像の制作技術は古代で完成されてしまった、という私の想いに、同調してくれる人も多いのではないだろうか。

私は、ミケランジェロ作の彫像を眼にするたびに、フィディアスやリシッポスより二千年後に生まれてしまった彼の、苦悩のほうを先に感じてしまうのである。「ダヴィデ」でさえも、あの顔をとったら凡作になる。

彫刻家ならば現代にもいるではないか、と言うかもしれない。たしかにいる。いや、現代でなくても常に存在したし、なかなかの作品を遺した彫刻家はいっぱいいるのだ。

とくに、二十世紀に的をしぼってみるだけでも、ムッソリーニやヒットラーの政権は肉体の力を重視する傾向が強かったから、あの時代には、男の肉体を材料にした彫像は数多く制作されたのである。実際、陸上競技の世界選手権が行なわれたローマの競技場の近くには、未だに白く輝く男たちの裸体像で囲まれた一画がある。だが、あれを一度でも見た人は、私に同感してくれるはずだ。あの数多い彫像の一つといえども、男の肉体を模したことはわかるが、それ以上の「作品（オペラ）」ではまったくないことを。これはもう、模す対象の問題ではない。模そうとする、芸術家の才能の問題である。試しに、今この時点での、完璧なカール・ルイスの身体全体を石膏漬け《せっこうづ》けにして、かたまった石膏の間に銅を流しこんでみるとよい。

理論上では、カール・ルイスの肉体と寸分ちがわない、ブロンズの像ができるはずである。

寸分たがわず、ということならば、できるであろう。だが、これでは、彼の肉体のもつ美と力とエレガンスを再現することはできない。

すぐれた芸術作品ならば、絶対に内包していなくてはならない「グラーツィア」までは、あらわすことができないからである。

「グラーツィア」というイタリア語は、英語になおすとグレースだが、姿、態度、動作の品の良さ、優雅さ、美しさ、洗練さに加えて、神の恩寵のたまもの、という意味もあるのである。

これを表現できるのは、凡なる才能の彫刻家でも、石膏でもコンピューターでもない。衆にすぐれた才能をもって生まれた、真の芸術家しかできない作業なのだ。そして、この点ならば、二千五百年昔の古代ギリシアに求めるしかないのである。

フィディアスやリシッポスだけが、あの時代の芸術家なのではなかった。つい先年、南イタリアの海から引きあげられ、イタリアの誇る最高の修復技術で生まれかわった「リアチェのブロンズ」と呼ばれる、二体のすばらしいブロンズ像が、この事実を明白に語ってくれる。あの像の制作者は誰か、わからないのだ。制作年代が、西暦前五世紀あたり、ということしかわかっていないのである。

しかし、あの見事な二体のブロンズの像は、二つとも若い男の裸体像なのだが、あれが、発見場所に近い街の美術館に収められるというイタリアの法律によって、観光客もあそこまではなかなかという、イタリアも南の南にあるレッジョ・カラーブリアの街の美術館に展示されてしまったのは、私には残念でならなかった。芸術作品の保持は、ミラノやヴェネツィアやフィレンツェやローマのような、大都市にかぎらないという主旨には賛成なのだが、あのすばらしさを、もう少し多くの人にたんのうさせてあげたいと、思わずにはいられなかったのだ。

修復作業はフィレンツェで行なわれたので、その完成後この街でまず紹介されたのだが、それを見に行ったときの幸福感は、今でも忘れることができない。

あの二つの肉体も、頭部がなくても立派に存在理由をもつ、見事なまでの「オペラ（作品）」であった。

こんなわけで、カール・ルイスに頂点をきわめる幾多の見事な肉体を後世に遺す方法は、現代では彫刻やブロンズでは無理となると、ほかにどんな方法が残っているのだろう。記録になどまったく無関心ながら、連日くり広げられる肉体の競演だけは注意深く観賞しながら、私の考えたことはそれ一つだったのである。二十世紀の見事な肉体に、二千五百年前の見事な肉体が受けることのできたものと、同じものを与えるとすれば、どんな手段がよいのだろうか、と考えつづけたのだ。

カメラだ、というのが私の到達した結論である。

動きを追いつづけるビデオでもいいし、瞬間の美をとらえる写真でもいい。優秀な技能をもつカメラマンならば、現代でも、神の創造物かと思えるほどに見事な肉体、それも今、この今しかとらえることのできない作品（オペラ）を、後の世にまで保存することができる人々ではないか、と。

そして、カメラならば、いかにすばらしい出来でも大理石やブロンズでは不可能な色というものまで表現することができる。

陸上競技の世界選手権大会では、これはオリンピックでも同じと思うが、活躍した選手の大半は黒人であった。白色人種でメダルを獲得したのは、大会開催国とてがんばったイタリアの選手たちのほかは、例によって、東ドイツを先頭にする共産圏諸国の選手たちだったのである。

もちろん、彼ら白人の肉体も、普通人に比べれば格段に美しい。だが、同じようにきたえられた肉体が並べば、黒のほうが美的にすぐれているのに、あらためて眼を見張るしかなかった。

「ブラック・イズ・ビューティフル」という、ずいぶん前に流行った言葉が、そのときは実感をともなって思い出されたものである。

カメラならば、このビューティフルなブラックも表現できるのだ。

古代ギリシアや古代ローマでは、黒人はいなかったわけではないが、文明文化のにない手は、白色人種であった。あの時代の芸術家たちが活用した素材が、大理石とブロンズであったことは、まさしくあの時代に合致した選択であった。

白である大理石が、白人を表現する素材として最適であるのは当然だが、黒光りするブロンズとて、白色人種の美をあらわすほうが適している。なぜなら、白と黒のちがいはあっても、いずれもこの二つの素材は、モノクロだからである。

色彩をともなうとすれば、そしてその美を追求するとすれば、あの時代では、壁画のような絵画を作るしかなかったのである。

まして、今、大理石であろうとブロンズであろうと、そしておそらく絵画も同じと思うが、対象である見事な肉体に対等に向かいあえる、技能をもった芸術家をわれわれはもっていない。いないというよりも、彫刻や絵画の世界ではもはや、単純明快に肉体美を讃美するという、古代のような空気はないのである。ここはもう、古代にはなかったということで、真に現代的な表現形式である、カメラに俟《ま》つしかないではないか。

私がもしも美津濃の社長ならば、世界中の優秀なカメラマンを十人選び、彼らに自由勝手に、カール・ルイスを写させるだろう。

そして、それを集めて、写真集をつくる。早晩衰えること必定の美と力に、百万ドル投資したほど粋を解すならば、それを形にして遺すという、神の創造物もかくやと思われる、「美」への愛ももちあわせていると思うからである。

これがもしも実現すれば、われわれ全員に美しい贈り物をすることになるだけでなく、四十歳を迎える頃のカール・ルイスにも、オリンピックの金メダルにも優る、すばらしい記念碑を贈ることにもなると思うのだが。

第52章　イタリアの職人たち

タヴィアーニ兄弟監督の映画『グッドモーニング・バビロン』を見ていたら、あの中の親父が息子二人に、こんなことを言っているのが耳に残った。

「職人は、手と、ファンタジアだ」

この言葉は、単なる手づくりと職人芸との間に、完全に一線を画されていることを示している。

女の子や主婦の、心はこもっているにしても手づくりの作品は、「手」によって作られたものである。だがこれだけでは、プロフェッショナルな職人の芸とはいえない。シロウトでなく、プロの頭から生まれたファンタジーが加わってこそ、職人の作品といえるものになるのではないかと思う。

私は、家の中で着る普段着ならともかく、昨今このフィレンツェの街中にも雨後の筍《たけのこ》のごとく開店した、店の奥では女の人があみものをしているなんていう、小さな店のセーターは買わない。

それは、なぜか二、三回着ると、あきてしまうからだ。だから、いくら値段が安くても、活用の度合が少ないので、そうそうオトクな買物とは思えないからである。職人の作品ほど、シロウトとクロウトの芸のちがいを見せつけてくれるものもないのではないかという確信が、シロウト作品のあふれる今日この頃、ますます強くなってきている。

つまり、ファンタジーが貧弱なんですよ、シロウトの作品は。

同じくシロウトであるこの私を、感嘆させるものは、やはり、クロウトの頭から生まれたもののような気がする。

フィレンツェという街は、幸か不幸か（不幸は私のふところに対してということだが）、職人芸にあふれた街である。

だから、フィレンツェに住む私が、職人たちと友だちであるのも不思議はない。しかも、最近家を替え、内装する必要が生じたので、関係はますます密になったのだ。今回は、その人たちを、順に紹介していくことにする。

まず、布地屋のリージオ。

この布地屋とは、もう十五年くらいの仲になる。ルネサンスや中世時代の布地を復元して織っているところなので、はじめは時代の考証で通っていたのだった。

華麗な布地を広げて見せてもらいながら、それで作った服を身につけた、イザベッラ・デステやチェーザレ・ボルジアを想像していたものである。

絹の地にビロードの柄模様を織りこむ布地が流行っていたというのも、歴史書を読んで勉強するよりも自分で手でさわってみれば、実感になってくる。私には、だから、仕事のための勉強であったのだ。それがある日、在庫を整理するので安くしておくが買いませんか、と言われたのが、ウンのツキ（少なくとも私の財布にとっては）であった。

あらそう、というわけでその時、なんと六十メートルもの布地を買ってしまったのである。ただ、二十メートルずつ、柄模様や色を変えたので、後になって苦労することになる。といっても、ヴァラエティーということならば、よかったことになるけれど。

この布地は、十年以上も放ってあった。店の奥にしまってもらっていたのは、六十メートルもの厚地の布地となると、当時のわが家では、置き場所もなかったからである。

それを、家を替え、家具を整える必要に迫られた二年前、全部使っちゃおうと決めたのだった。

これで知り合ったのが、二番目に紹介するリッチという職人だった。布地屋のリージオが、この布地でなにかするなら、一級の職人でなくてはいけません、布地の格にふさわしい技《わざ》の持ち主でなくては、なんて言って、この方面ならばフィレンツェ一という評判のリッチを紹介してくれたのである。

なにしろ、私の買った布地の三分の二は、十五世紀半ばのメディチ家使用の布の復元というシロモノなのだ。実際に、当時の布地の研究書にも、ちゃんと色彩図で出ている。残りの三分の一の布地は、中世の東ローマ帝国の皇室御用達であったものの復元。

私はふところが心配だったのだが、いかにバーゲンとはいえ、確たる使い道もわからないのにあんなものを買いこんでしまったぐらいの私だから、度胸ならばある。どうにかなるでしょう、ということで、リッチに会いに行った。いや、会いに行くと伝えたら、布地を見ないことには話にならない、というので布地を預けてあったリージオの店で落ち合ったのである。

布地を観察したリッチは、やおらそばの私に向かって、これでなにを作りたいのか、と聞いた。私は、ひとまず二つの長椅子と二つのソファと、ベッド用背もたれとベッドカバー、と答える。職人は、布地はそれで終わりになる、と言った。

私はびっくりし、六十メートルもあるんですよ、と言うと、職人はあわてずさわ

がず、

「これほどの布地ならば、長椅子だって二メートル四十はなくてはむずかしい。ベッドだって、ゆったりしたものでなければあいません」

と答える。

ゆったりしたベッドは私の好むところだが、二メートル四十もある長椅子なんて、ゆったりと三人並んで坐れる大きさだ。ただ、職人は、置く場所は大丈夫なんでしょうね、と言うので、それは大丈夫と答えはしたが、イタリアの家で大丈夫なので、日本へもって帰ったらどうなるかは、ひどく心配だった。

たしかに言われてみれば納得するしかないのだが、布地の厚味といい柄模様の大きさといい、チョコチョコした大きさでは似合わないのは当たり前である。私としても、財布の中身も心配だし日本へもって帰る場合のことも心配だったが、ここはもう、イタリアの布地ゆえイタリアのクロウトにまかせることにしたのだった。

というわけで、メディチ家の紋など織りこまれた布を張った堂々たる長椅子の上で、長々と体だけは伸ばして、日本からとどいた週刊誌など読み散らす日々をおくっている。おかしなことに、職人リッチは、それ以後も時々私の家を訪れては、クッションの位置など直しながら、自分の作品がどのように使われているかをチェックするのである。そして、私が椅子のひじかけに坐ったりすると、

「あっ、そこは微妙な形なのだから、坐ったりはしない！」

　などと文句まで言う。なにしろ彼に言わせると、三十年間形が変わらないという保証つきなのだが、やはり使うのも心をこめてもらわなくては、となるのだ。

　このリッチには、カーテンも作ってもらった。カーテン掛けなんて一人でできないのですか、と言われそうだが、これが意外と、シロウトがやるとダメなのです。天井近くから床までさがっているカーテンは、その出来具合で部屋の品格を決めるほど、洋式の家では大切なものである。

　リッチのカーテンの製作ぶりは、まるでドレスの仮縫いと同じだった。まず布地選びだ。それも店ではなくて、かける私の家に見本を運んできてやる。同時に、寸法が計られる。壁や調度などと合うように、この二つは同時進行で進む。カーテンに使う布地の幅も、かける場所の二倍、なんて簡単には決めない。布地の材質と、カーテンの長さ、そして窓の幅と長さ。まあこんなことを全部頭に入れて、決めるのである。

　これを、窓と壁を人体のような感じで見すえながら、次々と決定していくのだった。

　たしかにすばらしいカーテンが出来ましたよ。でも、それも、合計七カ所もで、支払いした後の一週間というもの、私は頭が痛かった。職人芸というものは、お金のかかるものとは知っていた、とはいえだ。

もう一人の私の友人は、カストリーニという名の木工職人である。彼と知り合ったのもこれまた、わが家の家具づくりのためではなくて、歴史読物創作上の勉強のためだった。

マキアヴェッリの生涯と当時のフィレンツェを書く準備をしていた頃、彼が使ったであろう椅子について書くことにしたのだが、その椅子の坐り心地を試そうにも、簡単にはいかない。当時の家の内部を残して展示してある博物館にはあるのだが、坐ることなどとてもさせてくれない。それで、そんなことならいっそ、作らせようと考えたのだ。私の仕事机の前にある椅子が、机と比べて貧弱であったので、勉強のために作らせて後で自分で使えばよい、と思ったのだった。

椅子は木製で、ダンテの時代（十三世紀）からあるものだから、その形の椅子は「ダンテスカ」（ダンテ風）と呼ばれる。だが、私の書こうとしているマキアヴェッリは、ダンテの時代よりは二百年も過ぎた、十五世紀後半のフィレンツェ人だ。その時代でもまだ使われていたが、装飾に変化が出てきている。

そんなことを調べた後で、カストリーニの工房に出向き、この型の「ダンテスカ」を一脚作ってくれと頼んだ。木工職人は快諾したが、それからの二週間というもの、午後ともなれば私の工房通いがつづくことになったのである。

親方カストリーニは、二人の弟子たちに手伝わせて、まず図面を作る。わざわざ自分で博物館まで出かけて行って、実物の写真までとってくる熱心さだ。使う木材も、高価だけどクルミの木、と勝手に決めてしまった。栗の木でと思っていたが、実際、栗の木と並べて見せてくれたりして、色あいがちがうと言われては、私もプロにまかせるしかない。

木の部分ができあがると、リッチのところに持っていく。彼が、長椅子に使った布地の残りで、椅子のお尻と背にあたる部分に、布地を張るのだ。

というわけで、私考証の「ダンテスカ」は完成したのだが、親方が、

「奥さん、あんなに勉強して熱心に作ったのに、一脚だけとは惜しいねえ」

という。私も、どうせ食堂の椅子も必要だし、仕事部屋と寝室にも一つずつと思ったから、じゃあ、全部で八脚、なんて答えてしまった。この支払い後は、二週間は頭が痛かったものだ。

イタリアの職人芸は、私を破産させそうでオソロシイ。

第53章　わが心の男

わが心の男と言ったって、今の私の心を占めている現実の男ではない。といって、私が書くことの多い、歴史上の人物でもない。しかし、それでいて、もの心つきはじめて以来、ずっと好きだった男の話だ。
もうずいぶん前に死んだ人だから、過去の男ということになるのかもしれない。でも、そんな常識では計りようもない存在でありつづけたから、これはもう、男のひとつの型、つまり私の好きな男の型、とでもするしかないだろう。
大学生時代、ドイツ哲学のゼミに私が欠席した日、教室ではこんな会話が交わされたのだという。なにしろ、ドイツ現代哲学のゼミになど出る学生は少なかったので、一人でも顔が欠ければ目立ったのだ。
教授「塩野くんは、今日はいないようだね」
学生の一人「塩野さんは、喪中で欠席です」
教授「御家族の方でも、亡くなられたのかね」

もう一人の学生「いえ、ゲイリー・クーパーが死んだものですから」

俳優の中でもゲイリー・クーパーだけは、何年に生まれ、何年に死んだかを知っている。また、私がブロマイドなるものを買った、唯一の男でもある。

今でもおぼえているが、もはやなくなってしまったかもしれない日劇の横のブロマイド屋の中で、宝塚やマーロン・ブランドが幅をきかしているすみのほうで、恥ずかしい想いをもてあましながら、彼のブロマイドを三枚選んで買ったのだった。それは高校時代だったが、あまりこのようなことをしたことのない私にとって、最初にして最後の冒険であったような気がする。この三枚は、机の前の壁に張った。

あの当時はまだ、ゲイリー・クーパーは生きていて活躍中だった。それでも、五十歳は四、五年前に越えていたであろう。しかし、そんなことはどうでもよいのである。クーパーであるだけで充分であったのだから。そして、この三枚のブロマイドは、大学に入っても同じ場所にあり、大学を出てイタリアへ行った後も、家が改築されるまではそこにありつづけた。改築時に誰かが捨ててしまったのか、今はない。つまり、私は、彼が死んだ後も「浮気」しなかったということだった。

いや、やはり浮気は少しはしたようである。

『ウエスト・サイド物語』を、ロード・ショウから観はじめて、それが段々と都心から離れて場末の映画館で上映されるまで付き合い、そのうえ凱旋上映と呼ぶのであろうか、要するにもう一度ロード・ショウにもどってくるまで観つづけたのだから、合計十回以上は確実に観ているわけだが、あの時代は、ジョージ・チャキリスに夢中だった。

また、『アラビアのロレンス』を観たときは、あの作品で国際的にデビューした感じの、オマー・シャリフ以外の男は、私の胸を占めなかったのである。

その後は、ヨーロッパに来てしまったので、現実の男たちのほうがスクリーンの男たちより良くなったのか、記憶に残る男がなくてしばらくたつ。ここ数年は、歌を歌わせると面白い声の持ち主の、と言ってもやはりイイ男ではあるのだが、キース・キャラダインの出る映画だと観に行く感じになった。

しかし、ジョージ・チャキリスの場合が典型のように、私の浮気は、一作で終わってしまうのである。彼など『ウエスト・サイド物語』だけで、ほかの映画は、見るも無惨、という想いをもって映画館を出るのが常だった。オマー・シャリフも、『アラビアのロレンス』の、あの黒鷹のような美しさが、最初で最後である。『ドクトル・ジバゴ』でさえ、もはや私の心をつかむ男ではなくなっていた。

キース・キャラダインだけは、いまだ進行中のせいか、一作で醒めた、という具合にはなっていない。それでも、この男は、わが心の男と言うにはためらいが残る。

なぜなら、この若いともいえないが成熟した男ともいえない俳優兼歌手は、彼とともに過ごすとしたら、その時間の過ごし方が、ただひとつしか想像できないからである。あの男とは、ベッドをともにするしかない。そして、ベッドをともにする以外の時間を、どうやって過ごしてよいか想像できないのである。話をするといったって、なにを話してよいかわからない。なんとなく、話すこと自体が、あの男には似合わない感じがするのだ。

いかにある面では魅力的な男も、これでは困ってしまう。ギター片手にあのしゃがれ声で歌ってくれるのはけっこうでも、ベッドと歌だけでは、時間がもたないではないか。キース・キャラダインの眼つきは実にイイが、彼は、セクシーすぎるのである。そのセクシーなだけの男がまっとうなことを話しはじめたら、と想像するだけで、わが心の男としては落第してしまうのである。

そのうえ彼は、破滅型だ。あの男にほれこんだが最後、ともに破滅しそうなコワサがある。

こんなわけで、もうブロマイド写真は眺めなくなったが、それに三十年も前に死んでいるのに、ゲイリー・クーパーは、あいもかわらず「わが心の男」でありつづける結果になった。彼以上に、私にうっとりと映画を見つめさせる男に出会わなかったからである。

彼の出演した映画は、どんな駄作でも、ゲイリー・クーパー出演というだけで観に行く私だが、それでも、駄作の場合は、これが意外と多いのだが、映画館を出たとたんに、またはテレビでの場合でも終わったとたんに、内容などすっかり忘れてしまう。内容を覚えているのは、そして、愉しくそれを思い出すものは多くはない。『モロッコ』、あの作品はステキだった。数年前にテレビで再度観たのだが、もう半世紀も昔の作品というのに、まったく古くさくなっていなかった。あの映画でのクーパーの、ステキであったこと！　あれでは私だって、砂漠の果てまでついていくだろう。

『誰がために鐘は鳴る』も秀作だった。ヘミングウェイの原作が良かったにしても。『真昼の決闘』――この映画でのクーパーの相手役がグレース・ケリーでなかったら、私の彼女嫌いはこれほど決定的にはならなかったのである。気取った女はもともと私の好みではないから、あの女優が好きになることはなかったろうが、大嫌いになることもなかったにちがいない。クーパーの相手役で私が許せるのは、マレーネ・ディットリッヒとイングリッド・バーグマンのみ。他は無視である。

とはいえ、『真昼の決闘』までくると、クーパーはもう五十代に入っていたと思うが、なにか痛ましい感じをもたずには観られなくなる。顔のしわも増えたしね。ただし、映画作品としては、大変に良いものではなかったろうか。

しかし、私の最も好きなのは、『サラトガ本線』なのだ。これも『誰がために鐘は鳴る』と同じく共演女優はイングリッド・バーグマンだが、前者が悲劇であったのに反して、こちらは喜劇。この映画だけはなぜか、日本でもイタリアでもテレビで再上映されないのが残念だ。とても愉しい映画で、クーパーがはじめて登場する場面ときたら、白いパンタロンがつつんだ長い脚の先から、つまり下半身から上半身へと、カメラがゆっくりと写していくのにはボーッとした。

この作品は、珍しくも、クーパーもバーグマンもコミカルなタッチで描かれている。この二人の俳優のユーモラスでウィットに長《た》けた演技力に注目していたので、それを充分に発揮させたこの作品を観たときは、わが意を得た、という感じをもった。ただ、監督が誰なのかは知らない。なにしろ、中学生の頃に観たのが最初で最後なものだから、いくつかの場面は強烈な印象とともに覚えているのに、監督にまでは注意が向かなかったのである。

ビデオでも、ないのかしらん。あの作品だけは、もう一度、ブランデーの杯でも片手にゆっくりと愉しんでみたいと願っている。

しかし、と、ここまで書いてきて私は考えこんでしまった。ゲイリー・クーパーが好きなんて、まったく私の男の趣味も、平々凡々で月並ではないか、と思いたったのである。

一、ゲイリー・クーパーは背が高く、すらりとした体格の持ち主だった。

二、優しい、というよりも、暖かい心根の男らしいということも、彼の演じた数々の役柄に共通した第一の点である。冷たい彼なんて、想像するもむずかしい。

三、誠実、となると、まず満点ではないかしらん。そして、正直、も。おそらく、正直の上にバカとつけてもよいくらいに。彼が女を裏切るなんて、これまた想像さえできない。

四、美男。やはり美男ですねえ。三十代から四十代にかけての彼なんて、『平原児』でもわかるように、惚れ惚れするくらいの美男ぶりだ。ただし、水もしたたるという感じはしない。あの、少しばかり東洋的な、少しばかりきつい切れ長の眼が、優男《やさおとこ》におちるのから救っているのであろう。

五、立居振舞いがコセコセしていないこと。一九〇センチの身長ではコセコセしようもないのかもしれないが、彼の立居振舞いの鷹揚さは、身近にいる者に安らかな気分を与えたにちがいない。

しかし、いくら分析してみても、凡庸なるわが趣向が高級なものに変わるわけではない。ただ、それまでは母親のクーパー好きをからかうだけであったわが息子も、『真昼の決闘』を観た後では、この映画の出来を評する代わりにこんなことを言った。

「西部劇によく出てくるコッテージがあるでしょう。家の正面にはテラスが張り出ていて、そこから地面までは木の階段が降りてるやつさ。そのテラスには二人掛けの揺り椅子があって、ママとクーパーはそれに並んで坐って、草原の果てに落ちていく夕陽を黙って眺めている。クーパーの右手はやさしくママの肩にまわされていて、ママは全身をクーパーに預けてるって感じ。二人から少し離れた階段の上では、五歳ごろのボクが遊んでいる。ミーチャン（三年前に死んだわが家に十二年もいたシャム猫）は揺り椅子のすぐわきにあるテーブルの上で丸くなっている。ボク、ママがクーパーを好きな理由、はじめてわかったよ」

「あなたが今話したような人生、ママは一度も味わったことないわ」

彼、無言。

「これからだったら、味わうことできるかしら」

彼、あいかわらず無言。

第54章　腹が出てきてはもうおしまいか

女たちは、男の考えなどにはおかまいなく、ただただ痩せようと努力する。ところが、この頃では男たちも、女の想いなどには関係なく、痩せることに熱心になったようである。

健康によい、という理由だけではない。醜悪だから、という理由によるものらしい。

とくに第二の理由で痩せたいと思う男たちには、若い頃、逆三角形の肉体を密かに誇りにしていたのに、年を重ねるのがたび重なるや、それが正三角形に変わってしまって、もうもう風呂場で鏡を見るのが情けない、という想いがあるようだ。

それで、食など細くし、とくに肥るということになっている御飯やスパゲッティは敬遠し、われわれ女から見ると、スマートになったというよりも、げっそりと削《そ》げただけで、はつらつどころか消耗したという感じになってしまうのである。

だが、御本人は、体重が減ったので満足している。これは、なにがどうあろうと瘦せてさえいればよい、と確信している女たちとまったく変わらない。

女たちの「瘦せ」に対する情熱たるや、愛する男の思惑でさえ知っちゃいない、というほど強烈で頑固で、あるとき私とテレビのディレクターの一人は、こんな会話を交わしたものだ。

「どうして、いしだあゆみは、あんなに人気があるんでしょうね。陰気で、こっちの気分まで暗くなるような女優だけど」

「瘦せているからですよ。それで、女たちの人気が高いんです」

つい先頃だったが、送られてきた女性雑誌の記事の中に、肥満度を計算で計る記事があった。ウエストとバストとヒップを計り、その数をもとにして計るというやり方だ。もちろん、私自身のも計算してみたが、そんなことよりも、フィレンツェの美術館にはワンサとある、ヴィーナス像も計ったのである。監視人の眼を盗んで、巻尺ですばやく計り、家に戻って計算してみたのだ。そうしたら、一つの例外もなく、日本の女性雑誌の記事によると、「ややふとめ」に属すということがわかった。

男たちは、どちらを選ぶのであろう。日本の女たちが考える「理想」か、それとも、ギリシア・ローマ的な「ややふとめ」か。男のデザイナーにたずねてみたら、

「なに、着瘦せするタイプならば、ややふとめのほうがずっといいですよ」

と言っていたけれど。そういえば、マレーネ・ディットリッヒは意外とたくまし

い身体つきだが、あれは完全に着痩せのタイプなのだろう。

女のことはこのくらいでやめておくとして、頭髪が薄くなり、お腹も出てきてしまったような男には、ほんとうに未来はないのであろうか。

私の生意気な息子は、「もうとっくの昔に死んじゃったゲイリー・クーパーなんかやめて、ポール・ニューマンかショーン・コネリーにしたら」と母親をからかったが、私は即座に言いかえしたのだ。

「ポール・ニューマンはダメ。あの人は肩がない」

若い頃の気負った演技を捨てたこの頃のポール・ニューマンは、なかなかよろしい。友人であったら、最高ではないかと思う。ただ、肩がないからダメと言ったのは、これは年齢に関係ないことで、若い頃から肉体そのものが、きちんとした服装が似合うようにできていないのである。白髪が目立つようになったが、お腹など出ていない彼は、理想的な老化の好例と思われているらしいが、なで肩の男は私の趣味ではないのだからしかたない。ただ、実に愉しい男にはなったから、隣り近所に住んでいたらどんなにかよかろうとは思う。

ショーン・コネリーのほうは、即座に答が出なかった。

というのは、つい最近、イタリアのテレビの、「ボンドだけではない」と題された通し番組で、なんと十一本もの、彼主演の映画を見たばかりだったからである。「ボンドだけではない」というからにはジェームズ・ボンドに扮した作品以外の映画というわけで、それがこんなにあったとは知らなかった。『アンタッチャブル』も『薔薇の名前』も『プレシディオの男たち』も入らなくて十一本だから、ショーン・コネリーも精力的に仕事してきたわけだ。

ほとんどがイギリス映画だった。それに、ヒッチコック監督の『マーニー』のようなボンド時代とはっきりわかる作品はごく少なく、大部分の作品は、ボンドをロジャー・ムーアにゆずった後の作品と思う。肉体の老化が、おおうべくもなかったからだ。

007・シリーズとて、はじめの頃の作品と最後のほうを比べると、これが同一人物かと思うほど、肉体の変わりようはいちじるしい。最初の頃の二、三作の彼は、あの男を主役に得たからこそこのシリーズが成功したと納得する魅力で、イギリス男にはちょっと見られないスゴ味だ。肩もちゃんとあるから、タキシードが実に似合う。

そのうえ、ユーモアの味つけも忘れていないので、イギリス男としても合格である。ボンド二番手のロジャー・ムーアは、すべてはあってもスゴ味はないし、三番手のティモシー・ダルトンは、スゴ味はちょっとはあっても、ユーモラスなところがないから、愛嬌が出ない。ジェームズ・ボンド最適役は、やはりはじめの頃のショーン・コネリーにつきると思う。

では、「ボンドだけではない」と題されたシリーズで紹介された十一本の映画での彼だが、これがすべて、007とは完全にちがう役どころなのである。

まず第一に、カッコよくない。中年も過ぎそうな年頃のロビン・フッドが、城壁をよじのぼるのにさんざん苦労して、昔はこんなではなかった、とつぶやくのには笑ってしまった。つまり、自分の肉体の老化を、隠すどころか活かしているのである。

第二は、美女たちにかこまれていないということだ。女の相手役の重要さも、キャンディス・バーゲンと出た作品以外はすべて、まったくたいしたことはない。キャンディス・バーゲンのときだって、彼女とベッドをともにしない役柄だった。なに、簡単に言えば、胸毛を見せなくなった、ということである。

第三だが、女を相手にもたない代わりに、相方として、同性である男か、少年が多くなったという現象だ。そして、『薔薇の名前』でもそうだったが、その少年たちはいずれも、ショーン・コネリー扮する、カッコイイとは少しもいえない男に惚れてしまうのである。

そして、最後にあげてもよい特質は、圧倒的な主役を張ることをやめたということとだろう。マイケル・ケインと共演のキプリング原作の映画や、ドナルド・サザーランド共演の作品など、その典型といってよいと思う。『アンタッチャブル』も、この部類に属す。

要するに、人生の主役を降りた、ということかもしれない。ならば、髪が薄くなろうと腹が出ようと、いっこうにかまわないわけである。

しかし、ジェームズ・ボンド時代とは違うといっても、彼が主演で映画がつくられることでは変わりはない。圧倒的でなくなったとはいえ、まがりなりにも主役を張るからには、人々を引きつける魅力がなくてはならない。演技が上手《うま》いというだけでは、単なる助演者になってしまう。そして、ショーン・コネリーは、他の俳優と入れかえること可能な、単なる助演者ではまったくない。

それで、髪は薄くなり、お腹も出てきたショーン・コネリーのどこに魅力があるのかを、私に彼を推薦したわが息子にきいてみることにした。彼も、「ボンドだけではない」シリーズを見たのだ。その結果、好きになったから、母親に推薦したのである。十四歳の生意気息子は、こう答えた。

「半分は信用できるけど、あとの半分は信用できないという点がいい。百パーセント信用できるなんていうタイプよりも、五分五分ってところが緊張関係があっていいし、父親にしたとしても、男の子にとってはこのほうが、理想的だと思う」

「髪は薄いし、お腹も出てしまって、みっともないと思うけど、それは気にならないの？」

「ぜんぜん気にならない。それどころか、今の彼のほうが、ふところも大きいだろうから、とびこんで行ってもがっちり受けてくれるだろうし、ダイエットしたあげくに不機嫌になられるより、肥っていて上機嫌のほうがずっといい。それに、女とベタベタしないところが、またいい」

とこんな具合だ。これは少年の感想だが、女の感想だって、たいしてちがわないのではないかと思いはじめている。なにも、四六時中、眺めているわけではないんですからね。

結局のところ、男にとっての勝負は、人間味に落ちつくということなのであろうか。

解説　「いまの視点」を取り戻すために

開沼　博

本書の解説執筆の依頼を担当編集者の瀬尾さんから頂いた。「塩野七生さんの本に解説を書かせて頂くとは、大変恐縮でありがたい、ぜひお引き受けしたい」と思い、二つ返事で引き受けた。しかし、後になって「あれ、ちょっと待てよ。これを引き受けたということはあの塩野さんが、自分の書いた文章に目を通されるんだな」と当然のことに気づき、身震いする。「全てを見通すような目を持ち、分かりやすく深みのある文章を書く人に拙文を見られてしまうとは……」。ちょっと憂鬱になり苦しむ日々が訪れた。

執筆依頼のメールには「新装版を刊行するにあたり、いまの視点で、本書を読み解いていただければ幸いです」という一文があった。他に内容面でどうとも、なぜ自分への依頼に至ったのかという経緯も特にない。「いまの視点」とは、若い書き手としての視点なのか、3・11等々を経験した現代日本でフィールドワークを続ける者としての視点なのか、あるいは他の何かなのか。ますます混乱する。

そもそも「いまの視点」とは、扱おうにも一筋縄ではいかないややこしいものだ。私たちはいま・ここを見て、聞いて、語り、それを繰り返すほどに「我こそは直面する現実を掌握している」という確信を深めていくのかもしれない。だが、必ずしもそこに「いまの視点」が存在するわけではない。いま・ここに囚われすぎるほどに視野狭窄にいたる。

「いまの視点」を持つことが簡単ではないのは、私たちが身の回りに溢れる様々なイメージやシンボルを経由して現実を把握する傾向を持つからだ。だから、偏ったイメージに囚われ誰か・何かに排他的・侮蔑的な思いを持ち、単純なシンボルに熱狂し皮相的なイデオロギーや短絡的な思い込みに振り回される。

私たちは「確証バイアス」（情報収集する際に自分の信念・仮説にあう確証ばかりを集めてしまう傾向）や「感情ヒューリスティック」（好き・嫌いなどの感情に合わせて論理を捻じ曲げることも厭わず目の前のことを判断していく傾向）などと呼ばれる認知のゆがみに振り回されながら政治・経済・文化・その他、種々のコミュニケーションを行っている。それが、近年、インターネットの普及等の中で進む情報化の中で、「エコー・チェンバー」（少数であっても、偏った見解が繰り返し響く現代メディアの構造の中で、それが全体的な正しい意見と信じられる現象）、「フィルターバブル」(インターネット検索サイトなどを通して、自分の興味・信念にあった情報に取り囲まれ、その外が見えなくなる現象)などと呼ばれる状態とあいまって、さらに加速していることが学術的な根拠とともに指摘されている。私たちは、人間らしい理性的な「いまの視点」で世界を見ているつもりでいながら、動物的な不安や不快、攻撃性や群れ合いへの欲求の虜となっている。

マルクスは「知らなくても恥ずかしくない」のか

ではいかに虜の状態から脱し、私たちが「いまの視点」を取り戻すことが可能なのか。

その答えの一つは、認識の時空間を移動しながら、「いまの視点」を揺り動かし続けることにあるだろう。結論を先に言えば、本書はその「揺り動かし」を強く体験させてくれる「古典」だった。

何か驚くことがある度に、社会は「こんな空前絶後の事態はない」とばかりに熱狂するが、多くの「驚くこと」は、時代を遡れば、あるいは領域を移せば、ほぼ同構造のものが存在したり、そこまで言い切れずとも「驚くに値しないこと」と捉え直すための手がかりがあるものだ。そして、文芸にせよ学問にせよ「古典」とされるものは、その点において有用であるが故にいまに生き残る。

しかし、既に多くの人が言葉を変えながら指摘してきたことであり、私自身も実感するところであるが、かつてほど古典的なものと人文知とが結びつかなくなっている。例えば、その内容を受け入れるにせよ、拒絶し乗り越えるにせよ、マルクスが言う基本的な理論的枠組みをおさえずして深みのある学術的な議論が出来ない、というかつてあったと聞く空気はいまはない。「知らなくても恥ずかしくない」という感覚すらあると言ってもよい。エネルギー政策を論じるにも、経済性や国際環境についての議論があってもその歴史的背景が顧みられた上での議論——ペリーが日本に開国を迫った背景に、当時の貴重なエネルギー資源であった鯨油獲得のため、捕鯨の拠点としての日本を活用することへの意図が存在し、あるいは太平洋戦争に進む際に石油禁輸措置の影響が大きかったこと等々の基本的な話——を聞くことは稀だ。これらはあくまで一例で、別にマルクスにもエネルギー史にも興味がなくても良い。ただ、何かを考えるならば、繰り返しになるが、それを受け入れるにせよ、拒絶し乗り越えるにせよ、踏まえられるべき前提はある。その前提とは自分が関わることを想像もしなかった歴史上の出来事や人物の言動だったり、様々な分野・場で行われる営みを理解する中で身についていく。それが「いまの視点」を確かなものとする。

「いまの視点」を得ることに価値を感じ、何か学ぶべき道標を得たいと思うならば、それも、小難しい学問的な話やフィクションではなく、楽しく・身近なことにひきつけながら言葉を追う上質な読書体験をしたいと思うならば、その一冊として本書は極めて価値が高いだろう。

（長くなったが、ここまでは前置きだ。本当は本の細部を具体的に引用しながらその魅力を紹介するのがこういった文の王道かもしれないと迷いつつ、本書を読み通した時に思ったことを率直に明かした。仮に、同世代の人間に本書を届けることを想定するとするならば、まずこの前提を伝えたい。それが30年ほど前に書かれた本書を手に取り、その世界に深く入り込む上での「橋渡し」になると思うからだ。）

30年前から現代へ

本書は1983年から1988年まで雑誌に連載され、1989年に単行本化された。その時期は、1984年生まれの私がこの世に生を受け物心がついていく時期にちょうど重なる。それは、日本が経済的競争力で他国を凌駕しグローバル社会で「ジャパン・アズ・ナンバーワン」と名を馳せ、1985年のプラザ合意からバブルへと向かっていく時期でもある。

本書が書かれたのは、私自身がリアルタイムで知りえない世界であるし、例えば、私より一回り以上離れた1970年前後生まれの世代だって、高校を出るか出ないかの、記憶が曖昧な時代だと言って良いだろう。現代社会における現役世代の多くにとってもはや「物心ついていない」といってよい時代に、著者が何を見、どう感じていたのか。そこに描かれる世界は、未知のもので、率直に吐露される考えにははっとさせられることも多い。黒澤明、有吉佐和子、サッチャー、カール・ルイス、その他、様々なその時代の人びとへの見解。男の、女や家族に対して、あるいは社会での立ち居振る舞いについて鋭く切り込んだ考察も興味深い。

一方、当時の、今から見れば浮かれた、その後の展開をもっとどうにか出来ただろう日本の世相とは対照的に、冷静な、時代に左右されない、ことの根本を掘り返そうとする普遍的な視点が常に提示される。これには読んでいて、知的好奇心が刺激され、ページを捲る度に、そうだったのかと感心させられる。ルネサンスやマキャベリ、ローマやギリシャ、イギリス、アメリカ、ドイツ、絵画やファッション、映画。多様なテーマに触れながら、時に歴史をさかのぼり、時に友人、息子、政治家、デザイナー、学者、編集者等々と対話しながら言葉が紡がれる。

改めて私が言うこともおこがましいが、その射程の広さとことの根底にあるものを捉える切り口の確かさには感服する。それは著者の近著『逆襲される文明　日本人へⅣ』（文春新書）を読んでも、改めて感じたことだ。国際情勢や宗教に触れたかと思えば、ヨーロッパのサッカー事情についても「そうだったのか」と思う話がなされる。『逆襲される文明』では、福島第一原発事故に関連して起こった横浜でのいじめ事件について書かれている章があるが、（一応、私はその分野の専門家として仕事を依頼されることも多いが）完全に見解は一致する。同じものを日本にいて近くで見ていても指摘できない人は指摘できないことだ。あるいは、２０１６年に新語・流行語大賞のトップ10に入った「保育園落ちた日本死ね」問題についても、個人的には、そのムーブメントを礼賛する人びとと、否定する人びとに二分し、それぞれが無批判に汚い言葉を喚きあうような言論状況になっていたことに辟易していたが、著者はいずれでもない議論を限られた紙幅の中で展開する。

30年ほど前に刊行された本書でもそれは同様だし、30年ほど前であるが故に、より私たちにとっては新鮮だろう。

「かくあるべき」論に出会う

「男たちへ」というメインタイトルがあり、当然、男たちへ向けた話で構成されている。「男たち」の一人として、参考になること、身につまされることも多い。ただ、本書には、そのタイトルを超えて、時間と空間を超え続けながら確固たる「いまの視点」を確立している著者ならではの含蓄が存在する。

とりわけ共感したのは、「原則主義」などという言葉とともに著者が指摘していく、柔軟さを欠いた人びとの考え・もののあり方への視点だ。それは、著者が古代国家への見識やマキャベリの思想への造詣の中で、あるいは海外で他者として暮らす日本人としての長年の生活の中で培われたものであるのかもしれない。その憶測が正しいか否かは別にして、現実をそれとして引き受けつつ、葛藤があれば解消しようとする視座が本書に一本の軸を通していることを感じる。

例えば「第28章　インテリ男はなぜセクシーでないか」には、「解説」に明け暮れ、結局、自分の考えを言わないインテリ男への批判がある。これは現代においては、より状況は悪化し、「インテリ男」に限らない、社会を流通する言説に共通する傾向になってはいないか。インターネット上の言説でも、政治的な言説でもよい。現状をネガティブで頽落的なものと否定することには熱心だが、では自分自身でいかにそれを置き換えるポジティブな未来を構想し、実現するのかという視点はない。そんな「これはダメだ」はあるが「かくあるべきだろう」という視点がなく、あるとしても、それが短絡的すぎて一つも面白くないような議論が「知的だ」と褒めそやされる。その結果、自虐や嘲笑いがベースになった無限の相対化ゲームが横行する。そこには確かなモノサシを得ようと苦闘する姿は見えない。

自分の読書歴を振り返ると、10代から20代にかけては、生きる上でのモノサシを求めて様々な作家や学者の、その世代でも読みやすい「かくあるべき」論をよく読んでいたことを思い出す。しかし、最近は、そういう強烈な、時には押し付けがましいと感じるぐらいの「かくあるべき」論に出会うことが少なくなったように感じる。それは、出版市場のニーズが縮小したのかもしれないし無限の相対化ゲームの中で「かくあるべき」論を書く書き手が減ったのかもしれない。

しかし、本書を読みながらあの頃の気持ちを思い出した。一貫する著者の毅然とした姿勢には、自分自身もこのように社会を見つめるモノサシを持つ努力を続けなければという気持ちを掻き立てられるものがある。その点でも本書はいまこそ読まれるべきものと言える。

どこでも興味がありそうなところから読みはじめられる構成になっている。入り口は自分の興味のありそうなテーマで良いだろう。それでも読み始めると、いつの間にか、自分の全然知らない遠い世界につれて行かれてしまう。時空間を超え、知り合う可能性などなかったであろう人の話や価値観に出会う。例えば、ひげの話が、ヴェネツィア商人やイスラム教、学生運動の話になったり。

本を閉じて、目の前の世界に戻った時に、本を開く前よりも「いまの視点」が鮮明になっていることを感じる。「いまの視点」を歴史の中や日本の外に持っていき、そこから再度、現在や日本国内の事情を見つめ直すことで、強固な「いまの視点」を現在の日本に打ち立て続ける。そんな鍛錬を積み上げてきた著者の思考を、追体験する機会を本書は与えてくれるだろう。

（社会学者・立命館大学衣笠総合研究機構准教授）

初出誌・『花椿』一九八三年六月号〜一九八八年一月号
単行本・一九八九年一月　文藝春秋刊
文庫・一九九三年二月　文藝春秋刊

DTP制作・ジェイ　エスキューブ

文春文庫

男《おとこ》たちへ

定価はカバーに
表示してあります

フツウの男《おとこ》をフツウでない男《おとこ》にするための54章《しょう》

2017年12月10日　新装版第1刷

著　者　塩《しお》野《の》七《なな》生《み》
発行者　飯窪成幸
発行所　株式会社　文藝春秋

東京都千代田区紀尾井町3-23　〒102-8008
TEL　03・3265・1211(代)
文藝春秋ホームページ　http://www.bunshun.co.jp

落丁、乱丁本は、お手数ですが小社製作部宛お送り下さい。送料小社負担でお取替致します。

印刷製本・凸版印刷　Printed in Japan
ISBN978-4-16-790985-7

（　）内は解説者。品切の節はご容赦下さい。

遠藤展子
藤沢周平　父の周辺
「オバQ音頭」に誘われていった夏の盆踊り、公園でブランコを押してもらった思い出……「この父の娘に生まれてよかった」という愛娘が、作家・藤沢周平と暮した日々を綴る。（杉本章子）
ふ-1-91

藤沢周平・徳永文一
甘味辛味
業界紙時代の藤沢周平
藤沢周平が作家になる前、「日本加工食品新聞」編集長時代に書いたコラム「甘味辛味」から七十篇を収録。当時の同僚、仲間を取材した徳永文一氏による評伝も合わせた文庫オリジナル。
ふ-1-93

細川護熙
ことばを旅する
芭蕉、武蔵、正岡子規……。古典や美術の造詣も深い細川元首相が座右の名言名句にいざなわれ、全国48のゆかりの地を旅した。豊富なカラー写真とともにめぐる、細川流紀行エッセイ。
ほ-16-1

細川護熙
中国 詩心《うたごころ》を旅する
李白、杜甫、王維、杜牧、陶淵明……元首相が幼少時から親しんできた名詩・名文の舞台を訪ね、中国全土を巡る細川護熙流「漢詩紀行」。カラー写真満載で、知的中国再発見の旅へと誘う。
ほ-16-2

丸谷才一
腹を抱へる
丸谷才一エッセイ傑作選1
ゴシップ傑作選、うまいもの番付、ホエールズ論、文士のタイトル、懐しい人——数多くのユーモアエッセイから厳選した〝硬軟自在、抱腹絶倒〟の六十九篇。文庫オリジナル。（鹿島　茂）
ま-2-26

丸谷才一
膝を打つ
丸谷才一エッセイ傑作選2
祖先の話に故郷の味といった自伝エッセイ、思考のレッスンに日本語相談。吉行淳之介と「大声について」、井上光晴と「二日酔い」を語る。座談の名手ぶりが冴える第二弾。（半藤一利）
ま-2-27

（　）内は解説者。品切の節はご容赦下さい。

三島由紀夫
行動学入門
行動は肉体の芸術である。にもかかわらず行動を忘れ、弁舌だけが横行する風潮を憂えて、男としての爽快な生き方のモデルを示したエッセイ集。死の直前に刊行された。（虫明亜呂無）
み-4-1

三島由紀夫
若きサムライのために
青春について、信義について、肉体について……わかりやすく、そして挑発的に語る三島の肉声。死後三十余年を経ていよいよ新鮮！　若者よ、さあ奮い立て！（福田和也）
み-4-2

村上春樹
意味がなければスイングはない
待望の、著者初の本格的音楽エッセイ。シューベルトのピアノ・ソナタからジャズの巨星にJポップまで、磨き抜かれた達意の文章で、しかもあふれるばかりの愛情をもって語り尽くされる。

む-5-9

村上春樹
走ることについて語るときに僕の語ること
八二年に専業作家になったとき、心を決めて路上を走り始めた。走ることは彼の生き方・小説をどのように変えてきたか？　村上春樹が自身について真正面から綴った必読のメモワール。

む-5-10

山本夏彦
最後の波の音
小泉首相の靖国神社参拝に始まった、日中・日韓問題、〝ホリエモン〟に代表されるIT関連企業騒動や米国産牛肉問題など、もし、著者が生きていればどのように取り上げただろうか。

や-11-18

山崎豊子
『大地の子』と私
胡耀邦総書記との中南海での異例の会見、労働改造所、未開放地区への初めての取材、「三度捨てないで！」と叫ぶ戦争孤児たち……日本中を涙と感動でつつむ『大地の子』取材執筆の秘話。

や-22-5